UFOがくれた夏

A Summer with UFO

川口雅幸
Masayuki Kawaguchi

もしもこの世に　歌というものがなかったら
伝えられない思いが　たくさんあるかもしれない
伝えきれない思いが　いっぱいあるかもしれない
もしもこの世に　歌というものがなかったら
大切なことも　大切なこころも
忘《わす》れ去られてしまうかもしれない

この先　大人になってから
いつかどこかで　その歌を聴《き》いた時
オレは　何を思うんだろう
みんなは　何を思い出すんだろう……

第一章

宇宙《うちゅう》から来た恋《こい》のキューピッド

1

受話器《じゅわき》をとるや否《いな》や、

「今ならまだ見えるよ！」

いつになく興奮《こうふん》したような甲高《かんだか》い声が、心地《ここち》よく耳に飛び込《こ》んできた。

「早く早く、外に出てみて！」

またあのＵＦＯが現れたらしい。

慌《あわ》てて電話を切り、急いで玄関《げんかん》から飛び出すと、

「えへ、ひっかかった」

そこにはあいつが、いたずらっぽい笑《え》みを浮《う》かべて立っていた。

「ごめんね、突然《とつぜん》」

持っていたケータイをパタッと閉じ、ひと呼吸《こきゅう》おいてから、

「大事な話があるの。一緒《いっしょ》に来て」

急に真顔《まがお》でそう言い放《はな》つなり、あいつは長い髪《かみ》をひるがえした。

腹の奥底《おくそこ》のほうで、何かが、大きく弾《はず》むのを感じた。

それっきり何も言葉を交わさずに、オレたちは海に向かって歩いた。

ケータイのストラップについている小さな鈴《すず》が、あいつの足音と一緒《いっしょ》に、リリ、リリ……と、短く、鳴《な》り続けていた。

夕暮《ゆうぐ》れ前の渚《なぎさ》は他に人影《ひとかげ》もなく、少し涼《すず》しくなった風が、ひたすら静《しず》かに潮《しお》の香《かお》りを漂《ただよ》わせていて。

水面《みなも》にちりばめられたダイヤモンドのきらめきも、黄昏《たそがれ》ゆく夏空《なつぞら》と共に移《うつ》ろいながら、やわらかな揺《ゆ》らめきへと趣《おもむき》を変えてゆく。

「ねえ、遼哉《りょうや》くん」

ふわりと舞《ま》った、艶《つや》やかな髪《かみ》。

さらさらと音がしそうなその栗色《くりいろ》のストレートを耳にかけたまま、俯《うつむ》いた横顔がふとつぶやく。

「ずっと言えなかったんだけど、私ね、前から遼哉《りょうや》くんのこと……」

急に潮騒《しおさい》よりも大きくざわめき出した胸《むね》の奥に、ごくりと唾《つば》が送り込《こ》まれる。

浅瀬《あさせ》を見つめる長いまつ毛が、眩《まぶ》しそうに何度か瞬《またた》いたかと思うと、

「ねぇ」

ふっと振《ふ》り向いた瞳《ひとみ》が、大人っぽいその切《き》れ長《なが》の目が、真《ま》っ直《す》ぐにオレを映《うつ》し出した。

「キスして」

ズワン……　シュワー

ふいに打ち寄せた大波の白い縁《ふち》が、甘《あま》いメロディーみたいに緩《ゆる》やかな起伏《きふく》を描《えが》き、足元の色をしっとり変えてゆく。

光と影《かげ》のほかに何もない、すべてがオレンジ色に染《そ》められた二人だけの世界。

風が止《や》むと、一瞬《いっしゅん》、曲と曲の合間《あいま》のような、透《す》き通った静寂《せいじゃく》に包まれた。

「は、晴香《はるか》……」

その瞳《ひとみ》を見つめ返せば、あいつの艶《つや》やかなくちびるも小さく動く。

「ショウちゃん……」

……え？

「行かないでショウちゃん、お願《ねが》いよ」

えええ⁉

「私をひとりにしないでよぅ」

そこには、今にも泣き出しそうな見知らぬ顔が――

……イピイピイピイピイピイピイピイピイピイ！

防犯《ぼうはん》ブザーばりにけたたましい音で、はっと目が覚《さ》める。

「もう、誰《だれ》なんだよあれ」

鳴《な》り響《ひび》くそれに手を伸《の》ばし、大きなあくびを一つ。

「ったく、いいところだったのに」

最近よく見る、あいつの夢《ゆめ》。

だけどそこに突如《とつじょ》、あの誰《だれ》とも分からない髪《かみ》の短い女の人が、いつも決まって現れる。

まぁ、夢《ゆめ》ってのは大抵《たいてい》が意味不明《いみふめい》だからな。

奇想天外《きそうてんがい》なストーリー展開《てんかい》で、オチもなくうやむやのまま終わってしまうのがほとんどだ。

「それにしても、今日のはまた一段《いちだん》とリアルで刺激的《しげきてき》だったなぁ」

途中《とちゅう》までは、まさに理想《りそう》どおりの素晴《すば》らしい内容だった。

「でもあいつ、いきなりアレだもんなぁ。オレにだって心の準備《じゅんび》ってもんが」

ニヤニヤと、思い返しながら微睡《まどろ》んでいたら、

「リョウちゃーん、今日も早く出るんでしょー。いいかげん起きなさいよー」

ドアを容赦《ようしゃ》なく貫通《かんつう》してくるお母さんのイライラ声で、完全に夢《ゆめ》が破《やぶ》られた。

「いってきまーす」

薄暗《うすぐら》い団地内に、今日もリズミカルな靴音《くつおと》を響《ひび》かせてやる。

踊《おど》り場から踊《おど》り場へ、短いコンクリート階段《かいだん》の連続を三段抜かしジャンプを交《まじ》えながら一気に駆《か》け下りると、外は眩《まぶ》しい陽《ひ》の光に満ちていた。

何だかすごく清々《すがすが》しい朝だ。

まだ涼《すず》しさの残る六月の澄《す》んだ空気を思いっきり吸い込《こ》んだら、意味もなく何かいいことがありそうな気がしてきて。

もう一人の自分に背中《せなか》を押《お》されてるかのごとく、軽《かろ》やかなテンポで弾《はず》むランドセルに急《せ》かされ、オレはいつものように海岸へと続く坂道を早足で下った——

この町に来てから、もう三ケ月になる。

本当は、転校する時期を、せめて中学に上がる時に合わせてほしかったんだけど、お父さんも会社の都合《つごう》には逆《さか》らえないみたいでさ。

って言うか、そういう希望《きぼう》を口に出せる状況《じょうきょう》じゃなかったみたいで。まぁ、そんな感じでシブシブ引っ越《こ》してきたわけなんだけど。

ここに来たばかりの頃《ころ》はえらく殺風景《さっぷうけい》だと思っていた団地周辺《しゅうへん》の景色《けしき》も、季節の移りかわりと共に、気が付けば緑色の割合がぐんと増え、随分《ずいぶん》とにぎやかになった。

オレはと言えば、いろんなことに慣《な》れてきたせいもあってか、生活にも少し余裕《よゆう》が感じられるようになったし。

やっぱり暖《あたた》かくなると身も心も軽くなってくるのかな。最近はもう、雨の日以外は朝から半袖《はんそで》一枚で十分だ。

考えてみれば、あと一ヶ月もすれば夏休みだもんな。これから楽しい季節がやってくる……そう思うだけで何だかワクワクしてきちゃう。

それにしても、これだけポジティブな考え方ができるようになったのは、あいつと知り合えたからに他ならないだろう。

出逢《であ》いは、新学期早々《そうそう》の思いがけない席替《せきが》えだった。

偶然《ぐうぜん》にも隣《となり》の席になった時は、思わず心の中で「キターッ！」って叫《さけ》んじまったのを覚えてる。

実は、転校初日に皆の前で自己紹介《じこしょうかい》させられた時、既《すで》に気付いてたんだ。緊張《きんちょう》して焦点《しょうてん》の定まってないオレの目を、ハッと見開かせてしまうほどに際立《きわだ》ったその存在に。

頬杖《ほおづえ》をついたまま長い髪《かみ》をかき上げ、こちらをジッと見ていた大人っぽい子。雰囲気《ふんいき》のわりには、並ぶと意外に背《せ》が小さい、いろんな意味でアンバランスな女の子。

そう。それが『あいつ』ことクラスのアイドル、『染井晴香《そめいはるか》。十一歳《さい》★』だ。

ちなみに、『。』と最後の『★』は発音せず、フルネームと年齢《ねんれい》とをワンフレーズで「一気に読んでネ！」だそうだ。よく分かんないけど。

ええと、身長百四十一ギガメートル、体重三十二ナノグラム、スリーサイズは上から八十七、五十五、八十三のすっごい超《ちょう》セクシーダイナマイトになるよ・て・い、ハート。山羊座《やぎざ》のAB型で、特技は黒目リレーと八時間耐久《たいきゅう》カラオケ♪　趣味《しゅみ》はお茶とお花ざますわよオホホ……ああ、これ全部本人から渡《わた》されたプロフに書かれている情報《じょうほう》ね。

晴香《はるか》は、この通り見かけによらず（っていうかオレの勝手なイメージだったのかもしれないけど）かなりオチャラケてるものの、その分接しやすくて気さくな子で。

消しゴムを忘《わす》れて困《こま》ってれば、わざわざ自分のを半分に割って「これ、あげる」なんて、さりげなくやさしかったり、「その代わり、今度もしも私がコンパス忘《わす》れたら半分こだからね〜」なんてアホな冗談《じょうだん》も言ったりする、すごく明るい子だった。

そんな感じだから、転校早々独《そうそうひと》り浮《う》いてる間もなく、自分の居場所みたいなのがそこにできた気がして。

小さい頃《ころ》からわりと人見知りする性格だったこのオレが、こんなに短期間で、しかも・あ・ん・なクラスに溶《と》け込《こ》むことができたのも、居心地《いごこち》のいい『晴香《はるか》ワールド』がバックグラウンドにあったからこそだろう。

だから、日を追うごとにあいつがオレの中でどんどん特別な存在になっていくのは、当然の流れだったのかもしれない。

いつからか夢《ゆめ》にまで見るようになっちゃってさ。っていうか、夢《ゆめ》なんかに出てくるから余計に気になっちまったりして。参《まい》るよな、マジで。

「あ、おはようございます」

「はい、おはようさん。今日も暑《あつ》くなりそうだねぇ。気を付けていくんだよー」

坂を下りきったところで、毎朝すれ違う犬の散歩おばさんと挨拶《あいさつ》を交わす。そして、いつものように信号のない横断歩道をダッシュで渡《わた》れば、そこはもう見渡《みわた》す限りのグラデーションブルー。空と海とが織《お》りなす広角《こうかく》のパノラマが、今日も変わらず両手を広げて待《ま》ち構《かま》えてる。

穏《おだ》やかな潮騒《しおさい》に耳をくすぐられ、誘《さそ》われるようにそちらへ足を踏《ふ》み入れれば、靴底《くつぞこ》をやさしく包み込《こ》む白い砂の感触《かんしょく》。歩くたびに「早く裸足《はだし》になっちゃいなよ」と囁《ささや》いているかのよう。

前の学校じゃ考えられないほど贅沢《ぜいたく》な通学路《つうがくろ》だ。いや、実際《じっさい》には通学路《つうがくろ》と並行《へいこう》しているだけで、これも立派《りっぱ》な寄り道になっちゃうのか。

「さてと、何かいいもの落ちてないかなぁ」

白砂《しらすな》の渚《なぎさ》が、緩《ゆる》やかなカーブを描《えが》きながら延々《えんえん》と続く、道なき道。毎朝のことながら胸《むね》を躍《おど》らせつつ、波打《なみう》ち際《ぎわ》をゆっくりと歩き出す。

ちょっと早めに家を出て、今日も登校しながらのビーチコーミング※。オレのセレブな日課だ。

（※ビーチコーミング＝海岸にある漂着物《ひょうちゃくぶつ》を集める遊び）

なんて、毎日欠《か》かさず寄り道する本当の理由は、また別にあったりするんだけど……

「遼哉《りょうや》くーん」

「来た」

後ろから聞き慣《な》れた元気な声が追いかけてくると、目の前の景色《けしき》がより鮮明《せんめい》に、パーッと開けた。

分かっているのに、毎朝のことなのに、やっぱり嬉《うれ》しくなってしまう。

「おはよー！」

振《ふ》り返る間もなく、隣《となり》にいつもの笑顔が走り込《こ》んできたかと思うと、

「ねぇねぇ知ってる⁉」

次の瞬間《しゅんかん》には長い髪《かみ》をクイックターンでひるがえし、いきなり目の前に現れる『染井晴香《そめいはるか》十一歳《さい》★』。

「昨日の夜、またあの謎《なぞ》の光が出現したんだって‼」

らんらんと輝《かがや》く大きな瞳《ひとみ》が、行く手を阻《はば》むように立ちはだかる。

毎度のことだけど、何でこの子はこうやって真正面《ましょうめん》に構《かま》えて他人《ひと》の目をジッと見るんだろう。

って、あんな夢《ゆめ》を見ちゃった今日は特にそれ、ちょっと、タイミング的に困《こま》るんだけど。

「遼哉《りょうや》くんは見た見た？」

「あ、いや、オレは、見てないけど」

こっちはそれどころじゃないんだってば。

ああ、やばい、まともに目を合わせられないよ。

「ねぇ、何か顔赤いよ？　どうしたの？」

うわ、聞くな、頼《たの》むから聞かないでくれ。

っていうか、その殺人的美顔《さつじんてきびがん》を近づけてくるのは反則だぞ。もはや凶器《きょうき》だ、犯罪《はんざい》だ。

しかも今日に限って、やけに口元をチラチラ見てくるような気がするな。余計に意識しちゃうじゃんか。

しかし晴香《はるか》は、そんなドキドキＭＡＸ《マックス》のオレをよそに、今度は鼻で深呼吸《しんこきゅう》をするように大きく息を吸い込《こ》むと、すーっと目を閉じ、

「んー……」

って、どういうつもりだ。

まさか、これって、このシチュエーションって――

「は、晴香《はるか》……」

「……ブルーベリー！」

突然《とつぜん》パッと目を見開いたニコニコ顔が、いきなり手鏡《てかがみ》を突《つ》き出してくる。

何事かと、そこに映《うつ》り込《こ》んだマヌケ面《づら》をよく見れば、

「げっ」

何と口の周りに、赤紫《あかむらさき》のカピカピがくっついてるではないか。

すると晴香《はるか》は、人差し指を顎《あご》に当てるモーションで、

「ラズベリーと迷ったんだけど、この香《かお》りは間違いないね。今朝《けさ》のトーストはブルーベリージャム！」

などと嬉《うれ》しそうに名推理《めいすいり》を展開《てんかい》し、勝ち誇《ほこ》ったような笑《え》みを浮《う》かべてる。

と思ったら次の瞬間《しゅんかん》、

「ねぇ」

急に真顔《まがお》になった『凶器《きょうき》』が、また真正面《ましょうめん》からジッと見つめてきた。

「さっき、キスしようとしたでしょ」

「キ、キキ、キキス⁉　ま、まさか、そんなこと、オレ」

落ち着け、こんなに慌《あわ》てちまったら図星《ずぼし》みたいじゃんか。図星《ずぼし》だけど。

でも、そういうエロいやつだと思われたくないから、頑《かたく》なに否定《ひてい》してやった。

こんなことで嫌《きら》われたくないから、身の潔白《けっぱく》を必死に訴《うった》えたんだ。

そしたら、今度は寂《さび》しそうに俯《うつむ》きながら、

「なーんだ。ちょっと期待してたのにな」

って、マジデスカッ⁉

もう、どうしていいのか分かんなくて超《ちょう》シドロモドロになってたら、瞬《また》く間にいたずらっぽく変化《へんか》した小悪魔《こあくま》スマイルが、「うっそーん」ヘヘーと舌《した》を出した。

「もぉ、ちゃんと顔洗《あら》ってきなよー。お子ちゃまなんだからぁー！」

きゃははと笑いながら、さっさと駆《か》け出してやがる。

完全にしてやられた。妙《みょう》な夢《ゆめ》なんか見るからだ。

だいたい思わせぶりなんだよ、いつも。

「じゃあねー！　先に行ってるねー！」

夏の気配《けはい》を帯《お》びた青空に、まるで黄色い花のような声を咲《さ》かせながら、赤いランドセルが駆《か》けてゆく。

今日もまた、あいつのいる鮮《あざ》やかな一日が始まったのだ。

「やれやれ」

何だか振《ふ》り回されてるような気もするけど。

こういうドキドキが、『学校砂漠《さばく》』に潤《うるお》いを与えてくれてるのかもしれないしな。

「毎日楽しいぜ、まったく」

オレは口の周りをゴシゴシやると、結局今日もビーチコーミングそっちのけで、学校へと足を速めた。

2

教室につくと、そこら中謎《なぞ》の光の話題で持ちきりだった。

「ガチでやばいって。これで今月に入って三回もだぜ？」

「ああ、かなりやばい兆候《ちょうこう》だよな。Xデー《エックス》は近いとみた」

こっちで男子が、真剣《しんけん》な顔で話しているかと思えば、

「昨夜《ゆうべ》のって、海岸付近にまで接近してきたらしいじゃん！」

「そうなの～!?」「やー、こわ～い！」

あっちでは女子たちが、泣きそうな顔して騒《さわ》いでる。

最近、校内でもっぱら噂《うわさ》になっている、『ＵＦＯ多発襲来《しゅうらい》事件』。

謎《なぞ》の光に関しては、以前から白波海岸《しらなみかいがん》の怪奇現象《かいきげんしょう》として有名だったらしいんだけど、これだけ頻繁《ひんぱん》に目撃《もくげき》されることは未《いま》だかつてなかったんだって。

にしても今朝《けさ》は一段《いちだん》と騒《さわ》がしいな、と思っていると、

「だからよ、絶対《ぜったい》ジョーカーは怪《あや》しいぜ」

「そうそう」「絶対怪《ぜったいあや》しい！」

ひと際騒々《きわそうぞう》しい声たちが耳に飛び込《こ》んできた。

「もしかしてあの爺《じい》さん、宇宙人とコンテストしてるんじゃないか⁉」

「それを言うなら、コ　ン　タ　ク　ト　な」

「そう言えばうちの兄ちゃんがさ、新型インフルエンザって実はＵＦＯが関係してるらしいぜって言ってた」

「知ってる知ってる！　宇宙人陰《いん》モウ説《せつ》！」

「『陰謀説《いんぼうせつ》』じゃ、このバカチンがぁ！」

窓際《まどぎわ》の後ろのほうでやたらと盛《も》り上がっているこの連中は、谷口大那《たにぐちだいな》を中心とする『大那《だいな》グループ』だ。

もちろん、本人たちがそう名乗っているわけじゃない。この六年二組の、いわゆる問題児《もんだいじ》たちにつけられた、先生たちの間での通称《つうしょう》だ。

このクラスは、五年生の時にもの凄《すご》く荒《あ》れていたって聞いた。しまいには担任《たんにん》の先生がノイローゼで学校をやめてしまうほどひどかったみたいなんだけど、その核《かく》になっていたのが、成瀬《なるせ》、木ノ内《きのうち》、内海《うつみ》、塚田《つかだ》、そしてリーダーである谷口大那《たにぐちだいな》の五人組だったらしい。

どうやら大那《だいな》の反抗的態度《はんこうてきたいど》がその発端《ほったん》で、次第《しだい》に周りの子たちも感化《かんか》され、事態《じたい》はどんどんエスカレートしていったということだった。

ロッカーにランドセルを押《お》し込《こ》めていると、

「おい、吉野《よしの》」

その大那《だいな》が、ひとつだけ並びからはみ出た一番後ろの席にどっかりと腰《こし》かけたまま、「団地からは見えたか？」と話しかけてきた。

「いや、オレは……」

返事をするかしないかのうちに、やつのごつい顔がニヤリと笑う。

「お前、昨夜《ゆうべ》のはマジヤバだったんだぜー」

ワックスで立たせたツンツンヘアーをしきりに摘《つま》みながら、得意げに語りはじめる。

大那《だいな》は、どう見ても小学生には見えない。背《せ》が高いだけじゃなく、全体のパーツ一つ一つが『規格外《きかくがい》』のサイズを誇《ほこ》っている。

ジェスチャーするたびに行き交う手は、明らかにオレの一・五倍くらいはありそうだし、タンクトップから露出《ろしゅつ》した肩《かた》は威嚇《いかく》するかのように張り出していて、まるで中学生だ。それも、夜、コンビニの前に集まってそうな怖《こわ》い中学生。

実際《じっさい》、見た目どおり相当な乱暴者《らんぼうもの》らしく、キレて見境《みさかい》なく金魚鉢《きんぎょばち》をひっくり返したという『金魚爆弾事件《ばくだんじけん》』は、もはや伝説《でんせつ》と化している有名な話で。

正直、できればあんまり関わり合いたくないいんだけど、幸《こう》か不幸《ふこう》か時々こんなふうに普通《ふつう》に話を振《ふ》ってくれたりする。ありがたいようなありがたくないような微妙《びみょう》な気分だ。

それでついつい目を逸《そ》らしがちになるもんだから、「おい吉野《よしの》、聞いてんのか。オラッ」って、結局また絡《から》まれちまったよ。

「はい、みんなー、席についてー」

そこへタイミングよく、極細《ごくぼそ》の甲高《かんだか》い声と共に岩清水《いわしみず》先生が入ってきた。

どやどやと、それぞれが自分の席を目指《めざ》して移動を開始する中、案の定《あんじょう》、窓際《まどぎわ》の後ろの大那《だいな》たちだけはお構いなしだ。

「ほら、成瀬《なるせ》くんたちもー」

さっそく注意されると、

「せんせー」

大那《だいな》がすかさず手を挙げる。

「今、すっげえ盛《も》り上がってるから、もうちょっと待《ま》ってください」

始まったよ、今日も。

「でも、もう時間だから……」

「俺ら、昨日あのＵＦＯ見たんですよ。だからめっちゃテンション高くて」

なぁ！　と同意を求める大声が、細い声を完全に打ち消す。

こうなると、周りに立ってる四人も黙《だま》っているわけがない。

「いいじゃん、アヤノちゃん。朝の会の時くらい」

アシンメトリーに垂《た》らした前髪《まえがみ》をクールに払いつつ、ナンバー2の成瀬《なるせ》が乗れば、

「そうそう！」「俺たち、地球がどうなるかって真面目《まじめ》な話してるんだから」

内海《うつみ》と木ノ内《きのうち》の、割れた変声期ボイスによるコンビネーション攻撃《こうげき》が続く。

そうしてる間《あいだ》にも、塚田《つかだ》がまた大那《だいな》に何やら突《つ》っ込《こ》まれて大笑いしてる。

「んー」

先生は困《こま》った顔をして、メガネに手をやりながら、「仕方ないわね」と苦笑《にがわら》いを浮《う》かべた。

「じゃあ、今朝《けさ》は特別よ」

途端《とたん》に教室全体がにぎやかさを取り戻し、あちこちで話の花が咲き乱れる。

堂々《どうどう》と髪《かみ》を梳《と》かしはじめる女子がいるかと思えば、我関《われかん》せずで一人もくもくと読書を続けるやつもいて、皆一気に自習モード全開って感じ。

いつものことだ。いや、いつもより悪《わる》いか。今朝《けさ》は朝の挨拶《あいさつ》すら省略《しょうりゃく》だもんな。


――「六年二組は、新任の岩清水綾乃《いわしみずあやの》先生という、穏《おだ》やかでやさしい女の先生が担任《たんにん》です」

挨拶《あいさつ》をしにいった時、校長先生からそう言われて、安心しきっていたあの頃《ころ》。

確《たし》かにそのとおりだったけど、クラスそのものが穏《おだ》やかでないってことは、まったく予想もしていなかった。ちょっと騙《だま》された気分だった。

だって、こんな無法地帯《むほうちたい》、前の学校じゃ考えられないよ。

新学期早々《そうそう》の席替《せきが》えにしても、自分が一番前の席なのが気に入らないからって、大那《だいな》が言い出したのが発端《ほったん》だ。

しかも、男女の並びを無視して勝手に窓際《まどぎわ》に移《うつ》るという荒技《あらわざ》が許《ゆる》されるなんて、信じられなかった。

挙句《あげく》の果てには、「ずるくな〜い？　アタシも端《はし》っこがいい〜」なんて便乗《びんじょう》する女子も出てくるしさ。もうむちゃくちゃ。

まぁ、席替《せきが》え自体はラッキーだったたし、オレとしてはクラスがどうであろうと大した問題じゃない。

いや、ぶっちゃけ別にどうでもいいんだ。一年間大人しくやり過ごせばすむことだし。

どうせ中学に上がれば、みんなバラバラになるんだから。

結局その日は一日中、ＵＦＯ騒《さわ》ぎに終始《しゅうし》した。

この手の話は大好きなんだけど、オレ自身はそういう不思議《ふしぎ》体験をしたことが一度もない。

だから、皆の注目の的《まと》になっている大那《だいな》たちのことが、ちょっぴり羨《うらや》ましくもあった。

放課後の砂浜は、照《て》りつける太陽を跳《は》ね返し、まるで真夏のような眩《まぶ》しさを放っていた。

「しっかし、マジ暑《あつ》いなぁ」

おとなしく松林に囲まれた日陰《ひかげ》の遊歩道《ゆうほどう》を行けば、涼《すず》しいのは分かってる。

だけど、せっかく海の傍《そば》にいるんだもん、もったいない気がして。

なんたって海辺は宝の山だ。文字通り、宝物がゴロゴロ転《ころ》がっているんだから。

中でも、ガラスの破片《はへん》が波にもまれ、長い年月をかけてできるシーグラスは、世界中にコレクターがいるくらいメジャーなお宝で。

何を隠《かく》そう、オレも小さい頃《ころ》からその『海の宝石』に魅《み》せられてきた一人なのだ。

Tシャツの裾《すそ》をバフバフやりながら、砂浜通学路《つうがくろ》の帰り道を今日もひとり、ビーチコーミングに明け暮《く》れる。

とは言え、はたから見れば、『入《い》り江《え》を俯《うつむ》き加減《かげん》でトボトボ歩く寂《さび》しそうな少年』ってとこだろうか。探すと意外に見つからないもんなんだよな、シーグラスって。

「はぁ～あ」

人気《ひとけ》のない穏《おだ》やかな海辺は、頭の中を寄り道させるのにも最適《さいてき》な場所かもしれない。

そう。気が付けばいつも、あいつの笑顔を思い浮《う》かべては、ぼーっと歩いてる。

本当は帰り道も一緒《いっしょ》になれたらって思うんだけど、そうもいかない。

あいつときたら、帰りの会が終わった瞬間《しゅんかん》に駆《か》け出して、いつもソッコウでいなくなっちまう。

とにかく神懸《かみがか》り的に早いんだから。あいつより先に教室を出た子を、オレはまだ見たことがない。

それより何より、一緒《いっしょ》に帰ろうだなんて、オレがあいつにそんなこと言えるわけがないもんな。

「晴香《はるか》、かぁ……」

あいつはいつも元気で明るくて、おまけに芸能人《げいのうじん》レベルでかわいいときてる。それでいて皆にやさしいもんだから、女子からも男子からも人気があって。

つまり、あれはオレだけに向けられたかわいさではないし、オレだけが特別扱《あつか》いされているわけでもない。

何となくフィーリングが合うような気がするのは、たぶん、オレたちの共通点のせいだろう。晴香《はるか》も去年ここへ転校してきたらしいから、よそ者同士ということで、多少は身近に感じてくれているんじゃないかな。

まぁ、どっちにしても、オレなんかとは到底《とうてい》つり合わない子であることに変わりはない。

それに、オレには分かってるから。あいつには、他に誰《だれ》か好きな人がいるんだってことが。

そしてそれは、恐《おそ》らく他の皆も知らないであろう、誰《だれ》にも秘密《ひみつ》の相手だということも……

「ぬおっ！」

突然《とつぜん》、ガツンと何かにつまずいた。

どうにかコケずにはすんだものの、つま先がジンジン痺《しび》れてる。

「いってぇな、もう」

睨《にら》みつけるように振《ふ》り返れば、すぐ後ろに尖《とが》った石のようなものがあるではないか。

「なんだこれ」

拾い上げてみると、手《て》の平大《ひらだい》の赤黒い三角形で、別段、重くもない。

ましてや地中深く突《つ》き刺《さ》さっていたわけでもないのに、あの強い衝撃《しょうげき》は一体何だったというのか。

不思議《ふしぎ》に思いながら、角度を変えてあちこち見てみると、ゴツゴツ尖《とが》った部分とは別に、断面《だんめん》らしきザラザラした面もある。

どうやら瓦《かわら》とか、そういう何か陶器類《とうきるい》のカケラのようだ。

いずれにせよ、こんな尖《とが》ったガレキは危険《きけん》だし、どう見ても砂浜には似つかわしくない。

オレは少し下がってから助走をつけると、つま先の痛《いた》みに対する多少の恨《うら》みも込《こ》め、コイツを遥《はる》か海の彼方《かなた》に葬《ほうむ》るべく、思いっきり腕《うで》を振《ふ》りかぶった――

その時。

――レサマワレキオ　レオナルトゥ……

不意に、耳元で誰《だれ》かに何か囁《ささや》かれた気がした。

とっさに手を止めて辺りを見回したが、誰《だれ》もいない。

不審《ふしん》に思いつつも気のせいだろうと自分に言い聞かせ、もう一度投げようとしたのだが、

「え、あれ……」

今度は別の異変《いへん》に気が付いた。

親指と中指で挟《はさ》んでいた、あのゴツゴツ感。添《そ》えた人差し指にあった、断面《だんめん》のザラザラ感。

それら右手にあるはずの感触《かんしょく》が、急激《きゅうげき》に薄《うす》れていくような、妙《みょう》な感覚に襲《おそ》われたのだ。

慌《あわ》てて手を見てみれば、指は掴《つか》んだままの形を保《たも》っているのに、何と肝心《かんじん》のカケラそのものがなくなっているではないか。

「ど、どうなってんだ」

落としたんだろうか。いや、そんなはずはない。今の今までこの手にちゃんと持っていたのに。

まさか、消えた!?　そんなバカな。

そう言えば、その前に妙《みょう》な声が聞こえたような気がしたけど、それも何か関係が——

「うわ、やべ」

ハッと我《われ》に返り、思わず舌打《したう》ちすると同時に目を逸《そ》らす。

「もう、最悪《さいあく》」

海の家の向こうに、見てはならないものを見てしまった。

骨組《ほねぐ》みが半分剥《む》き出しになったバルコニーの隅《すみ》に立つ、不気味《ぶきみ》な影《かげ》。

ジョーカーだ。どうしよう、思いっきり目が合っちまったかも。

白々《しらじら》しく、鳴《な》りもしない口笛《くちぶえ》なんか吹《ふ》きながら、とっとと歩き出す。

うかつだった。いつもは意識して足早《あしばや》に通り過ぎる地点なのに。

今日に限って、ふと立ち止まった位置が、よりにもよってあのドライブインの真裏《まうら》だったなんて。

海岸沿いの道路に面した、古びた建物。ところどころ壁《かべ》が崩《くず》れ落ち、海側から見る限り、ほとんど廃墟《はいきょ》と言ってもいいくらいにボロい。

道路側は対照的《たいしょうてき》で、白い板張りの壁《かべ》はまだ新しい感じだし、イルカやヤシの木をかたどったステンドグラス風の窓《まど》たちはブルー系で統一され、むしろ爽《さわ》やかな雰囲気《ふんいき》さえ醸《かも》し出している。だけど、いつもカーテンを閉め切っているばかりか、駐車場《ちゅうしゃじょう》の端《はし》から端《はし》までロープが張られていて、お店を開ける気配《けはい》すら感じられない。

道路脇《わき》の鉄柱《てっちゅう》には、【ドライブイン　ラストウェーブ白波《しらなみ》←】という大きな電光看板《でんこうかんばん》が立っているものの、その下部分は三角形に割れ落ちたままだし。

要するに潰《つぶ》れちゃったみたいなんだけど、このへんの子供たちの間《あいだ》で怪談のように語り継《つ》がれているのが、そこに住んでいる謎《なぞ》の老人の話だ。

何で『ジョーカー』なのかは知らないけど、皆がわざわざそういうあだ名をつけて怖《こわ》がるのは分かる気がする。

伸《の》びるだけ伸《の》びたグレーの髪《かみ》を後ろで縛《しば》り、いつ見かけても、やたらでかいサングラスをしていて。おまけに、痩《や》せた浅黒いその顔には、ヤバそうな傷跡《きずあと》まであるらしい。

そう。どう見ても、普通《ふつう》の爺《じい》さんじゃないのだ。

今日は大那《だいな》たちに『宇宙人の仲間』にされていたけど、この前までは確《たし》か『国際的な殺し屋の一味』で、目下《もっか》組織からの指令を待《ま》ちながら地下に潜伏中《せんぷくちゅう》、ってことになっていた。

そんなわけないだろうと思いつつ、あの威圧的《いあってき》な風貌《ふうぼう》を目にしてからは、妙《みょう》に納得《なっとく》させられてしまって。

とにかく正体不明《しょうたいふめい》で、少なからず怪《あや》しい人物であることは間違いない。

「もう大丈夫かな」

目をこするふりをしてチラッと後ろを見やると、既《すで》にバルコニーにもうその姿《すがた》はなく、ホッと胸《むね》をなで下ろす。

だけど、穏《おだ》やかな海も今はその静けさが逆に不気味《ぶきみ》な感じがして、オレは逃《に》げるように急ぎ足で家路《いえじ》についた。

サザザーン……　シャー

寄せては返す、波の音。

静《しず》かな海の営《いとな》みが、沈黙《ちんもく》する二人の空白を埋《う》めるように、ただひたすらリピートしている。

「あのね、私……」

思いついたように口を開いた、あいつの横顔。

長い髪《かみ》が、風にふわりと舞《ま》う。

「ずっと言えなかったんだけど、私ね、本当は」

ズワン……　シャー

潮騒《しおさい》に掻《か》き消された、小さな声。

聞き返すと、

「行かないで、ショウちゃん」

そこには、あの見知らぬ女の人が、いつもの悲しげな顔でオレを——


「！」

突然《とつぜん》、視界《しかい》が赤黒い煙幕《えんまく》のようなものに遮《さえぎ》られた。

そのもやもやの中で、何か動物の目らしきものが、まるで月明かりをまとったナイフのように青白く、鋭《するど》く、ギラリと光を放っている。

面食《めんく》らっていると、今度はその向こうから、

「――おい、小僧《こぞう》」

いきなり、ドスの利《き》いた嗄《しわが》れ声が話しかけてきた。

「――そんなにあの子のことが好きか」

だ、誰《だれ》？

「――まぁ、そんなにびびることはねえ。俺様はキューピッドってえやつだからな」

キューピット⁉

「――トじゃねえ、ドだ。何だあ、まさかキューピッドを知らねえってのか。分かりやすく言ってやったのに」

いや、知ってるけど、その声だと何か……

「――ははーん、赤ん坊みてえなかわいらしい声じゃねえから、疑《うたが》ってるわけだな。これだからシロウトは困《こま》るんだ。いいか、まずキューピッドってえのは今風《いまふう》の呼び方だ。元々はクピードーと言ってな、古代ローマじゃあ髭《ひげ》を生やした凛々《りり》しい男の姿《すがた》だったわけよ。な、だから最後の発音もドが正しい。分かったか小僧《こぞう》」

じゃあ、そのクピードーさん本人なの？

「——だから、そうは言ってねえだろう。もののたとえだ。よく言うだろうが、恋《こい》のキューピッドってよ」

はぁ、おじさんが、恋《こい》の……何かいまいちピンとこないな。

「——まぁいい、そのうち分かる。要するに俺様は不吉《ふきつ》なものなんかじゃあねえってことよ。どちらかというとその逆だ。だから二度と俺様を忌《い》み嫌《きら》うようなまねはするんじゃねえぞ」

嫌《きら》うも何も、別にオレは……

「——それから、オジサンはやめろ。俺様は、レキオ・レオナルトゥ。由緒《ゆいしょ》正しい名があるんだからよ」

レオナルド?

「——だから、ドじゃねえ。トゥだ」

ややこしいなぁ、もう。どっちだっていいじゃんか。

「——何がいいものか。よおく覚えておけ小僧《こぞう》。言葉ってえのは大事だ。たった一文字違うだけでまったく意味が違ったりするもんだからな。いいか、俺様はレキオ・レオナルトゥ。ドじゃなくて、トゥだ」

はいはい分かったよ。レキオ・レオナルトゥね。ドじゃなくて、トゥね。

まったく、変なところにこだわるんだから。

って、待《ま》てよ。その名前、どっかで聞いたことがあるような……

「……？」

目が覚《さ》める。

「夢《ゆめ》か」

カーテンが眩《まぶ》しいほどに光を帯《お》びて、布地《ぬのじ》の質感までくっきりと浮《う》かび上がらせている。

今日もいい天気みたいだ。

壁《かべ》の時計に目をやると、ちょうど目覚ましが鳴《な》る五分前だった。

それにしても変な夢《ゆめ》だったな。わけ分かんない。さすが夢《ゆめ》だ。

そんなことより、今日も楽しい朝の日課がオレを待《ま》ってるんだ。早起き早起き、っと。

「ん？」

鳴《な》り出す前にスイッチを切ろうかと伸《の》ばした手が、何か別の感触《かんしょく》をとらえる。

「何だろう」

起き上がり、枕元《まくらもと》のそれを目にした瞬間《しゅんかん》、

「！」

オレは思わず身構《みがま》えた。

「こ、これ、何で、ここに……」

洗《あら》いざらしの、真っ白なシーツの上。

そこには、あの時手の中から跡形《あとかた》もなく消えたはずの、あのガレキが、その赤黒い姿《すがた》を静《しず》かに、横たえていた。

3

鉛筆《えんぴつ》を走らせる小刻《こきざ》みな音が、そこら中で響《ひび》いている。

鼻水をすする音や咳払《せきばら》い以外には、話し声も聞こえてこない。

先生は先生で、日当たりのいい窓際《まどぎわ》のデスクに腰《こし》を下ろし、肘《ひじ》を突《つ》いた手で顔をあおぎながらひと息ついている。

週に一度ある『漢《かん》チャレ（漢字《かんじ》チャレンジ）』の時間。

昨日、『漢《かん》ド（漢字《かんじ》ドリル）』をひと通り復習していたから、今回はマジで余裕《よゆう》だった。

とは言え、いつもなら余った時間を、間違いがないか見直すのに費《つい》やすんだけど、今日はどうもそれどころじゃなくて。

暇《ひま》さえあれば、今朝《けさ》のことを思い出しては考え込《こ》んでしまう。そう。あのガレキのことをだ。

いったい、どうして枕元《まくらもと》にあったんだろう……

少しして、四時間目の終わりを告《つ》げるチャイムが鳴《な》った。

「はい、やめー。後ろの人、集めてきてくださーい」

甲高《かんだか》い声を合図に、教室内にガヤガヤが戻ってくると、

「遼哉《りょうや》くん、どうだった？」

晴香《はるか》が、わざわざクルッと膝《ひざ》をこちらに向けてから、神妙《しんみょう》に顔をのぞき込《こ》んできた。

「おお、たぶんバッチリ」

親指を立てると、「よかったぁ」って嬉《うれ》しそうに笑いながら、「じゃあ、たぶん私もバッチリだよ！」と、V《ブイ》サインをする。

「じゃあって何だよ、じゃあって」

「だって、ボーっとしてるから、どうしたのかなぁって思ってたら、見えちゃったんだもーん」

って、カンニングかよ！

「えへへ、わざとじゃないから大丈夫！」

まったく、何が大丈夫なんだか。

「でも、今日の遼哉《りょうや》くんやっぱり変だよ。朝からすごい難《むずか》しい顔して、何か考え事でもしてるの？」

「別に、大したことじゃないよ」

と言いながらも、気にしてくれていたのかと思うと無性《むしょう》に嬉《うれ》しくて。

「いや、実はちょっと不思議《ふしぎ》なことがあってさ」

「えー、なになに、どんなこと？」

本当は話すつもりなんかなかったんだ。内容自体がかなり地味《じみ》だから、UFOみたいに盛《も》り上がれるネタではないと思って。

でも乗ってきたから、オレもその気になって、「今朝《けさ》、起きた時にさ、枕元《まくらもと》に」まで言いかけたんだけど、

「あ、ごめん、ちょっと待《ま》って」

晴香《はるか》は急に席を立つと、教室を飛び出していってしまった。

またかよ……心の中でそうつぶやいたら、さっきまでの嬉《うれ》しさが泡《あわ》のように、一瞬《いっしゅん》で消えてなくなった。

たぶん、トイレか階段《かいだん》の踊《おど》り場に行ったんだろう。いつものあれだ。オレには分かってる。

長いため息をつきながら、ほっぺたを机《つくえ》に押《お》し付けると、そのまま顔ごと沈《しず》んでしまいそうな気がした。

机《つくえ》から伝わってくる教室のざわめきに身をゆだね、しばらくの間《あいだ》ぼーっとしていると、

「あのー、ちょっといいかな」

不意に、鼻のつまった濁音《だくおん》混《ま》じりの声がして、視界《しかい》が水色の布《ぬの》で遮《さえぎ》られた。

顔を上げると、すぐ横に寺沢若菜《てらさわわかな》が立っている。

「『六《ろく》』の白衣って、吉野《よしの》くんのだよね？」

一瞬《いっしゅん》『どく』って聞こえたけど、すぐに意味は理解《りかい》した。

「えっと、たぶんそうだったと思うけど、なんで？」

若菜《わかな》はオレの斜《なな》め後ろの席——つまり、晴香《はるか》の後ろの席だけど、班《はん》は別だ。

ここ白波《しらなみ》小では、給食当番の白衣は共用になっている。先週はオレたち三班《ぱん》が当番だったけど、今週は若菜《わかな》たち四班《ぱん》が当番で、その白衣を着ている。

白衣には番号がふってあり、当番の週が終わるまでは、各々《おのおの》が責任を持って管理《かんり》する決まりになっているのだが。

「あのね、ポケットからこんなものが出てきたんだけど」

と、差し出されたそれを見た瞬間《しゅんかん》、オレは凍《こお》りついた。

「これ、なあに、瓦《かわら》か何かのカケラ？　一応、大事なものなのかなぁと思って。はい、返しておくね？」

若菜《わかな》は、机《つくえ》の上に赤黒いそれを置くと、「もう一回、手を洗《あら》ってこなくっちゃ」と言いながら走っていった。

◇

左のポケットにある異物感《いぶつかん》を、ハーフパンツの上から触《さわ》って確《たし》かめる。まだ、ある。

給食を食べながらいろいろ考えた結果、こうやって五分おきくらいの間隔《かんかく》で確認《かくにん》することに決めた。

またいつ消えるかも分かんないし、どういうタイミングでそうなるのか、その瞬間《しゅんかん》をとらえてやろうと思ったからだ。

今朝《けさ》、目が覚《さ》めると、どういうわけか枕元《まくらもと》にあったあのガレキ。

オレは気味《きみ》が悪《わる》くなり、それを新聞紙でぐるぐる巻きにして、部屋の勉強机《べんきょうづくえ》の一番下の引き出しに放り込《こ》んで鍵《かぎ》を掛《か》けてきた。

そう。確《たし》かに置いてきたはずなんだ。オレが言うんだから間違いない。それなのに……

「じゃあ次。寺沢《てらさわ》さん、読んでください」

「はい」

椅子《いす》の引かれる音がして、若菜《わかな》が続きを読みはじめる。

まだ少し、『まみむめも』や『なにぬねの』が入った言葉を読むのが辛《つら》そうな感じ。時々小さく咳《せき》もしてる。

若菜《わかな》は先週の木曜日から昨日まで、風邪《かぜ》で学校を休んでいた。

だから当然、給食当番も今日からであり、六番の白衣に袖《そで》が通されるのも、自《おの》ずと今日が初めてということになる。

いや、この際、そんなことはどうでもいい。

一体どういうことなんだ。昨日のうちに教室に持ち込《こ》んでいた白衣袋の中に、今朝《けさ》、確実《かくじつ》に家に置いてきたはずのものが入っているなんて……

「はい、そこまで。ええと、この辺りは歴史の流れどおりに書いてあるので、通していきましょう。じゃあ次は、林原《はやしばら》くん」

「はーい」

さっきから、一定の音階《おんかい》を維持《いじ》する棒読《ぼうよ》みサウンドが、妙《みょう》な心地《ここち》よさを演出してくれている。

社会ってのは、どうも苦手だ。フランシスコザビエルとか徳川《とくがわ》イエナントカとか、藤原《ふじわら》のカタマリって何だよ。ああカマタリか。とにかくややこしい名前がたくさん出てくるし。

それだけでもウンザリなのに、その人たちが何年にどんなことをしたかなんて、何で覚えなくちゃいけないのか。そう思うといつも、頭の中の歯車《はぐるま》が急激《きゅうげき》に減速《げんそく》しはじめる。

元々興味がない上に、五時間目という、魔物《まもの》に『微睡《まどろみ》の呪文《じゅもん》』をかけられる時間帯ともなればなおさらのこと。

チラッチラッと辺りに目を配れば、普段《ふだん》は騒《さわ》がしい連中もこぞって瞑想《めいそう》にふけっているようで。どうりで静《しず》かなわけだ。

横に目をやると、晴香《はるか》もボーっとしてる。教科書に向かってはいるけど、たぶん、別のことを考えてるな、この顔。

いつもなら、退屈《たいくつ》になると、紙切れに『あーそーぼー?』とか書いてよこすのに。それで『あーとーでー』って返すと、『あそんでくれなきゃ、せんせーにゆってやるー』とか、わけ分かんない手紙のやり取りをして結局遊んじゃうんだけど。今日はそういう気分じゃないのかな。

そう言えば、珍《めずら》しく給食を残したみたいだったけど、具合でも悪《わる》いのかな。

あの後《あと》、てっきり話の続きをせがまれるかと思っていたのに、結局あのまま流れちまったし。

それどころじゃなかったってことなのかな。やっぱり何かあったのかな。気になるな、気になるな――


「――気になるか。そりゃ気になるよなあ」

あっ、その声はレキオレオナル……えっと。

「――レキオ・レオナルトゥ。ドじゃなくてトゥだからな」

って、この声、一体どこから聞こえてくるんだ!? どうなってんだ、これ。

「――なに寝《ね》ぼけてやがる、自分でしまっておいて。それより、やい小僧《こぞう》。なんだってまた俺様を邪険《じゃけん》に扱《あつか》いやがるんだ、ええ、あんな狭《せま》っ苦しいところに押《お》し込《こ》めやがって」

また。いきなり話しかけてきたかと思えば、何のことだよ。意味分かんない。

「――とぼけるんじゃねえ。文字だらけの包み中に閉じ込《こ》めて、置いてけぼり食らわしたろうが。お陰《かげ》で騒々《そうぞう》しくて気が狂《くる》いそうだったぜ。どういうつもりなんだ、あん?」

え……それってもしかして、このガレキのこと？

「――なにを今さら。それに俺様に向かってガレキとは何だ。言葉を慎《つつし》みやがれ」

驚《おどろ》いたなぁ、これがそうだったなんて!?　キミは一体何者なの？　っていうか、どうやって白衣のポケットになんか忍《しの》び込《こ》んだの？

「――忍《しの》び込《こ》むだと、人聞きの悪《わる》い。安全な空間座標《くうかんざひょう》を選んで飛んできてやっただけだろうが」

まさか、瞬間移動《しゅんかんいどう》ってやつ？

「――おめえが置いていくから仕方なくやったことだ。何か文句《もんく》でもあんのか、あん？」

すげぇ、本当にそんなことできちゃうんだ。

「――そんなこたあ俺様にとっちゃあ朝飯前《あさめしまえ》よ。と言いたいところだが、こんな身だ、疲《つか》れるったらありゃしねえ。二度も余計な力を使わせるんじゃあねえよまったく。つくづく世話《せわ》の焼けるガキだ」

そうか、分かったぞ！

「――なんでえ、やぶから棒《ぼう》に」

ＵＦＯと関係あるでしょ。絶対《ぜったい》そうだ。さては、宇宙から来た謎《なぞ》の生命体？

いや、待《ま》てよ。流暢《りゅうちょう》に日本語なんかしゃべってるってことは、高い知能を持っている文明人による何かか。とすれば……

「――やい、何を一人でぶつくさ言ってやがる。俺様が何であるかってえのは、もうとっくに言ったはずだろうが」

じゃあ、本当の正体は、遥《はる》か銀《ぎん》河《が》系《けい》の彼方《かなた》から地球人とコンタクトを取るために派遣《はけん》された、ガレキ型偵察機《がたていさつき》・レキオレオナルトゥ号！　ってのはどう？

「——喧嘩《けんか》売ってんのか、小僧《こぞう》」

待《ま》てよ。まさか本当の目的は地球侵略《しんりゃく》とかじゃないよね？　そのためにオレを操《あやつ》ろうと企《たくら》んでるんじゃないよね？

「——さっきからくだらねえことばかり言ってんじゃねえよ。たとえそうだったとしても、ガキ一人操《あやつ》ったところで何ができる」

げっ、否定《ひてい》しないところをみると、リアルに侵略《しんりゃく》予定なの？　いやだよ、やめてくれよ！

「——いいかげんにしやがれ。だいたい悪巧《わるだく》みしてるやつが、わざわざこうして助言なんてしに来るかってんだ」

助言って、何に？

「——だから言ったろうが、俺様は恋《こい》のキューピッドだって。そのための助言以外に何がある。好きなんだろう、あの子のことが、あん？」

いや、それは、そうだけど……でも、別にオレは、そんなこと頼《たの》んだ覚えもないし、そういうんじゃないから。

「——おい小僧《こぞう》。勘違《かんちが》いするなよ。これはな、おめえのためじゃねえ、あの子のためなんだ」

どういうこと？

「――いちいち説明してる暇《ひま》はねえ。とりあえず言うとおりにしろ。いいか、闘《たたか》いの時は平手《ひらて》だ。拳《こぶし》は初めに相手を威嚇《いかく》する時以外は使うな。あとは平手《ひらて》だけでやれ。いいな」

た、闘《たたか》いって何だよ。っていうか、それで助言のつもり？　さっぱりわけ分かんないじゃんか。

「――おめえがくだらねえことをグダグダくっちゃべってるからだ。いいから黙《だま》って平手《ひらて》だけで闘《たたか》えばいいんだ。平手《ひらて》だぞ平手《ひらて》。分かったな。平手《ひらて》だ、ぞ……」

あ、ちょっ、待《ま》ってよレキオ！

遠ざかる声を追って、オレは勢いよく立ち上がった。

「ちゃんと説明してくれなきゃ分かんないってば、もう！」

「ですから、次は五十四ページの下から四行目のところから読んでくださいと」

「だから、それがその闘《たたか》いとどんな関係が……えっ？」

気が付けば、たくさんの視線《しせん》と開いた口とが、こちらに向けられていた。先生もメガネの奥の目をパチクリさせている。

何となく状況《じょうきょう》を理解《りかい》した途端《とたん》、心臓《しんぞう》が別の生き物のように激《はげ》しく伸縮《しんしゅく》しはじめ、カーッと頭に血が上ってくるのが分かった。

ふと、晴香《はるか》が小声で、「ここ。ここから」と、わざわざ教科書を指差しながら見せてくれている。

汗《あせ》がどんどん噴《ふ》き出してくるのを感じつつ、慌《あわ》ててオレも自分の教科書を手にしたのだが、

「な、なんだこれ!?」

そのページの、あまりの異変《いへん》に愕然《がくぜん》としてしまった。

何と、文字の並びが明らかにおかしくなっているではないか。

「どうなってんだ、どうなってんだ」

度重《たびかさ》なる不思議《ふしぎ》体験で完全にパニクっていると、妙《みょう》に静《しず》まり返った教室に、晴香《はるか》のやきもきしたようなでっかいヒソヒソ声が響《ひび》き渡《わた》った。

「遼哉《りょうや》くん、さ、か、さ、ま！」

その瞬間《しゅんかん》、どっとクラス中が沸《わ》き、オレは思いがけず皆の注目の的《まと》になるという、願《ねが》ってもない機会を得たのだった。

――誰《だれ》も羨《うらや》ましくは思わないだろうけど。

寝汗《ねあせ》なのか冷《ひ》や汗《あせ》なのか、とにかく汗《あせ》をかきまくった五時間目も終わり、

「それでは！　帰りの会を始めるっす！」

今日聞いた中で一番やる気を感じさせる号令で、帰りの会が始まった。

「気が付いたこと！　ある人！　一日の反省！　ある人！　いないので先生からッ！」

今日の日直は、泣く子も黙《だま》る谷口大那《たにぐちだいな》だ。

早く終わらせることだけを目的とした、手を挙げる隙《すき》も与えない雪崩《なだれ》のような進行ぶりは、さすがだ。

先生もそれを予測していたかのように、「これは、帰ったら必ずお家《うち》の人に見せてくださーい」と、すぐに用意していたプリントを配りはじめる。

日直は、隣《となり》の子と二人でやるのが普通《ふつう》だ。でも大那《だいな》のように隣《となり》の席がない場合、もしくは隣《となり》の子が休んだりした時は、基本的《きほんてき》には全部一人で仕事をこなさなきゃいけない。

だけど、授業開始と終わりの号令こそやるものの、その他の仕事をしている大那《だいな》の姿《すがた》をオレは見ていない。

一時間目の後の黒板消しは内海《うつみ》がやっていたし、次の時間の黒板消しは塚田《つかだ》、三時間目の体育ではマット出しが木ノ内《きのうち》で、後片付けはまた塚田《つかだ》がやっていた。

そう。ちょっと偏《かたよ》りはあるものの、見事に大那《だいな》グループの中で役割《やくわり》分担しているようなのだが、どんなシステムになっているんだろう。

そんなことを考えながらふと横を見ると、晴香《はるか》のところでプリントが滞《とどこお》っているではないか。

「晴香《はるか》ちゃん？」

若菜《わかな》が不思議《ふしぎ》そうな顔をして肩《かた》を叩《たた》くと、横顔が、「あっ」と小さく驚《おどろ》いてる。

「ああ、ごめん」

やっぱりおかしい。一体どうしたっていうんだ。

この学校に転校してきてから、オレはずっと晴香《はるか》に助けられてきた。今のオレがあるのは、この子のお蔭《かげ》だ。

だから、もしも悩《なや》んだり困《こま》ったりしてるんなら、力になりたい。せめて話ぐらい聞いてあげられるやつになりたい。

そうなんだ。別に付き合うとかラブラブになるとか、そんなんじゃなくて。

「あのさ、晴香《はるか》」

思い立って小声で話しかけると、

「なあに、遼哉《りょうや》くん」

とっさに笑顔をつくって、いつもどおりを装《よそお》ってる。

その顔で微笑《ほほえ》まれると、どうも普段《ふだん》の自分のままでいられなくなるんだよな、最近。

「あの、えっと、その」

変に意識しなければいいんだ。分かってる。一緒《いっしょ》に帰らないか。さらっとそう言えばいいだけのことなんだから。

しかし、ひと呼吸《こきゅう》おいたところで、

「きりーつ！」

大那《だいな》の、やる気全開のひと際《きわ》でかい声と共に、椅子《いす》たちのガチャガチャが間《あいだ》に割って入る。

すると、帰りの挨拶《あいさつ》を言い終わるか終わらないかのうちに、

「ごめん、今日はちょっと急ぐんだ。また明日《あした》ね！」

晴香《はるか》は手を振《ふ》りながら、さっさと駆《か》け出していってしまった。

って、おいおい、どういうことだよ。さっぱりダメダメじゃないか。左ポケットを触《さわ》れば、『自称《じしょう》・恋《こい》のキューピッド様』がいるってのに。

百パーセント信用したわけじゃないけど、もしかしたら、こういう時に何か効力を発揮《はっき》してくれるんじゃないかと、密《ひそ》かに期待していたのにさ。

何だかフラレた気分になって、ため息をつきながら崩《くず》れるように席に座《すわ》った。でもその時、ふと、レキオの言葉が頭をよぎった。

「——おい小僧《こぞう》。勘違《かんちが》いするなよ。これはな、おめえのためじゃねえ、あの子のためなんだ」

オレのためじゃなく、あいつのため……

「——いいか、闘《たたか》いの時は平手《ひらて》だ。平手《ひらて》だけでやれ。いいな」

闘《たたか》いの時って……

「ま、まさか！」

何ですぐに気付けなかったんだろう。

もしかしたらあれは、帰る途中《とちゅう》であいつが誰《だれ》かに襲《おそ》われるってことを意味してるんじゃないのか。

その時に、オレがその変態《へんたい》と闘《たたか》ってあいつを助けなきゃいけないってことなんじゃないのか。

きっとそうに違いない。レキオはそれを言いたかったに違いない。

そう思ったら、迷いはなかった。もういても立ってもいられなかった。

急いで追いかければ、今ならまだ間に合うはずだ。

オレはランドセルを引っ掴《つか》むと、飛ぶような勢いで席を立った。

4

いやな予感がしていた。

こんな真昼間《まっぴるま》から変質者が出没するとは思えないし、たとえそういう人に絡《から》まれたとしても、あいつなら上手《うま》くすり抜《ぬ》けられそうな気はするけど。

だけど、今日のあいつは心配だ。オレがついててやらなくちゃ。オレが助けてやらなくちゃ。

心の中で、「頼《たの》むから追いつくまで無事でいてくれ」とつぶやきながら、脇目《わきめ》も振《ふ》らずドアに向かった。

ところが、教室を出る一歩手前で、

「おーい、吉野《よしの》」

ざわめきの中から、あんまり耳に心地《ここち》よくない声に呼び止められた。

「ちょっといいか」

振《ふ》り返ると、大那《だいな》が手招《てまね》きをしていて、その周りにはいつもの四人の顔があった。

「塚《つか》チンがさぁ、お前に話があるってー」

皆ニヤニヤして、何かいやな感じだ。でも、この状況《じょうきょう》でシカトこいて逃《に》げるわけにもいかない。

まったく、よりによってこんな時に。

「話って、何だよ……」

さっさと用を済《す》ませて晴香《はるか》を追いかけたいのに、そんな苛立《いらだ》つオレの心情を知ってか知らずか、塚田《つかだ》はいつもの変顔《へんがお》で、じらすようにゆっくりと歩み寄ってきた。

やがて机《つくえ》一個分くらい離《はな》れたところで立ち止まると、ヤツは得意の変顔《へんがお》で、ニヤッと不敵《ふてき》な笑《え》みを浮《う》かべ、これ見よがしに指の関節を鳴《な》らしはじめたではないか。

と思ったら、いきなり真顔《まがお》（言うまでもなく今日一番の変《へん》顔《がお》）になって、人差し指をフェンシングの剣《けん》のように突《つ》き出し、

「吉野《よしの》！　ボクチャンと勝負だ！」

ビシッと指差しながら、そう言い放った。

反射的に身構《みがま》えつつ、オレはすべてを悟《さと》った。

ケンカなんて、まともにやり合ったことは一度もない。おまけに完全なアウェイ状態《じょうたい》とくれば、こちらが圧倒的《あっとうてき》に不利な交《こう》戦《せん》を強《し》いられることは目に見えている。

でも、これが晴香《はるか》を守るための闘《たたか》いなら、しっぽを巻いて逃《に》げ出すわけにはいかない。

どんな経緯《いきさつ》があるのかは知らないけど、こいつがその相手なんだな、この変顔魔人《へんがおまじん》と闘《たたか》えっていうんだな、そうだろう、レキオ。

ポケットに問いかけながら、グッと奥歯を噛《か》みしめると、身体中《からだじゅう》に力がみなぎってくるような気がした。

そうこうしているうちに、塚田《つかだ》が拳《こぶし》を高らかに振《ふ》り上げ、

「いっくゾ〜！」と叫《さけ》んだ。

いよいよ本格的に戦闘《せんとう》開始かと、オレも助言どおりまずは拳《こぶし》で威嚇《いかく》しようかと思ったのだが。

どういう戦法なのか、塚田《つかだ》はその手をもう片方の手と絡《から》み合わせて捻《ひね》り降《お》ろすと、「見てろヨー、今度こそ絶対《ぜったい》勝ってやるからな」とか何とかブツブツ言いながら、片目でその隙間《すきま》をのぞき込《こ》ん……ちょっと待《ま》て。もしやそのポーズは——

「いいか、最初はグーだからな。男の一発勝負だゾー！」

って、やっぱりジャンケンかよ！

一気に力が抜《ぬ》けるのと同時に、レキオが言う『拳《こぶし》と平手《ひらて》』の真意を今ようやく理解《りかい》した。

「っていうか、何でオレとジャンケンなんか」

「あ、やっぱり最初はグッチッチでいこうかナー」

「どっちでもいいから早くやれよこのバカチンがぁ！」

ギャラリーが囃《はや》し立てる中、塚田《つかだ》の「最初はグッチッチーのモンチッチッ！」という意味不明《いみふめい》な掛《か》け声で、白昼《はくちゅう》の決闘《けっとう》が始まった。

何が何だか分からぬまま、左手は無意識にポケットを握《にぎ》っていた。

助言どおり、「最初はグッチッチー」で拳《こぶし》を出してからは、

「あいこッチッ！　チッ！　チッ！　チッ！」

その後は塚田《つかだ》もオレも譲《ゆず》らず、平手《ひらて》での応戦が続いた。

オレには勝算があった。きっとこのままパーを出し続けていれば必ず勝てるはずだと。何たってオレには恋《こい》のキューピッド様がついてるんだ。よく分かんないけど早くこの勝負に勝って、晴香《はるか》を助けないと。

パーでの攻防《こうぼう》は信じられないほどの回数を数えた。その都度《つど》、次でチョキを出せば勝てそうな気がした。それでも助言を信じて、オレはひたすらパーだけを出し続けた——

◇

教室というものが、こんなにもだだっ広く殺風景《さっぷうけい》に感じられたのは初めてだ。

前の学校にいた時、放課後の教室がオレにとって魅力的《みりょくてき》な空間だったのは、今にして思えば一緒《いっしょ》に遊ぶ仲間がいたからなのかもしれない。

誰《だれ》もいない教室は、立ち上がった時の椅子《いす》の音も、上靴《うわぐつ》がきゅっと鳴《な》く音も、一人分なのにいつもよりやけに大きく聞こえた。

職員室に行くと、岩清水《いわしみず》先生は会議中で席にいなかったから、日誌は机《つくえ》の上に置いて、そのまま昇降口《しょうこうぐち》へと向かった。

それにしても。いやな予感ってのが、まさか自分の身にふりかかる形で的中してしまうとは夢《ゆめ》にも思わなかったよ。

日が長いのが救《すく》いとは言え、すっかり遅《おそ》くなっちまったじゃないか。

ポケットに向かってブツブツ言ってはバシバシ叩《たた》き、静まり返った廊下《ろうか》をトボトボ歩く。

「お前のせいだぞ」

「ったく、あんなやつに負けるなんて」

オレは結局、塚田《つかだ》との『闘い《たたか》』に敗《やぶ》れた。人生始まって以来の惜敗《せきはい》だった。

大那《だいな》は、日直の仕事を遊びに変え、連中を巻き込《こ》んでジャンケン勝負を持ちかけていたようだ。

そしてグループの中で一番弱い塚田《つかだ》が最終決戦に負け、ごねたことで特例が設《もう》けられたらしい。

どうしても日直最後の仕事である学級日誌を書きたくないがために、外部の人間に擦《なす》りつけようと企《くわだ》てやがったわけだ。

何でオレに白羽《しらは》の矢が立ったのかというと、「今日のお前、面白《おもしろ》かったから」という、この上なく理不尽《りふじん》な理由だった。

しかもだ。塚田《つかだ》のやつ、「吉野《よしの》にならら勝てそうだと思ったんだよな」アイ〜ン、なんて変な顔で嬉《うれ》しそうに笑いやがって、ちきしょう。

悪《わる》いけど、オレはジャンケンは強いほうだ。前の学校のレクリエーションでやった全員ジャンケンの時だって、最後の五人枠《わく》にまで生き残って、ステージに上がったくらいなんだから。

今回だって、自分の意思で勝負してたら絶対《ぜったい》に勝てたはずなのにさ。

それ以前に、こいつが授業中に話しかけてさえこなければ恥《はじ》をかかずにすんだし、大那《だいな》たちのターゲットにだってならなかったんだ。

思えば最初の出会いからしてロクなもんじゃなかった。何が恋《こい》のキューピッドだ。結局晴香《はるか》とは何の関係もない上に、こんなひどい目にばっかり遭《あ》わせやがって。まるで疫病神《やくびょうがみ》じゃないか。信じたオレがバカだった。

「何とか言ってみろ、このガレキオ、詐欺師《さぎし》、ペテン師、このッ、このッ」

思い出すと悔《くや》しくて悔《くや》しくて、握《にぎ》り潰《つぶ》す勢いで左ポケットのそれをギリギリと締《し》め付けてやった。

それでも、うんともすんとも言いやしない。

シカトかよ。もういいかげん頭にきたぞ。

「そっちがその気なら、こっちにも考えがあるからな」

校門を抜《ぬ》けるとオレは真《ま》っ直《す》ぐ、学校の傍《そば》にある公園へと向かった。

海岸と隣接《りんせつ》したその公園は、今からちょうど三十年前、市町村合併《がっぺい》にともなって造られた記念公園らしく、【サンカレドニア公園】というお洒落《しゃれ》っぽい名前がついている。

その昔、測量《そくりょう》のために航海《こうかい》していたナントカいう外国の人が入港した際に、ここ白波海岸《しらなみかいがん》の美しさに感銘《かんめい》を受け、【サンカレドニア】と命名したのがその由来《ゆらい》だとか何とか、確《たし》かそんなことが案内板には書かれていた。

名前のとおり洋風な雰囲気《ふんいき》が漂《ただよ》う広い敷地《しきち》には、入ってすぐのところにちょっと風変《ふうが》わりな円《えん》錐状《すいじょう》の塔《とう》が建っている。

その、大小さまざまな岩で積み上げられた石造りの建物は、ところどころにいろんな色や形のタイルがはめ込《こ》まれており、何か芸術作品《げいじゅつさくひん》のような趣《おもむき》さえ感じさせる面構《つらがま》えだ。

一階はトイレになってるんだけど、その脇《わき》から螺旋状《らせんじょう》のスロープが上まで続く構造をしていて、てっぺんは展望台《てんぼうだい》になっている。

ここに引っ越《こ》してきた日、車を降《お》りて一番最初に目に付いたのがその塔《とう》で、オレも一度だけそこまで上ったことがあった。

でも、今日は展望台《てんぼうだい》には用はない。

目的は、その『でっかいオブジェ』のゴツゴツした壁《かべ》そのものだ。

「さぁ、今度こそ覚悟《かくご》しろよな」

ポケットから、毟《むし》り取るように赤黒いカケラを掴《つか》み出すと、

「うりゃ！」

オレは思いっきり壁《かべ》に向かって投げつけてやった。

すると、

「あっ」

レキオはそのまま激《はげ》しくぶち当たり、弾《はじ》け飛んでしまった。

内心、ちょっと焦《あせ》った。まさかこんなにも無抵抗《むていこう》で直撃《ちょくげき》するとは思ってもみなかったんだ。

しかし次の瞬間《しゅんかん》、まるで見えないバットにでも弾《はじ》き返されたみたいに急激《きゅうげき》な方向転換《ほうこうてんかん》を見せると、手すりを乗り越《こ》え、大きく弾《はず》みながらスロープを上っていくではないか。

「ったく、どこ行くんだよ、このガレキめ」

少しホッとしながらも、しぶしぶ後を追って、結局塔《とう》のてっぺんまで上り詰《つ》めるに至《いた》ったのだが。

レキオは柵《さく》の袂《たもと》まで勢いよく転《ころ》がっていき、ようやく動かなくなったかと思ったら、間もなく煙《けむり》のように消えてしまった。

「なんなんだよ一体」

どうせ消えるのなら、最初からそうしてくれりゃよかったのに。

上りたくもない展望台《てんぼうだい》にまんまと上らされるなんて、またしても嵌《は》められちまった気分だ。

「あ〜あ。何やってんだろ、オレ」

ため息をつきながら柵《さく》の上に手をかけると、吹《ふ》き抜《ぬ》ける一陣《いちじん》の海風《うみかぜ》が、やさしく髪《かみ》をかき上げてくれた。

心地《ここち》よさに思わず目を閉じてみれば、松林が奏《かな》でる涼《すず》しげな音色《ねいろ》と微《かす》かな潮騒《しおさい》が耳をくすぐってゆく。

そう言えば最初にここへ上った時はまだ風が冷たくて、この海辺のさざめきさえも、寂《さび》れた虚《むな》しい音にしか聞こえなかった。

確《たし》かあの松林の一角には一本だけポツンと桜の木があって、そのピンク色が何か仲間はずれみたく浮《う》いてて、哀《あわ》れに見えたっけ。

あの時は、とにかく見るもの聞くものすべてに、不安をかき立てられていた気がする……

そう考えると、今はそれなりに幸せだと言えるかもしれない。

見知らぬ町に引っ越《こ》して来て、新しい環境《かんきょう》に放り込《こ》まれて。そんな、慌《あわ》ただしく流れゆく季節の中で、あいつというトキメキに出逢《であ》えたこと。

それだけで十分じゃないか。

「第一、オレたちまだ小学生だもんな」

少しずつ色濃《いろこ》くなってゆく海辺の光景と、どこまでも伸《の》びていきそうな塔《とう》の長い影《かげ》を眺《なが》めながら、オレは妙《みょう》に穏《おだ》やかな気持ちのまま、くるりと踵《きびす》を返した――

が、振《ふ》り返った瞬間《しゅんかん》、

「！」

心臓《しんぞう》が止まるかと思った。

塔《とう》の中央にせり上がる、巨大《きょだい》なパラボラアンテナを載《の》せたコンクリート台。その向こう側の角に、赤いものが見え隠《かく》れしている。

誰《だれ》かがいる。

恐《おそ》る恐《おそ》る回り込《こ》んでいくとそこには、ランドセルを背負《せお》ったまま膝《ひざ》に顔を埋《うず》め、縮《ちぢ》こまって座《すわ》り込《こ》んでいる女の子らしき姿《すがた》があった。

地面につきそうな長い髪《かみ》が、シルクのカーテンのようにひらひらと風に揺《ゆ》れている。

細い脚《あし》が伸《の》びるデニムのショートパンツ。膝上《ひざうえ》辺りから始まる青と白のマリンボーダー。確《たし》か
今日この組み合わせだったのは——

視界《しかい》が揺《ゆ》れるほどに激《はげ》しく音を立てる胸《むね》を制しながらさらに近付き、オレはついに確信《かくしん》した。

膝《ひざ》を抱《かか》えている手に握《にぎ》りしめられた、薄《うす》ピンクっぽいボディ。そこからぶら下がっている、
青っぽいビーズ飾《かざ》りと銀の鈴《すず》のストラップ。

それはどう見ても、あいつがいつも大事そうに持っているケータイ、そのものだった。

第二章

イケメン魔術師《まじゅつし》カイドー

1

「はるか？」

とっさに呼びかけた声は掠《かす》れていた。聞こえないのか、返事がない。

咳払《せきばら》いをして、もう一度呼んでみる。

すると今度は身体《からだ》をビクッとさせ、驚《おどろ》いたように頭を持ち上げたのだが、

「お前……」

その顔を見て、オレはハッとなった。

「おい、どうしたんだよ」

「りよ、遼哉《りょうや》くんじゃない」

目が合うや否《いな》や、ほっぺたに手の甲《こう》を当てながら、「どうしてここが分かったの？　すごいびっくりしちゃった」なんて慌《あわ》ててる。

「もう、おどかさないでよね～」

必死に笑顔を取《と》り繕《つくろ》ってはいるけど、その目は伏《ふ》せたままで、いつものようにオレを真正面《ましょうめん》から見ようとしない。

「何で、泣いてるんだ」

「泣いてなんかないよ。ちょっと目にゴミが入っちゃって、痛《いた》かっただけ」

見え透《す》いてる。そのくらいじゃ、こんな火照《ほて》ったような顔になるわけがない。

「本当にどうしたんだよ。何かあったのか」

「何でもない」

「だったら、何で泣いて……」

「だから泣いてなんかないってば！」

こんなにムキになった晴香《はるか》を見るのは初めてだった。

突《つ》き放すような強い口調に、オレは息を呑《の》んだ。

同時に、問いただしたことを今さらながらすごく後悔《こうかい》した。本当は、その涙《なみだ》の理由がオレには何となく分かっていたからだ。

そして、分かっていながら、心のどこかで晴香《はるか》の口から言わせようと駆《か》け引きしていた自分に、少し腹が立った。

泣きながら握《にぎ》りしめていたのであろうそのケータイを見つめながら、「ごめん……」とオレは唇《くちびる》を噛《か》んだ。

「ううん。私こそ、ごめんね」

晴香《はるか》は気まずそうに小さく微笑《ほほえ》むと、またすぐに俯《うつむ》いてしまった――


晴香《はるか》が学校にケータイを隠《かく》し持ってきているのを知ったのは、ゴールデンウィークが明けて間もない、ある日の放課後のことだ。

オレたちが日直だったその日、帰りの会を終えると、「学級日誌は私が書くから、いいよ」って晴香《はるか》が言うから、あとは任せて先に下校したんだ。

今思えば、あいつよりも先に教室を出たのは、あれが初めてだったかもしれない。

だけど、もうすぐ家に着くというところで、宿題のプリントを忘《わす》れてきたことに気付き、オレはやむなく学校に引き返した。

三階の廊下《ろうか》にはもう人影《ひとかげ》もなく、当然晴香《はるか》もとっくに帰っただろうと思っていたのだが、教室から何やら楽しそうな笑い声が聞こえてくるではないか。

最初は、そこにいる誰《だれ》かと晴香《はるか》が話してるんだろうと思っていた。でも、どうやらそれが電話での会話だと気付いて、オレは焦《あせ》った。

堂々《どうどう》と入っていくのも気が引けるし、かと言って、ここで電話が終わるのを待《ま》つのも盗《ぬす》み聞きしてるみたいでやばいだろうと。

それで一旦昇降口《いったんしょうこうぐち》まで戻り、晴香《はるか》が出てくるのを待《ま》って、気付かれないよう教室に入ろうと思った。

ところがその時、思いも寄らない言葉に後ろ髪《がみ》を引っ張られた。

――「もちろん、私も好きだよ。すっごい大好き。うん、うん、分かってる。大丈夫。お互《たが》い頑張《がんば》ろうね」

聞こえてきた瞬間《しゅんかん》、後ろからハンマーで思いっきり頭を殴《なぐ》られたかのような衝撃《しょうげき》が走った。

聞くつもりなんてなかったんだ。いや、できれば聞きたくなかったくらいだ。

「好き」って何だよ。「大好き」って何だよ。

それまで、そういう相手がいるなんて考えたこともなかった。そんなのは中学生とか高校生の話だと思っていたんだ。

あの日から、晴香《はるか》のちょっとした行動が気になり出した。最近じゃ、今メールが来たんだな、とか、そういうことまで分かるようになっちゃって。

晴香《はるか》と一緒《いっしょ》にいるとすごく楽しいのに、時々たとえようのない寂《さび》しさに襲《おそ》われることがある。

すぐ近くにいるのに、まるで望遠鏡《ぼうえんきょう》越《ご》しに笑顔を眺《なが》めているような気分になる時がある。

いつもこのケータイが、オレたちの間《あいだ》に見えない壁《かべ》を作ってきた。その向こうにいる誰《だれ》かが、オレを晴香《はるか》から遠ざけようとしているかのようだった。

たぶん今日は、そいつとケンカでもしたんだろうけど、それをオレなんかにどうこう言われたくない。そういうことなんだろうな。

そこにオレが入り込《こ》む余地なんて、やっぱりないってことなんだよな……

「ねぇ」

晴香《はるか》が口を開いたのは、カラスの鳴《な》き声が何度か通り過ぎ、空の色が随分《ずいぶん》赤くなりはじめてからだった。

相変《あいか》わらず膝《ひざ》に顔を埋《うず》めたままだったけど、

「遼哉《りょうや》くんって、やっぱりすごいよね」

なんて唐突《とうとつ》に切り出すから、

「え？」

思わず聞き返してしまった。

すると急に、フフフルンと、木琴《もっきん》を素早《すばや》くスライド弾《び》きしたみたいに笑って、

「何でもない」

って。変なやつ。

そして、ようやく頭を持ち上げたかと思えば、今度は「はあっ」と短いため息をついて、口元に笑《え》みを浮《う》かべてる。

何を考えているのかさっぱり分かんないし、まだ目が熱っぽい感じに潤《うる》んではいたけど、その

笑顔を見たら何だかもうどうでもよくなってきちゃって。

オレも心の中のものを全部吐《は》き出す気持ちで深く息をつき、そのまま横に腰《こし》を下ろした。やれやれだ。

それからもしばらくの間《あいだ》オレたちは、特に言葉を交わすでもなくただそこに並んで、夕焼け色の海を眺《なが》めていた。

教室でも晴香《はるか》はオレの左側にいるけど、それは決められた席だからであって、こんな時間にこんなふうに、外でも同じように並んで座《すわ》ってるのが不思議《ふしぎ》な感じがした。

それに、なぜだか半袖《はんそで》から出ている自分の左腕《ひだりうで》が、触《ふ》れてもいない晴香《はるか》の体温を感知しているかのようにじんわりと温かく感じられて、この子の隣《となり》にいるってことが、今はものすごく特別なことに思えた。

何とも言えない心地《ここち》よさに浸《ひた》っていると、

「ねぇ、遼哉《りょうや》くん」

不意に髪《かみ》をかき上げたいつもの横顔が、ジッと遠くを見つめたまま、「あのね、お願《ねが》いがあるんだけど」と言った。

「お願《ねが》い？」

「うん」

晴香《はるか》は持っていたケータイに目を移《うつ》して、

「これ、何だか分かる？」

と言いながら、宙《ちゅう》ぶらりんになっている青っぽいビーズ飾《かざ》りを指で軽く弾《はじ》いてみせた。リリリ……と、鈴《すず》の音が短く転《ころ》がる。

「これって……普通《ふつう》にストラップ、だろ」

「そうじゃなくて、このハートの部分だよ」

「ハート？」

ほら、と指に載《の》せて差し出されたそれをよくよく観察《かんさつ》してみれば、数珠繋《じゅずつな》ぎになったビーズの真ん中へんに一つだけ、他より大きめな濃《こ》いブルーが留《と》まっている。ちょうど網《あみ》に収めたサッカーボール状態《じょうたい》とでも言おうか、細い紐《ひも》で格子《こうし》状《じょう》に編《あ》み込《こ》まれたそのブルーは、表面が摺《す》りガラスのように半透明《はんとうめい》で、ハートと言うには少し歪《いびつ》な形をしていた。

そのザラッとした独特《どくとく》の質感にピンときて、「おっ、シーグラスじゃん、これ」って何気なく目線を上げたら、

「そう。私の宝物なんだぁ、この子」

すぐ目の前に顔があって、超《ちょう》ドキッとした。近すぎて、思わず同極《どうきょく》と出合った磁石《じしゃく》のような勢いで後ろに身じろいでしまったほどだ。

だけど晴香《はるか》は、「ビーズアートのお店で教えてもらいながらね、私が自分で作ったんだよ」なんて、平然としてる。

「どう、すごいでしょ。ちゃんと見て？」

「お、おお。すごいなー」

オレも一応平静を装《よそお》って返したものの、胸《むね》のうちは当然それどころじゃなくて。だいたい、こうも瞳《ひとみ》の奥をのぞき込《こ》むように見られると目のやり場に困《こま》るんだよな、いつものことだけど。

それで視線《しせん》をちょっと下に逸《そ》らせば逸《そ》らしたで、今度はくちびるがやけにつやつやして見えちゃうしさ。どこに焦点《しょうてん》を合わせりゃいいんだよもう。

落ち着かなくて目を泳がせていたら、ふと、ため息を押《お》し殺したような微《かす》かな息づかいが聞こえてきた。

「それでね、お願《ねが》いなんだけど——」

少し間《ま》があった後、何やら急に改まった調子で晴香《はるか》は言った。

「一緒《いっしょ》にね、これと同じ色のを探してほしいんだ」

ストラップを夕焼け空にかざして、うっとり微笑《ほほえ》んでる。

「……オレと一緒《いっしょ》に？」

「うん」

途端《とたん》に胸《むね》がときめいた。

晴香《はるか》と一緒《いっしょ》にビーチコーミングだなんて、夢《ゆめ》みたいだ。

だけど、こういう綺麗《きれい》なコバルトブルーは、めったにお目にかかれない。

オレでさえ、小さい頃《ころ》にお父さんが拾ってきてくれたのを、一度見たっきりだもの。

しかも、

「できれば、形も同じっぽいのが、あと三つほしいの」

ってマジかよ。この色自体が、既《すで》に超《ちょう》レアだってのに。

だから、ここはちょっと冷静に、

「それは、かなり難《むずか》しいと思うなぁ」

ひとまず言葉を濁《にご》したら、

「そうなんだ……」

長いまつ毛を伏《ふ》せ、しょんぼり俯《うつむ》いてしまって。

せっかく誘《さそ》ってくれたのに、こりゃまずいと思い、「まぁ、探すのは全然構わないけどさ」ってすぐに付け加えた。

そしたら、「本当に?」って朝陽《あさひ》が射《さ》した湖みたいに目をキラキラ輝《かがや》かせ、まるでランドセルにジェットエンジンでも搭載《とうさい》しているかのごとく一気に腰《こし》を上げたかと思うと、いつものようにバーンとオレの目の前に立ちはだかった。

「それじゃあ、見つけられるまで無期限《むきげん》で探すから、そのつもりでね！」

例の殺人的美顔《さつじんてきびがん》が、「いいい？」なんてお辞儀《じぎ》するみたいに上から迫《せま》ってくる。

「異論《いろん》は？」

「な、ない！」

『凶器《きょうき》』で脅迫《きょうはく》されるがままに、否応《いやおう》なく即答《そくとう》した。

いや、はずみで何となく了承《りょうしょう》しちまった。

いえ、正直願《ねが》ってもないことですから。

「きーまり！　じゃあ早速明日《あした》の放課後からね〜！」

手を振《ふ》りながら、いつものように勢いよく駆《か》け出した晴香《はるか》だったが、

「あっ」

急に立ち止まると、こちらを振《ふ》り返った。

「そう言えば遼哉《りょうや》くんって――」

そう言いかけて、またしても急に『木琴《もっきん》スライド笑い』で肩《かた》をすくめたかと思うと、

「何でもない」

って、またそれかよ！　などとつっ込《こ》む間もなく、「じゃあね！」と再び長い髪《かみ》をひるがえし、軽《かろ》やかな足取りでスロープを駆《か》け下りていった。

結局あの涙《なみだ》の真相は分からずじまいだけど、もしもケンカ中の二人の間《あいだ》に割り込《こ》んでしまった

のなら、やっぱりちょっと複雑《ふくざつ》な気分だ。

でも、何だかすっかり元気になったみたいだし、これでいいんだよな。

それより、明日《あした》からあいつと一緒《いっしょ》に帰れるのかと思ったら、もう座《すわ》り込《こ》んでなんかいられなかった。どうやらオレのランドセルにも緊急装着《きんきゅうそうちゃく》されたらしいよ、ジェットエンジンが。

そのまま柵《さく》まで駆《か》け寄って見下ろすと、薄闇《うすやみ》の公園を弾《はず》むように走り去る、グミの実みたいなランドセルが見えた。

「晴香《はるか》、かぁ……」

いい名前だよな、と改めて思う。真《ま》っ青《さお》に晴れ渡《わた》った空の香《かお》り。太陽みたいに明るくて元気なイメージ。

その名のとおりいつも笑顔ばかり見てきたから、物憂《ものう》げな顔とか泣き顔ってのがすごく新鮮《しんせん》で。

今日はほんの少しだけあいつの心の中に入れたような、それを許《ゆる》してもらえたような、何となくそんな気がした。

それにしても――

風に靡《なび》く長い髪《かみ》の行方《ゆくえ》を目で追いながら、女の子って不思議《ふしぎ》な生き物だな……そう思った。

2

今朝《けさ》も目が覚《さ》めると、例のごとく枕元《まくらもと》にレキオがあった……っていうか、いたんだけど。

またもや一瞬《いっしゅん》身構《みがま》えてしまったよ。

どうも寝起《ねお》きの脳《のう》には刺激《しげき》が強すぎるんだよな、あれ。シーツとの色の対比がこう、グロい感じがしてさ。

でも、戻ってきてくれてよかった。

何たって、あいつとの距離《きょり》が一気に縮《ちぢ》まったのも結局はレキオのお蔭《かげ》なわけだし。

『恋《こい》のキューピッド』ってのも、まんざら嘘《うそ》でもないような気がしてきたよ。

そう言えば、今朝《けさ》はまったく話しかけてこなかったな。せっかく、お礼を言うつもりでいたのに……

まぁいいや、今日は最初からポケットに入れて持っていこうっと。

ああ、それにしてもウキウキしちゃうなぁ。

「いってきまーす！」

いつものように早めに家を出て、いつものように砂浜に向かうオレの目の前には、これまたいつものように眩《まばゆ》いほどの青い世界が広がっていて。

天気予報はまだ梅雨明《つゆあ》け宣言をしていないみたいだけど、自《みずか》ら夏の到来を宣言しているかのような太陽が、今日も朝からそこいら中に満面《まんめん》の笑《え》みを振《ふ》りまいている。加えて、犬の散歩おばさんとの触《ふ》れ合いも、靴底《くつぞこ》をやさしく包み込《こ》む砂の感触《かんしょく》も、ありふれた朝の日常として今日も変わらずそこにある。

確《たし》かにオレにとって今朝《けさ》は、昨日までとはちょっと違う特別な朝だけど。それはあくまでもオレの気持ちの上でだけそうなのであって、世の中はこれと言って変わりのない、いつもどおりの朝なわけで。

だから、いつものように後ろから追いかけてくる、

「遼哉《りょうや》くーん」

という聞き慣《な》れた元気な声の主が、まさかたった一晩《ひとばん》のうちに劇的《げきてき》なまでの変化《へんか》を遂《と》げていただなんて、一体誰《だれ》が予測できるというのか。

そう。いつものように目の前の景色《けしき》がより鮮明《せんめい》にパーッと開けた、まさにその時だった。

「おはよー！」

振《ふ》り返る間もなく、隣《となり》にいつもの笑顔が走り込《こ》んできたかと思うと、次の瞬間《しゅんかん》には長い髪《かみ》をクイックターンでひるがえ……

「!?」

――その衝撃《しょうげき》を、オレは一生忘《わす》れないだろう。

「ジャジャーン!」と、わざわざ効果音つきで現れたその姿《すがた》に、オレは言葉を失った。

と同時に、頭の中で目の覚《さ》めるような銃声《じゅうせい》が轟《とどろ》いた。

突如《とつじょ》として襲《おそ》ってきたその『凶器《きょうき》』は、まさに弾丸《だんがん》のごとく見事な殺傷《さっしょう》能力で、ついにオレの胸《むね》のど真ん中を完全に撃《う》ち抜きやがったのだ。

瞬《まばた》きも忘《わす》れるほどに目を見開いていると、晴香《はるか》はいつものいたずらっぽい笑《え》みを浮《う》かべながら、

「えへへ、切っちゃった」

別人のように短くなった髪《かみ》をかき上げ、はにかんでみせた。

六年二組が、この朝の特ダネに沸《わ》き返ったのは言うまでもない。

教室に入るや否《いな》や、そりゃもうUFOスクープ並みの勢いで、

「ちょっ、なんでなんで～!?」

「ねぇ、どうしちゃったのー!?」

でっかい疑問符《ぎもんふ》を掲《かか》げながら駆《か》け寄ってくる驚《おどろ》きの声たちが、あっという間に晴香《はるか》を取り囲んだ。

無理もない。つい昨日まであったサラサラの長い髪《かみ》が、一夜にして消えてしまったんだから、女子としたら当然の反応だろう。

中でも、

「チョー綺麗《きれい》だったのに、もったいなくな～い!?」

妙《みょう》にハイテンションなハスキーボイスで騒《さわ》ぎ立てているのは、今日もブラッシングに余念《よねん》がないギャルかぶれの大物女子＝間多野照世《またのてるよ》（通称《つうしょう》・ギャル間多《また》）だ。

キツめの天然パーマ（自称《じしょう》・小悪魔《こあくま》カール）をがしがし梳《と》かしながら、「もう、うちらの憧《あこが》れだったのにさ～！」ねぇエリ、と振《ふ》った先では、赤縁《あかぶち》メガネの篠原依梨子《しのはらえりこ》が口を両手で覆《おお》って、なぜか涙目《なみだめ》になっているし。

他の女子らもやたら嘆《なげ》くように「もったいな～い！」を連発するもんだから、晴香《はるか》も、「ほら、もう夏じゃない？　ちょっと鬱陶《うっとう》しかったから気分転換にね」あはは一、なんて愛想笑《あいそわら》いしちゃってるよ。

そこへきて今度は窓際《まどぎわ》の後ろから、「一体誰《だれ》にフラれたんだ!?」と失恋疑惑《しつれんぎわく》まで持ち上がってる。

一瞬《いっしゅん》、意味もなくドキッとしちゃったけど、「今時そんなんで髪《かみ》を切る女なんかいねーよこのバカチンがぁ！」ってすぐに聞こえてきて、なぜか安心した。

チャイムが鳴《な》ってもドアが開いてもお構いなしの騒々《そうぞう》しさは、相変《あいか》わらずで。教室に入ってくるなり岩清水《いわしみず》先生も、「あら、染井《そめい》さん随分《ずいぶん》思い切ったわね」とか言いつつ、今日の騒《さわ》ぎはこれが原因なのねって顔で苦笑《にがわら》いしてる。

でもさ、何なんだよ、みんな。

そりゃオレだって、今まで晴香《はるか》には長い髪《かみ》が似合うと思っていたよ。そういうイメージしかなかったし、それ以外のあいつなんて想像《そうぞう》したこともなかったから。

だけど、顔が小さい晴香《はるか》に、これほどまでにマッチするヘアスタイルは他にないと言い切れるくらい、このショートボブはバリバリ似合ってる。

とにかく、オレ的には非の打ち所がない完璧《かんぺき》などどどどストライクで、かなりイケてると思うんだ。って言うか、絶対《ぜったい》かわいすぎるよあれ、ガチでやばい。

だから席に着いた晴香《はるか》に、「私はすごく似合ってると思うよ」って若菜《わかな》が小声で言ってるのを聞いた時、嬉《うれ》しかった反面《はんめん》、ちょっと悔《くや》しかった。本当はオレが一番にそう言いたかったのにって。

いや、朝から言うチャンスは十分あったにもかかわらず、照れくさくて尻込《しりご》みしてた自分が悪《わる》いんだけどさ。

おまけに、「吉野《よしの》くんもそう思うでしょ？」ってわざわざ振《ふ》ってくれたのに、「あ、ああ、まあね」なんて、気のない返事をするのが精一杯《せいいっぱい》なんだから。だめなんだよな、オレ。どうしようもないぜ、まったく。

そうこうしているうちに朝の会が始まり、極細《ごくぼそ》の声が、ざわめきにもまれながらも今日の予定を話しはじめた。年中行事《ねんじゅうぎょうじ》である、五・六年生による白波海岸《しらなみかいがん》の一斉清掃《いっせいせいそう》についてだ。

昨日配られたプリントにあった『各自軍手《ぐんて》を持参』の確認《かくにん》で手を挙げさせられた後、慌《あわ》ただしく描《えが》かれた黒板の図で、割り当て区分の説明がなされた。

その図によると、まず学校の位置を基点《きてん》に五年と六年とが分けられ、そこからクラス単位、さらには班《はん》ごとと、活動範囲《はんい》が細かく区分けされていた。

オレたち六年は工業団地サイド、つまりオレん家に帰る方向の海岸が割り当てられていて、二組の担当《たんとう》はちょうどその真ん中周辺《しゅうへん》のようだった。

説明がひと通り終わると、

「それでは班長《はんちょう》さん、しっかりと皆をまとめて活動してくださーい！」

ほぼ叫《さけ》びに近いような声に押《お》し出される形で、オレたちはどやどやと教室を後にした。

しかし改めて見渡《みわた》すと随分《ずいぶん》いろんなものが捨《す》てられているな、と半《なか》ば呆《あき》れつつ、足元の空《あ》き缶に手を伸《の》ばす。

とにかく長いビーチだから、これだけの大人数でも骨が折《お》れそうだ。

早々《そうそう》にひと息ついて腰《こし》を上げると、道路脇《わき》に着けた一台の小さな車が目に留《と》まった。ドア部分には、うちの家でもとっている『黒潮日報《くろしおにっぽう》』という地元新聞社のロゴが入っている。

中から記者らしき人が降《お》りてきて、ケータイを耳に当てながら何かメモをとっているようだ。

「あ、そうだ。吉野《よしの》くんもいざという時のために、何を言うか考えといたほうがいいですよ」

この一斉清掃《いっせいせいそう》が、学校のボランティア活動として恒例《こうれい》になったのは、もう随分《ずいぶん》昔のことらしい。何年か前に市から表彰《ひょうしょう》されたこともあって、今では学校はもとより、町の伝統行事《でんとうぎょうじ》の一つになってるんだって。ふむふむ。

なるほど、あのおじさんはその取材のためにスタンバっているというわけか。

「そういうことです。それでコメントを求められた時、慌《あわ》てて口ごもったりしないようにと。あ、アルミ缶はこっちです」

と、さっきからゴミ袋を片手にいろいろ教えてくれているのは、我《わ》が三班《さんぱん》の班長《はんちょう》でありクラス委員長の『コバ』こと小早川《こばやかわ》くんだ。

『コバ』は偉大《いだい》なやつだ。真面目《まじめ》で落ち着いていて、あんなクラスの中にいても決して周囲に流されることなく我《わ》が道を行く。

細長いレンズの縁《ふち》なしメガネがいかにもインテリっぽくて、実際《じっさい》ちょっと気取っているところがあるにはある。だけど、きっと自分というものをしっかりと持っているやつなんだろうなと、いつも感心する。

ただ、頭がいいせいか変に理屈《りくつ》っぽいところがあって、如何《いかん》せん話が長いっていうか、ちょっとくどいっていうか……

「あと、テレビ局も来るんです。去年は僕《ぼく》、インタビューされちゃいましてね。いや〜あの時はまいりましたよ」

「すげぇ、テレビデビューしたの？」

今度は空《あ》きビンを拾って顔を上げると、別のゴミ袋をガバッと広げて待《ま》ち構《かま》えながら、首を横に振《ふ》ってる。

「残念《ざんねん》ながら実際《じっさい》にニュースの中で使われたのは、当時六年生だった女子のインタビューなんです。しかしなぜあんな幼稚園《ようちえん》レベルのコメントが採用《さいよう》されて僕《ぼく》のがボツになったのか、当初は不《ふ》思議《しぎ》でしょうがなかった」

機嫌《きげん》よく自慢話《じまんばなし》を繰《く》り広げているうちはいいんだけど、話が微妙《びみょう》に批判《ひはん》めいてきたら要注意だ。

いや、この顔は既《すで》にやばいぞ。

「しかもですよ活動の様子を映《うつ》したカットも全部六年生だけなんて一体どういうことですかおかしいと思わないですか思うでしょう思わないほうがおかしいと僕《ぼく》は思うんだ」

そらきた、いきなりマシンガンモード突入《とつにゅう》だ。

こうなると、もう止まらない。

「確《たし》かに六年生に花を持たせたようと配慮《はいりょ》したプロデューサーの意図《いと》は分からなくもないんですがどうにも納得《なっとく》できず直々《じきじき》に問い合わせたところ実はあの時僕《ぼく》の後ろで——」

頼《たの》むから『、』をつけてしゃべってくれないか、と口をはさむ余裕《よゆう》もなく畳《たた》みかけてくるんだもん、こっちはたまったもんじゃないよ。

仕方ないから、「ふうーん」とか「へぇー」で適当《てきとう》にかわしつつ、あいつの姿《すがた》を探した。

他の子たちと楽しそうに活動してるのを、汗《あせ》を拭《ふ》くポーズをとりながら、さり気なく目で追いかける。

渚《なぎさ》で光り輝《かがや》く、サラサラツヤツヤのショートボブ。

こうして改めて見ると、まるで少女マンガに出てくる美少年のようだ。

それにしても、何で急に髪《かみ》を短くしたりしたんだろう。

やっぱり、昨日の涙《なみだ》と何か関係が……

「——ってことらしいんですよね。それがテレビ的にまずいと判断されたんじゃないかって先生も言ってましたし。あの、吉野《よしの》くん、聞いてますか？」

「あ、ああ、もちろん」ほとんど聞いておりません。

「やはり僕《ぼく》らとしては小学生最後のいい思い出作りという意味でも今年こそはちゃんと真面目《まじめ》にやるべきことはやって堂々《どうどう》と公共の電波に登場したいところですよね。まぁ、どうせローカル版のニュースでしかやんないからどうでもいいことなんですけど――」

そんなこんなで、作業が始まってから三、四十分も経《た》った頃《ころ》だろうか。

ようやく、ナチュラルな感じで小早川《こばやかわ》くんの『射程距離圏外《しゃていきょりけんがい》』に逃《のが》れ、ちょうどペットボトルの蓋《ふた》を発見して腰《こし》を屈《かが》めた時のことだ。

「おい、吉野《よしの》」という、耳に心地《ここち》よくない声に呼び止められたオレは、それから間もなく、小早《こばや》川《かわ》くんのインタビューがなぜボツになってしまったのかという理由を、いやと言うほどに知ることとなった。

◇

「ちょっと吉野《よしの》くん大丈夫なの」

「大丈夫なわきゃねーじゃん。相手が相手だぞ」

取り巻くギャラリーの声が遠くから聞こえる。

「けど、すんなり受けて立ったらしいぜ」

「まじで？　意外にいい度胸《どきょう》してるなぁ、あいつ」

「去年、誰《だれ》だっけ、転《ころ》がってってずぶ濡《ぬ》れになったやついたな。ありゃ悲惨《ひさん》だった」

「三組のやつだろ。吉野《よしの》もそうならなきゃいいんだが」

野次馬《やじうま》たちから次々《つぎつぎ》と繰《く》り出される、脅迫的《きょうはくてき》なほどに同情的な声、こえ、声。

不穏《ふおん》な言葉のブロックピースが頭の中にどんどん積み上げられ、大きな不安と絶望《ぜつぼう》を形作ってゆく。

「誰《だれ》か止めなよ、やばくな〜い？」

「ここは出番だぜ、委員長。吉野《よしの》が殺される前に手を打たないと」

「そうだよコバ、こういう時の委員長だろ。何とかしろよ」

「しかしここまで状況《じょうきょう》が悪化《あっか》してしまった今一体どのような方法で鎮静化《ちんせいか》を図《はか》れというのですか君たちは。言うなれば谷口大那《たにぐちだいな》の闘争本能《とうそうほんのう》は台風のような自然災害《しぜんさいがい》と同レベルの脅威《きょうい》でありたとえ機動隊《きどうたい》であろうとも阻止《そし》することができない不可抗力《ふかこうりょく》であると考えるのが妥当《だとう》ではないかと僕《ぼく》は思うのです」

相変《あいか》わらず何言ってるのかよく分かんないけど、小早川《こばやかわ》くんが撃《う》ちまくるマシンガントークのテンションが、この事態《じたい》の深刻《しんこく》さを物語っているのだけは確《たし》かなわけで。

「とにかく、吉野《よしの》にはかわいそうだけど、これは二組の男子になったやつの宿命《しゅくめい》でもあるからな」

「だよな。俺たちは温かく見守るっきゃない」

なぜこんなことになってしまったのか。

確《たし》かに、よそ見をしていたせいで小早川《こばやかわ》くんの忠告《ちゅうこく》を聞き逃《のが》してしまったことは、大きな要因だ。

でも、今となっては、「よう、今日は俺と勝負しろよ」という大那《だいな》の言葉にまんまと応じてしまった軽率《けいそつ》さのほうが、悔《く》やまれてならない。

せめてあの時、小早川《こばやかわ》くんが血相《けっそう》を変えて駆《か》けつけてきた時点で気付くべきだった。

そして何より、内海《うつみ》や木ノ内《きのうち》が、「先生が向こうサイドに行ってる今のうちに」と皆に声をかけていたり、成瀬《なるせ》が足で砂浜に円を描《えが》いていることに、殺気《さっき》を感じるべきだったのだ。

たかがジャンケン勝負に、なぜ皆そこまで騒《さわ》ぎ立てるのかと首を傾《かし》げていた自分が、間抜《まぬ》けすぎて情けないったらありゃしないよ。

そう。よりによってこんな大勢が見ている中、大那《だいな》とビーチ相撲《ずもう》で勝負をするハメになるだなんて！

「二人とも、頑張《がんば》ってー！」

後ろから、あいつの声が聞こえた。振《ふ》り返ると、ボクサーのファイティングポーズみたいな格好《かっこう》で小刻《こきざ》みに跳《と》びはねている。

前に向き直れば、自然災害《しぜんさいがい》と同レベルの脅威《きょうい》とやらが身体中《からだじゅう》の関節を鳴《な》らしまくっているし、まるで天国と地獄《じごく》の境目《さかいめ》にいるような気分だ。

まさに窮地《きゅうち》に追い込《こ》まれたオレは、縋《すが》る思いで左ポケットを握《にぎ》りしめると、心の中で何度もレキオの名を叫《さけ》び続けた。

3

「ひがぁ〜しぃ〜、谷口《たにぐち》ぃ〜山ぁ〜。にぃ〜しぃ〜、吉野《よしの》ぉ〜海ぃ〜」

潰《つぶ》したペットボトルを手に、塚田《つかだ》が調子っぱずれな行司《ぎょうじ》を演じると、大那《だいな》はおもむろに大量の砂を掴《つか》み取り、ただでさえ広い肩《かた》をこれみよがしにいからせた。

「腕《うで》が鳴《な》るぜ。こういうタイミングを待《ま》っていたんだ。まだやってないのは、お前だけだからな」

その砂を力士が塩をまくみたいに高々と投げ散《ち》らしてみせると、お前もやれという顔で顎《あご》をしゃくる。

仕方なく、ひと握《にぎ》りの僅《わず》かな砂をぱらりと足元にまいたら、またすぐ晴香《はるか》の黄色い声援《せいえん》が飛んできた。

だけど、もはや悠長《ゆうちょう》にハニかんでる場合じゃない。っていうか、できればあいつにはこの場にいてほしくないくらいだ。

「はい見合って見合って、見合っちゃって～！」

レキオからは何の応答もないし、先生の姿《すがた》もどこにも見当たらない。どうやら本当に『制限時間いっぱい』らしい。

促《うなが》されるままゆっくりとしゃがみ、恐《おそ》る恐《おそ》る顔を上げれば、目の前にはジャガーのようなするどい眼差《まなざ》し。

「悪《わり》ぃけど手加減《てかげん》はしないぜ。男のガチンコ勝負だ」

薄《うす》ら笑いに歪《ゆが》めた口が、さらに恐怖心《きょうふしん》をあおる。

完全に気後れしきったまま、「はっけよ～い……ドン！」という塚田《つかだ》の寒いボケで幕《まく》を切った真昼の決闘《けっとう》は、言うまでもなく、ものの数秒で決着がついた。

まさに秒殺《びょうさつ》だった。何がなんだか分からないまま身体《からだ》が宙に浮《う》き、何がなんだか分からないまひっくり返り、何がなんだか分からないまま思いっきり海岸にキスをしていた。

哀《あわ》れみに満ちたギャラリーのどよめきを噛《か》みしめつつ、引っ掻《か》くように砂浜を握《にぎ》りつぶしていると、急に目の前に日陰《ひかげ》ができた。顔を上げると、大那《だいな》が腕《うで》を組んで仁王立《におうだ》ちしている。

「お前、少しは手応《てごた》えあるかと思ったら全然だな。相手になんねぇぜ」

って、そんなのやる前から分かっていたくせに、何だよ。見下したように鼻で笑いやがって。

おまけに、「誰《だれ》かもうちょっとましなやついねぇのかよ」なんて、物足りなそうに周りを見回してるし。

去年もこいつは、こうしてクラス中の男子と対戦しては容赦《ようしゃ》なくなぎ倒《たお》してきたのだろう。

要するにこのギャラリーの連中は、かつてオレと同じ状況《じょうきょう》に立たされたことがある犠牲者《ぎせいしゃ》たちというわけだ。

いや、さっき成瀬《なるせ》たちが、「一組も三組も、リベンジする気があるやつは誰《だれ》もいないってよ」とか何とか話していたから、被害《ひがい》はこの学年全域に及《およ》んでいたに違いない。

でも、そんなやつを相手に、口の中がジャリジャリする程度で済《す》んだオレはラッキーだったのかもしれないな……

などと、ちょっと冷静になって胸《むね》をなで下ろしていたら、

「谷口《たにぐち》くん」

ゴミ袋をガラガラ引きずりながら小早川《こばやかわ》くんが駆《か》け寄ってきて、横に立った。

そして、キランと光る縁《ふち》なしメガネをレンズごとつまんで持ち上げながら、

「気が済《す》んだら持ち場に戻って作業を再開してくれませんか」

気持ちいいほどに毅然《きぜん》とした態度《たいど》でそう言うと、「ああん？」と眉《まゆ》をひそめる大那《だいな》を尻目に、

「今日ははっきり言わせてもらいますよいいですか」と、すかさずマシンガンの引き金を引いた。

「去年きみのその暴力行為《ぼうりょくこうい》がテレビカメラの端《はし》っこに映《うつ》り込《こ》んでいたお蔭《かげ》で僕《ぼく》が前の晩《ばん》から練《ね》

りに練《ね》っていたコメントが不採用《ふさいよう》になっただけでなく学年全体の活動風景そのものまでもがお蔵《くら》入《い》りとなってしまったという悲しい事実をきみはどう思いますかというのを今日はお聞きしたいのが一つと、あの後《あと》メガネ代の弁償《べんしょう》を要求しなかったのはきみの暴走《ぼうそう》を止められなかった僕《ぼく》自身にも多少なりとも責任があるのではないかと感じたからであり――」

無表情な銃口《じゅうこう》から散弾《さんだん》する言葉のシャワー。皆、口をぽっかり開けて唖然《あぜん》としている。

メガネまで壊《こわ》されて、さぞかし悔《くや》しかったんだろうなとは思ったけど、当然そんな気持ちが通じる相手であるはずがない。

ひたすら淡々《たんたん》と乱射《らんしゃ》しまくるマシンガン口撃に対し、まるで自《みずか》らの導火線《どうかせん》の火花を見つめるかのようにジッとしていた大那《だいな》だったが、次の瞬間《しゅんかん》、

「うるっせぇんだよ！」

と叫《さけ》んで、いきなり小早川《こばやかわ》くんの胸座《むなぐら》を掴《つか》んだかと思うと、

「たらたら能書《のうが》きこいてんじゃねぇ！」

って、もの凄《すご》い剣幕《けんまく》で突《つ》き飛ばした。ゴミ袋からは空《あ》き缶が音を立てて散乱し、メガネもふっ飛んだ。まさに大爆発《だいばくはつ》だった。

「文句《もんく》があるならかかってこいや、おるぁ!!」

波打《なみう》ち際《ぎわ》まで転《ころ》げていった小早川《こばやかわ》くんに思いっきり砂を投げつけたかと思えば、足元の空《あ》き缶も見境《みさかい》なくバンバン蹴《け》っ飛ばしまくる。

とうとう信管《しんかん》に引火してしまった『大那《だいな》マイト』を目の当たりにして、塚田《つかだ》が力なくペットボトルを落として後退《あとずさ》りを始めた。

ギャラリーの中にいた成瀬《なるせ》と木ノ内《きのうち》は、気まずそうに歪《ゆが》めた顔を見合わせ、内海《うつみ》はその後ろへと身を隠《かく》す。オレも這《は》うようにしてその場を離《はな》れた。

「こうなったらお前ら全員、去年みてぇに片っぱしからぶっ飛ばしてやるぜ！　誰《だれ》からでもいい、かかってこい！」

睨《にら》みを利《き》かせながら見回す、サーチライトのような視線《しせん》から、誰《だれ》もが目を逸《そ》らし、顔を背《そむ》けた——

その時だった。

「僕《ぼく》が相手になろう」

聞きなれない爽《さわ》やかな声が、張り詰《つ》めた険悪《けんあく》な空気を一掃《いっそう》した。

見ると、白いポロシャツにジーンズ姿《すがた》の男の人が、口元に笑《え》みを浮《う》かべながら近づいてくるではないか。

「何だよ、おっさん」

怪訝《けげん》な顔で振《ふ》り返った大那《だいな》に、「おっさんはひどいな」と苦笑《にがわら》いしつつ、「こう見えてもこの春、大学を出たばかりなんだがな」と頭を掻《か》いている。

確《たし》かに『おっさん』と呼ぶにはまだ若く、むしろ清潔感《せいけつかん》のあるちょっと格好《かっこう》いいお兄さんって感じだ。しかし、どこかで見たことがあるような気がするのは、誰《だれ》か芸能人《げいのうじん》にでも似ているからだろうか。

傍《そば》までくると、「僕《ぼく》はカイドー。よろしく」と手を差し出したものの、大那《だいな》は相変《あいか》わらず腕組《うでぐ》みしたまま、「名前なんか聞いてねぇ。何の用だって言ってんだ」って睨《にら》みつけてる。

すると『カイドー』と名乗ったそのお兄さんは、やれやれという感じで、「だから相撲《すもう》の相手を探してるんだろう？　どうだい、僕《ぼく》とやってみないか」と言って、今度はその手を、いからせている肩《かた》の上にとんと置いた。

「触《さわ》んなよ！」

馴《な》れ馴《な》れしいと言わんばかりに思いっきり振《ふ》り払って拒絶《きょぜつ》するも、「きみは身体《からだ》も大きいし、力もありそうだ。この子たちじゃあ、やる前から勝負は見えているだろう」と、お兄さんは涼《すず》しげな笑顔でなおも食い下がる。

「さぁ、僕《ぼく》が相手になってやる」

「しつこいぞおっさん。俺はあんたなんかとやるつもりはねぇんだよ！」

大那《だいな》は振《ふ》り切るように背《せ》を向けるや否《いな》や、「おい、お前ら何やってんだ、いいからかかってこいよ！　ほら、早く！」と大声でギャラリーに呼びかけ、カイドーの存在を完全に無視する態勢《たいせい》に入った。

しかし。

「さては負けるのが怖《こわ》いんだろう。だから逃《に》げるんだな？」

その瞬間《しゅんかん》、大那《だいな》の耳がピクッと動いたのをオレは見逃《みのが》さなかった。

「それともあれか。きみは自分より強い相手とは闘《たたか》わない主義なのかい？　男らしくないなぁ、そういうのは」

ガスバーナーから吹《ふ》き出す炎のように直線的な一言が、再び『大那《だいな》マイト』の導火線《どうかせん》に火をつけた。

「はぁん？」と、歌舞伎役者《かぶきやくしゃ》ばりに首を回しながら振《ふ》り向く様《さま》はもう、やばいくらいに鬼気迫《ききせま》る感じで。

「な　ん　だ　と　おっさん！」

目を剥《む》き、歯を食いしばり、怒《いか》りに震《ふる》えた顔がみるみる真っ赤になって、今にも髪《かみ》の毛が金色に変わって逆立《さかだ》っちゃうんじゃないかって、マジで思った。

「誰《だれ》が逃《に》げるっつった。俺はなぁ、部外者と女には手を出さねぇ主義なんだよ！」

スーパーサイ○人ならぬ『スーパーダイナ人』にでも変身しそうなこの爆弾《ばくだん》小学生を前に、カイドーは、「よーし、それでこそ真の男の子だ！」と清々《すがすが》しく微笑《ほほえ》んで、パン！　と手を打ってから、腰《こし》を落として大きく両手を広げた。

「さぁ、来い！」

「やってやろうじゃねぇか、このやろう！」

大那《だいな》は、喉《のど》が割れるような叫《さけ》び声を上げながら、まるでイノシシのごとき勢いで、白いポロシャツ目がけ、猛突進《もうとっしん》していった――

サザザーン……シャー

『潮騒《しおさい》』という心地《ここち》よい静《しず》けさを奏《かな》でる、午後の海辺。

ほんの数時間前まで、ここが修羅場《しゅらば》と化していたなんて、想像《そうぞう》もつかないほどに静《しず》まり返っている。

見渡《みわた》す限りの青いパノラマ。どこまでも続く白い道――ひたすらのどかな景色《けしき》が広がっていて、あくびが出そうなほどだ。

空を仰《あお》げば、緩《ゆる》やかな時の流れを象徴《しょうちょう》するかのような綿雲《わたぐも》が、地上に束《つか》の間《ま》の休息をくれようとしている。

やがて、太陽が雲の群《む》れに覆《おお》われると、焼けつくような強い陽射《ひざ》しも少し和《やわ》らいで、ようやく肌《はだ》に風を感じた。

「ねぇ、今日のあの、ほら、イケメンの人、何だっけ」

隣《となり》というには微妙《びみょう》に遠いポジションを保《たも》って歩きながら、晴香《はるか》がふとつぶやいた。足元から目を離《はな》すことなく、「えーと……」と顎《あご》に人差し指を当てて黙《だま》り込《こ》む。

オレもゆっくりと歩きながら、「カイドー？」と答えると、「そうそう、カイドーカイドー」って声を弾《はず》ませてる。

晴香《はるか》との初ビーチコーミング。総出でゴミ拾いなんかしたもんだから、シーグラスはおろか、小さなプラスチック片すら落ちておらず、今日は何の収穫《しゅうかく》も見込《みこ》めそうにない。

まぁ、オレとしては、こうして二人っきりで波打《なみう》ち際《ぎわ》を歩けるだけでも十分嬉《うれ》しいわけで。強《し》いて言えば、まったく拾うものがない分、歩くペースが自然と速まっちゃうのが悔《くや》しいところだろうか。

「びっくりしたよね、最初」

「うん。いきなり声をかけてきたと思ったら、あれだもんなぁ」

「そうそう、何が起こったの？　って感じだったよね」

あれから大那《だいな》がどうなったのかってことについては、クラス内だけで留《とど》めておこうという暗黙《あんもく》の了解《りょうかい》で（一応）一致《いっち》したようだった。言うまでもなく本人の名誉《めいよ》のためだ。

いくら大那《だいな》といえども、所詮《しょせん》小学生は小学生なのだということを、あの死闘《しとう》で痛《いた》いほど思い知らされただろう。

当然だけど、カイドーは終始余裕《しゅうしよゆう》だった。殺意《さつい》すら伝わってくる本気全開のタックルを胸《むね》で受け止めながら、「さぁ、他の皆は戻ってしっかりと続きを頑張《がんば》るんだ」なんてにこやかに笑顔を振《ふ》りまきつつ、「おお、なかなか手強《てごわ》いな」とか言って、手こずってるふりをする。

そして頃合《ころあい》を見計《みはか》らって軽々《かるがる》と転《ころ》ばせ、「どうだ、もうこれで終わりにするか？」ってな具合だ。

大那《だいな》も相当悔《くや》しかったんだろう、まさに七転《ななころ》び八起《やお》きを三セットくらいは続けたんじゃないかな。正味《しょうみ》五、六分くらいだったと思うけど、最後のほうはもう、生まれたての仔馬《こうま》みたいに、立ち上がるのさえやっと、って感じだった。

ある意味、小学生相手に大人気《おとなげ》ないとは思うけど、あの無法者《むほうもの》の大那《だいな》を懲《こ》らしめたカイドーの功績《こうせき》は、確《たし》かに認《みと》めるべきなのかもしれない。

そのお蔭《かげ》で、二組の男子全員が救《すく》われたわけだし、「あの人、正義のヒーローみたいで、すっごい格好《かっこう》よかったよね！」ってはしゃいでる晴香《はるか》の気持ちも決して分からなくはない。え、女子は皆そう言ってるって？ ふうん。

でもそこに、取ってつけたみたいに、「あ、遼哉《りょうや》くんも格好《かっこう》よかったよ」ってのはどうかと思うぞ。『も』って何だよ『も』って。ついでかオレは。

っていうか、あの状況《じょうきょう》において、オレのどこに格好《かっこう》よさがあったというのか。まったく、社交《しゃこう》辞令《じれい》もいいところだ。

なんてことを考えていたら、何だかあの正義のヒーローに対して微妙《びみょう》に面白《おもしろ》くない感情が芽生《めば》えてきそうになってきて、話題を変えてやることにした。

「それよりさ、本当にもう大丈夫なのか？」

「ぜんぜん平気だよ」

このとおり、と言ってバレリーナみたいにクルリと回ってみせる。

「ごめんね、さぼっちゃって」

「いや、大丈夫ならいいんだ」

元気になってよかった。

カイドー出現の後、皆が持ち場に戻りはじめた辺りから、何だかフラフラ歩いているなと思ってたんだけど、いきなりヘナヘナと座《すわ》り込《こ》んでしまった時はどうしようかと思ったよ。

急いで駆《か》け寄ると、ひどく顔色が悪《わる》いからびっくりしちゃって。

おろおろしていたら、何人かの女子が付き添《そ》って保健室に連れて行ってくれた。

戻ってきた若菜《わかな》の、「軽い熱中症《ねっちゅうしょう》だろうって」という言葉に少し安心したものの、結局帰りの会まで帰ってこなかったから気が気じゃなかったんだ。

「ありがとう、心配してくれて」

そう言いながら、いつもみたいにクイックターンで真正面《ましょうめん》に立ったかと思ったら、「でも本当、格好《かっこう》よかったよ遼哉《りょうや》くん」って微笑《ほほえ》んでる。

「どこがだよ。すぐ負けちゃったのに」

実際《じっさい》、あんな情けない姿《すがた》を目と鼻の先でバッチリ見ておいて、よく言うよ。

「だいたい、大那《だいな》になんか勝てるわけがないんだから」

半《なか》ば開き直り気味《ぎみ》に投げ捨《す》てたそんな言葉を、晴香《はるか》は、「ううん、勝ち負けじゃないよ」とすかさず拾い上げた。

「勝てないって最初から分かってるのに、それでも受けて立ったんだもん。遼哉《りょうや》くんは男らしいと思う」

「いや、あれは……」

「あのカイドーっていう人も言ってたじゃん。それでこそ真の男の子だ、って。自信持ちなよ」

別に勇気があって挑《いど》んだわけじゃないんだけど、そこまで褒《ほ》められたらもう、「そ、そうかなぁ」あは、あはは、なんて照れ笑いでごまかすくらいのことしか思いつかなかった。

っていうか、勘違《かんちが》いしてくれてるのをいいことに、真実をうやむやにしようとしてるオレって、何だか男らしさのカケラもないような気がするな。

しかし、調子よく素直《すなお》に喜んじゃおうかと思った矢先、

「でもあの人、見たことない人だったよね。このへんに住んでるのかなぁ」

その一言で、一気にテンションが下がっちまった。

こう何度も会話に出てくると、さすがに気になっちゃうよ。

確《たし》かにイケてるっぽい感じの人だったけど、まさか一目惚《ひとめぼ》れしちゃったとか、そういうんじゃないよな。

まさかな。いや、でも、もしかして……

「またどこかで会えるかなぁ」

「でも、あいつは大人だぞ」

「え？」晴香《はるか》が不思議《ふしぎ》そうに目を見開いた。

思わず声に出してしまったことを激《はげ》しく後悔《こうかい》しつつ、慌《あわ》てて目を逸《そ》らす。

「と、とにかくさ。コバルトブルーのシーグラスは、オレが絶対《ぜったい》に見つけるからさ。まかせてよ」

あは、あはは、あはははははと笑って、またごまかした。他に何を言っていいのか分からなかったし、それしか言いようがなかった。

再び照度《しょうど》の上がった白砂《しらすな》の眩《まぶ》しさに目を細めながら、あいつはただの通りすがりの相撲《すもう》好《ず》き青年に違いない、そう自分に言い聞かせた。だからもう二度と会うこともないだろうと。

「さぁ、探すぞー！」

気合を入れ直すように、額《ひたい》の汗《あせ》を袖《そで》でゴシゴシ拭《ぬぐ》うと、きょとんとしている晴香《はるか》を横目に、オレはゆっくりと歩き出した。

後日、あのカイドーと、まさかあんな形で再会することになろうとは思いもせずに。

4

ひどく窮屈《きゅうくつ》なところに押《お》し込《こ》められている感じがした。

何も聞こえず、何も見えない。目を閉じているのか開けているのかさえも分からない。

しばらくすると、キーの高い耳障《みみざわ》りな音が微《かす》かに聞こえてきた。

と同時に、ぼんやりと眩《まぶ》しいモヤモヤが前方に広がった。それはやがて青く変化《へんか》したかと思うと、すぐに白っぽく濁《にご》り出した。

遮《さえぎ》るものは何も見当たらないのに、視界《しかい》がやけに狭《せま》い。一体どこにいて、何を見ているのか、まるで見当もつかない。

それに、何だろう、全神経が研《と》ぎ澄《す》まされていくような、尖《とが》ったこの感覚……

そうだ。たぶん、そろそろ来る頃《ころ》だ。いや、間違いなく、『あれ』はまた来る。

身体中《からだじゅう》の内臓《ないぞう》という内臓《ないぞう》が置いていかれるような『あれ』が、ジェットコースターなんか比《くら》べものにならないほどにチンコがひゅーッとなるあの急降下が、もう、すぐそこに……

「！」


その時がきた。

突然《とつぜん》もの凄《すご》い轟音《ごうおん》に包まれたかと思うと、次の瞬間《しゅんかん》には息を呑《の》む間もなく一気に落ちてゆく。

滝《たき》のごとく襲《おそ》ってくる急激《きゅうげき》な重力の変化《へんか》。頭のてっぺんから血を抜き取られていくかのよう。

もうだめだ、耐《た》え切れない！

遠のいていく意識の中、声にならない叫《さけ》びを発しながらオレは——

ドスッ
ベッドから落ちた。

「いってぇ……」

またた。

例の、見知らぬ女の人の夢《ゆめ》の後、テレビからＤＶＤ再生に切り替《か》わるような唐突《とうとつ》さで、まったく別の夢《ゆめ》まで始まるようになった。

しかもこの有様《ありさま》だ。びびりすぎて鼻水まで出ちゃってるし。

「――ようやくお目覚《めざ》めか、小僧《こぞう》」

ねぇ、どうなってんのこれ。何なの、あの変な夢《ゆめ》。

いい加減《かげん》、うんざりって感じ。

「――贅沢《ぜいたく》ぬかすんじゃねえよ。世の中にはな、人知れず重大な悩《なや》みや苦しみを抱《かか》えて生きている人間が山ほどいるんだぜ。そのぐらい我慢《がまん》しやがれ」

そう言うけど、かれこれもう一週間連続だよ？

よく分かんないけど、何かこう、やばいくらい真《しん》に迫《せま》るものがあるしさ……

まぁ、どうせ詳《くわ》しくは教えてくれないんだろうけど。

「――おうよ。おめえたち人間に必要以上の情報《じょうほう》を与えることたあ、ご法度《はっと》だからな」

はいはい、分かってるよ。訊《き》いてみただけ。

あ〜あ。何だかキミを拾ってから、いろんなことが起こるようになった気がする。

「――やい、またその話か。すべて俺様が仕組んでるみてえな言い方するんじゃねえよ、世話《せわ》になっておいて」

もちろん、感謝はしてるよ。だからこの前のこともちゃんと謝ったじゃんか。

「――当然だ。後にも先にも恨《うら》まれる覚えは何一つねえ。だが、いいか小僧《こぞう》、一つだけ言っておく。おめえの身に起こるすべてのことは、紛《まぎ》れもなくおめえの運命だ。それを変える権限《けんげん》は俺様にもねえ。つまり俺様にできることはだな――」

最終的な事象《じしょう》を踏《ふ》まえた上で、無数にある選択肢《せんたくし》の中から最も効率《こうりつ》のいい方向性を示唆《しさ》するナンチャラカンチャラだ、でしょ？

「――随分賢《ずいぶんかしこ》くなったじぇねえか、あん？」

昨日も同じこと言ってたじゃん。意味はさっぱりだけど。

それで、今日はどんな助言をしてくれるの？

「――けっ、甘《あま》ったれるんじゃねえ。そう何でもかんでも教えてやるかってんだ」

な、なんだよケチ！

「――ケチとはなんだ。選択の余地もねえから言うまでもねえってこった。つまり成り行きに任せれば万事オーケーよ」

そんなふうに言われると、余計に気になるじゃんか！　教えてよ、今度はどんなことが待《ま》ち受けてるんだよう！

「――まあ、せいぜい悩《なや》みな、ハナタレ小僧《こぞう》」

なんだと、ケチオ！　この、ケチオレオナルドー！

「このガレキッ、このやろッ、このやろッ」などと天井に向かって罵声《ばせい》を浴びせながら、今日もオレは二度寝《にどね》ならぬ『二度起き』をしたのだった。

こうしてすっかり打ち解けた（？）甲斐《かい》もあって、この一週間でレキオの秘密《ひみつ》も少しずつだが分かってきた。

もちろん、あんなぶっきらぼうな感じだから、あくまでもオレの憶測《おくそく》がほとんどではあるけど。

まず、わけあって今のああいう姿《すがた》になってしまったということ。不完全な姿《すがた》だから、本来持っている力のほんの一部しか使えないみたい。

そして、その使える力にもかなりの制限があり、度を超《こ》えた使用は、レキオ曰《いわ》く、「体力がもたねえ」らしい。

特に瞬間移動《しゅんかんいどう》なんかは相当きついんだろう、学校に急に現れた後、丸一日うんともすんとも言わなかったのは、たぶんそのせいなんじゃないかな。

そんなわけで今は、最初から枕元《まくらもと》に置いて寝《ね》るようにしている。まあ、オレなりの配慮《はいりょ》だ。世《せ》話《わ》になってるし。

UFOとの関連については未《いま》だ謎《なぞ》だけど、オレは絶対《ぜったい》に関係があるだろうと踏《ふ》んでいる。どう考えたって地球上のものとは思えないもんな。

ただ、最大の疑問《ぎもん》である晴香《はるか》との関わりが、まったく見えてこない。

仮《かり》にレキオが地球外生命体《ちきゅうがいせいめいたい》だったとして、どういう経緯《いきさつ》があってオレたちの仲を取り持つことになったのか。

それ以前に、彼らエイリアンたちは一体どんな目的を持って、そんな計画に乗り出したのか。

謎《なぞ》は深まるばかりだ。

とは言え、あれからなかなか有意義《ゆうぃぎ》な学校生活を送っているオレにとって、それらの疑問《ぎもん》の解明は二の次になりつつあった。

だって、毎日が楽しくて仕方ないんだもの。

オレには恋《こい》のキューピッドがついている。だから何も心配することなんかなかったんだ。

きっとこの先もずっとこんな感じに、穏《おだ》やかで安らかな日々が続いていくんだろうな……

そんなふうに思っていた。

そう。朝の会が始まるまでは——


「みんな早く席についてくださーい！」

その日、岩清水《いわしみず》先生は、いつになく遅《おく》れて教室に入ってきた。

それまで、チャイムが鳴《な》ってもまだ教室に現れないのをいいことに、そこいら中相変《あいか》わらずの騒《さわ》ぎっぷりだったのだが、

「日直さん、遅《おそ》くなったので号令は省略《しょうりゃく》で。みんな着席したままでいいです」

その声色《こわいろ》から、どことなくいつもとは違う空気を察知《さっち》したのだろう、一瞬《いっしゅん》、教室内が水を打ったように静《しず》まり返った。

なぜにドアが開けっ放《ぱな》しなのかと不思議《ふしぎ》に思う間もなく、廊下側《ろうかがわ》の最前列にぼてっと鎮座《ちんざ》していたギャル間多《まただ》が突然《とつぜん》、「えっ、なに、どういうこと～？」と素《す》っ頓狂《とんきょう》な声を上げた。休みなく

髪《かみ》を梳《と》かしていた手も止めて、席から身を乗り出したまま固まっている。

するとと岩清水《いわしみず》先生は、ドア口に立ったまま、「はい、今日はみんなに紹介したい人がいまーす！」と細い声を張り上げた後、外に向かって、「ささ、先生どうぞ」と囁《ささや》き声で言った。

教室中の視線《しせん》が、無言《むごん》のまま一点に集中した。何となく、いやな予感がした。

「失礼します」

その姿《すがた》が現れた途端《とたん》、驚《おどろ》きと歓喜《かんき》を伴《ともな》った女子たちのヒソヒソ声がイルカの群《む》れのようにあちこちで飛び交い、それに混《ま》じって、ブタみたいに鼻を鳴《な》らす音が、窓際《まどぎわ》の後ろから微《かす》かに聞こえてきた。

見るからにはつらつとしたそのスーツ姿《すがた》のイケメンは、颯爽《さっそう》と教壇《きょうだん》に立つなりクルッと背《せ》を向け、軽《かろ》やかにチョークを走らせると、

「みんな、おはよう！」

振《ふ》り向きざま教卓の両端《りょうはし》に手を突《つ》き、シャキッと背筋《せすじ》を伸《の》ばした。

「初めまして。というより改めまして、かな。今日からこのクラスで岩清水《いわしみず》先生のお手伝いをさせてもらうことになりました、海《かい》　堂《どう》　靖《やす》　彦《ひこ》　と言います」

スマートなジェスチャーで黒板の名前を一字ずつ示しながら、にこやかにオレたちを見回してる。

「僕《ぼく》は、先生と言ってもまだ見習いです。ここでみんなと一緒《いっしょ》に勉強する気持ちで一生懸命《いっしょうけんめい》取

り組んでいきたいと思いますので、どうぞよろしく！」

その途端《とたん》、女子たちのキャーという歓声《かんせい》と拍手《はくしゅ》とが、そこかしこで沸《わ》き上がった。わざわざ確認《かくにん》するまでもなく、オレの左隣《ひだりどなり》からもそれはしっかりと聞こえてきた。

目を疑《うたが》う余地はなかった。もう、呆気《あっけ》にとられて言葉も出なかった。

ネクタイこそ締《し》めているものの、そこに立っているのは紛《まぎ》れもなく、あの白ポロシャツ相撲《すもう》好《ず》き青年『カイドー』なのだ。

「何か質問がある人はいますか」という問いかけに、ギャル間多《また》が真っ先に手を上げた。

「先生、カノジョとかいるんですかぁ」

「彼女？」

イントネーションを変えて聞き返しつつ、興《きょう》味《み》津々《しんしん》に目を輝《かがや》かせている女子たちを、「まいったなぁ」と照れ笑いで引っぱる。

そのままうまくごまかすのかと思いきや、「好きな人ならいます」なんて堂々《どうどう》と公言しちゃうか普通《ふつう》、このタイミングで。

見ろよ、キャッキャキャッキャと猿山《さるやま》並みに収拾がつかなくなってるじゃんか。

男子はというと、オレも含めいささか冷《ひ》ややかにその光景を眺《なが》めていたわけだけど、中にはそれ以上にクールなやつもいた。

今日も朝から教卓の真ん前の席で本を広げ、一心不乱《いっしんふらん》に読みふけっている、ひょろっとした背《せ》中《なか》。へたすると、先生が入ってきたことすら気づいていないんじゃないかってくらいにインマイワールド全開な様子だ。

相変《あいか》わらず大した集中力だな、なんて感心していたら、

「ああ、そう言えば小早川《こばやかわ》くん、メガネは大丈夫だったかい?」

いきなり話しかけられ、ビクンと背筋《せすじ》を伸《の》ばしてる。

それでいて冷静に、「ええ、今のこれは超弾性記憶合金製《ちょうだんせいきおくごうきんせい》なのでたとえ踏《ふ》まれたって壊《こわ》れませんから」と受け答えした上で、「それよりどうして僕《ぼく》の名前を知っているのですか」と驚《おどろ》いたように尋《たず》ねた。

「昨日のうちに名簿《めいぼ》や座席表《ざせきひょう》をお借りしていたんだ。早くみんなのことを知りたくてね」

海堂《かいどう》は一度、岩清水《いわしみず》先生のほうを向いて、ぺこっと頭を下げてから、

「何度も眺《なが》めていたら、誕生日まで覚えてしまったくらいさ」

そう言ってにっこりと微笑《ほほえ》んだ。

そこへすかさず、「えー、まじでまじでー」とハスキーボイスがしゃしゃり出る。

「それじゃあアタシのも言ってみてくださいよ～」

すると海堂《かいどう》は、思い出すような素振《そぶ》りも見せずに、「きみは間多野《またの》さん、間多野照世《またのてるよ》さんだね」と即答《そくとう》した。

「誕生日は九月二十二日」

正否《せいひ》を問う無言《むごん》の視線群《しせんぐん》が集中する中、ギャル間多《また》が両手で口を覆《おお》う。

「うっそ、まじで当たってるよ、すごくなーい⁉」

おおー、と一同感嘆《かんたん》の声をもらしつつ、その中から、じゃあ俺は私はと三名が次々《つぎつぎ》に申し出た。

海堂《かいどう》は、それぞれのフルネームと誕生日とをすべて的確《てきかく》に言い当て、さらには、「ここから見ていると、顔と名前が一致《いっち》するから嬉《うれ》しいなぁ」と言って岩清水《いわしみず》先生の了承《りょうしょう》を得ると、廊下側《ろうかがわ》の席から順に、何と名簿《めいぼ》も見ずに誕生日付きで出席をとりはじめた。

海堂《かいどう》の提案《ていあん》で、正解なら立って大きく返事をするということになったのだが、「もしも途中《とちゅう》で引っかかったら、逆立《さかだ》ちで校庭十周します！」なんて宣言したもんだから、もう盛《も》り上がる盛《も》り上がる。

一人言い当てる度に拍手《はくしゅ》が巻き起こり、クラス全体が、みるみるマジックショーにでも参加しているかのような雰囲気《ふんいき》に包まれていった。

オレも自分の番が近づくにつれ、何だか胸《むね》がドキドキしてきちゃって。

名前を呼ばれた時は、ホッとしたのと同時についつい嬉《うれ》しくなってしまったんだけど、晴香《はるか》の恥《はじ》らうような返事を聞いた瞬間《しゅんかん》、そんな気持ちは即《そく》塗《ぬ》りつぶしてやった。

半分以上が過ぎてもなお、海堂《かいどう》の『出席とりマジック』は滞《とどこお》る気配《けはい》すらなく、蛇口《じゃぐち》から出る水のように順調だった。が、その流れを止めてしまいそうな瞬間《しゅんかん》がついに訪《おとず》れた。

「次は篠原《しのはら》さん。篠原依梨子《しのはらえりこ》さん。誕生日は、六月十一日だったね」

「……」

席から立ち上がったものの返事がなく、俯《うつむ》いておどおどしている。

実は、どうなるのかなってちょっと気になっていたんだ。あの子が常に極度のアガリ症《しょう》みたいな状態《じょうたい》にあるということは、晴香《はるか》から聞いてオレも知っていたし。

詳《くわ》しくは分かんないけど、小さい頃《ころ》から人前で話すことができないらしく、実際《じっさい》オレもまだ一度もその声を聞いたことがなかった。

このままだと、途中《とちゅう》で引っかかったことになるんじゃないのかって思った。あんな無謀《むぼう》なことを言って後悔《こうかい》してるんじゃないかって。

しかし、海堂《かいどう》はそれについても事前に知っていたのか、「篠原《しのはら》さん、よろしく」と笑顔で声をかけると、正解ならそのまま着席するように促《うなが》し、事なきを得た。

それにしても、何でオレがこんなにヒヤヒヤしなくちゃいけないのか。相手が相手なのに、さっきから自分でも不思議《ふしぎ》だ。

その後は、まぁ、塚田《つかだ》がアホっぽいリアクションで女子に顰蹙《ひんしゅく》を買った程度で、難《なん》なくまたスムーズに流れていったんだけど、オレにはまだ気になっていることがあった。

そう。最後にして最大の難関《なんかん》であろう、窓際《まどぎわ》の一番後ろの席に仕掛《しか》けられた超大型爆弾《ちょうおおがたばくだん》を、どう処理《しょり》するのかということだ。

そして、ついにその時は来た。

「最後は谷口大那《たにぐちだいな》くん。きみが谷口《たにぐち》くんだったんだね。誕生日は五月五日のはずだ」

「……」

その、一瞬《いっしゅん》の間《ま》だけで、教室内の空気が塩酸《えんさん》に触《ふ》れたリトマス紙のように、さっと警戒色《けいかいしょく》に変わるのを感じた。

一体どう出るのかと、気が気じゃなかった。ぴんと張り詰《つ》めた静寂《せいじゃく》が、皆同じ気持ちであることを示しているかのようだ。

「どうかな、当たっているかな」

「……」

依然《いぜん》として沈黙《ちんもく》を守る危険物《きけんぶつ》に対し、クラス中が固唾《かたず》を呑《の》んで身構《みがま》える。

間もなく、すべりの悪《わる》い床《ゆか》を移動する椅子《いす》の音が、ズズガッと響《ひび》き渡《わた》ると、来《きた》るべき爆発《ばくはつ》に備《そな》えて、息苦しさはピークに達した。

ところが、

「はーい、当たってまーす」

何と耳に入ってきたのは、多少の茶目《ちゃめ》っ気《け》こそ含《ふく》んでいるものの、実に素直《すなお》ないいお返事ではないか。思わず振《ふ》り返ると、ちゃんと起立もしている。

予想だにしない『不発弾《ふはつだん》』の扱《あつか》いに戸惑《とまど》う六年二組。岩清水《いわしみず》先生もハトが豆鉄砲《まめでっぽう》を食らったような顔をしているし、見合わせた晴香《はるか》の顔も同じく目が真ん丸かった。

やがて、どこからともなくパラパラと手を打ちはじめる音が聞こえてきたかと思ったら、拍手《はくしゅ》が拍手《はくしゅ》を呼び、次第《しだい》にパーフェクトを讃《たた》える盛大《せいだい》な喝采《かっさい》へと膨《ふく》らんでゆく。

海堂《かいどう》は胸《むね》に手を押《お》し当て、大袈裟《おおげさ》に深呼吸《しんこきゅう》してみせると、

「卒業までに何か一つ、クラス一丸《いちがん》となって取り組み、やり遂《と》げること。それが僕《ぼく》の目標です」

最後は凛々《りり》しく、真顔《まがお》でそう締《し》めくくった――

こうして、オレたち六年二組とあの『カイドー』との再会の儀《ぎ》は、大盛況《だいせいきょう》のうちに幕《まく》を閉じた。

だけど、海堂《かいどう》の姿《すがた》を追う晴香《はるか》の視線《しせん》が、やっぱり普通《ふつう》じゃない感じがして、オレは妙《みょう》に落ち着かなかった。

そして、気味《きみ》が悪《わる》いほどに大人しく座《すわ》っている大那《だいな》の、口を歪《ゆが》めた不敵《ふてき》な笑《え》みが、これからオレの平和な日常を脅《おびや》かそうとしている『何か』を物語っているようで、胸騒《むなさわ》ぎを覚えずにはいられなかった。

第三章

謎《なぞ》のメッセージボトル

1

あのＵＦＯが昨夜《ゆうべ》また現れたという噂《うわさ》を耳にしたのは、ついさっきのことだ。

校門を出たところで、三、四年生の子たちが真面目《まじめ》な顔を突《つ》き合わせて、光の色がどうのこうのと話していた。

うちのクラスの中でも少しは話題になっていたのかもしれないけど、表沙汰《おもてざた》にならなかったのは、皆それどころじゃなかったからだろう。

っていうか、オレとしては断然《だんぜん》そっちのほうが興味あったのに、どいつもこいつも海堂《かいどう》、海《かい》堂《どう》ってさ……。

なんて軽くすねてみながら公園の脇《わき》で一人、暇《ひま》を持て余していると、

「あれ、吉野《よしの》くんじゃないですか」

不意に後ろから声をかけられた。小早川《こばやかわ》くんだ。

手にサラリーマンの通勤《つうきん》カバンみたいなのを提《さ》げている。

「誰《だれ》かと待《ま》ち合わせですか」

正直に答えるのも照れくさいし、いろいろ面倒《めんどう》だから、「いや、別に」とごまかしついでに、

「あ、そうだ、小早川《こばやかわ》くんはＵＦＯの噂《うわさ》、どう思う？」なんて、思いつくまま、適当《てきとう》に話題を変えてやった。

すると、「もちろん信じますよ」って意外な答えが返ってきた。

「もっとも宇宙人の乗り物だという説にはあまり関心がありませんけど」

「え、どういうこと？」

「そもそもＵＦＯというのは、未確認飛行物体《みかくにんひこうぶったい》つまり正体不明《しょうたいふめい》の飛行物体全般《ひこうぶったいぜんぱん》のことを指す呼称《こしょう》なんです。現時点においてもっぱら僕《ぼく》が支持するのはやはり大気プラズマ説ですね。科学的にも実証《じっしょう》されていますし、もっとも現実的《げんじつてき》と言えますから。簡単《かんたん》に説明しますとプラズマというのは電子《でんし》が原子《げんし》に戻ろうとする時に光を放出《ほうしゅつ》し――」

別の話題にすりゃよかったなと後悔《こうかい》しつつ、訊《き》いた手前ひと通り相槌《あいづち》を打ちながらタイミングを見計《みはか》らい、「そのカバンは？」って指差した。そしたら、「ああ」とゴツイ腕時計《うでどけい》に目をやって、

「これから塾《じゅく》ですので、このへんで」と言って、あっさりと去っていった。

毎日塾通《じゅくがよ》いだなんて、一体一日にどんだけ勉強してるんだろうか。単純に気になるところだ。

とは言え、あいつのことと比《くら》べたら、『気になり度数《どすう》』のレベルは全然違うわけだが……

ふと思い立ち、歩道脇《わき》に連《つら》なっている鎖《くさり》を跨《また》いで、草むらに足を踏《ふ》み入れた。

ひょろ高くしなやかに伸《の》びる松の木々の間《あいだ》を縫《ぬ》っていくと、程《ほど》なくして石畳《いしだたみ》の遊歩道《ゆうほどう》にぶつかる。

少し先には青銅色《せいどういろ》の古びたガス灯《とう》が立っていて、脇《わき》にぽつんと、取り残されたような水飲み場があった。

考えてみれば、ずっと同じ場所でウロウロしているのも妙《みょう》だし、このへんなら晴香《はるか》が来てもすぐに分かるだろう。何より涼《すず》しくていいや。

オレはさっそく乾《かわ》ききった喉《のど》を潤《うるお》すと、体中に心地《ここち》よさが染《し》み渡《わた》るのを感じながら、ガス灯《とう》の柱にもたれかかった。

「ふう……」

ひと息ついて空を見上げると、眩《まぶ》しさの中に綿あめみたいな雲がぽっかり浮《う》かんでいた。

極細《ごくぼそ》のペンで線を何本も引いたような枝から枝へ、じれったいほどにゆっくり、ゆっくりと移動している。

「大丈夫かなぁ、あいつ」

さんざん盛《も》り上がった朝の会の後、晴香《はるか》は目眩《めまい》がすると言って保健室に行ったっきり、結局戻って来なかった。

急にああなるのも、これで二度目だ。どこか悪《わる》いんだろうか。

さすがに今日はビーチコーミングどころじゃないけど、一言も告《つ》げず先に下校するのは気が咎《とが》めるし、ましてこの炎天下《えんてんか》だ。

体調の優《すぐ》れないあいつを一人で帰らせるなんて、どうにも心許《こころもと》なくて。

様子を見にいった女子連中が付き添《そ》ってくれるのなら、それはそれでいいとして、別に急いで帰る理由もないし、とにかく出て来るまで待《ま》つことにしよう。

「それにしてもなぁ……」

乾《かわ》いたため息と共に、足元の松ぼっくりを、ぽーんと蹴《け》っ飛ばしてやる。

今日の六年二組は、思いがけない人物の登場で、完全に浮《う》き足立っていた。

だけど、オレだけは、終始《しゅうし》その外側にいる感じだった。

どうにも気になって仕方がない。何がってわけじゃないんだ。ただ何となく、違和感《いわかん》があるっていうか、落ちつかないっていうか。

それに、なぜだかあの海堂《かいどう》のことを、もっとずっと前から知っていたように思えてならない。

でも、このモヤモヤした気持ちが一体何なのか、いくら考えても分かんないし、いつどこで会ったのかも、まったく思い出せなくて……

「遼哉《りょうや》くーん」

不意に松林の向こうから、いつもの元気な声が聞こえてきたかと思うと、「お待《ま》たせー」と、息を切らしながら走り込《こ》んでくる。

「ごめんね、遅《おそ》くなっちゃって」

「おいおい、走ったりしていいのかよ」

「うん、もう平気！　はいこれ、お詫《わ》びのしるし」

手渡《てわた》されたのは、何と今日の給食の目玉《めだま》、アーモンドカルではないか。

訊《き》けば、たった今、取っておいてもらった給食を保健室で食べてきたばかりだという。

「大好物だって言ってたでしょ。だから食べたいのを我慢《がまん》して持ってきてあげたんだよ。偉《えら》い？」

なんていじらしい子なんだろう。

確《たし》かに、席替《せきが》え後早々《そうそう》に一度出たことがあって、その時もこんなふうに——

あれ、ちょっと待《ま》てよ。

「でも、この前くれた時、確《たし》か小魚と目が合ってイヤだからいらないとかって……」

途端《とたん》に、へへーと舌《した》を出す染井晴香《そめいはるか》十一歳《さい》かっこ小悪魔《こあくま》バージョン。

「やだ、ばればれ？」

「お前なぁ」

きゃははと駆《か》け出した赤いランドセルを追いかけながら、こりゃどうやら完全復活だなと一安心しつつ、オレたちはそのまま競うように砂浜まで走った。

サザザーン……　シャー

水面《みなも》に揺《ゆ》らめく長い影《かげ》が、まるで波に洗《あら》い流されるかのごとく、刻々《こくこく》とその色を薄《うす》めてゆく。

シャザザーン……


時折《ときおり》訪《おとず》れる、短い無音無風の狭間《はざま》。

そこへ合いの手を入れるかのように、リリ、リリ……と微《かす》かに鈴《すず》が転《ころ》がる音が聞こえてくる。

それに耳を傾《かたむ》けつつ、今日もたわいない会話を楽しみながら、ゆっくり、ゆっくりと、肩《かた》を並べて歩く。

俯《うつむ》き加減《かげん》でトボトボ歩くことに変わりはないんだけど、二人で過ごす午後の渚《なぎさ》には、何か特別な時間が流れているような気がしてる。

そんな夢《ゆめ》みたいなビーチコーミングデートの回数も、既《すで》に片手では数え切れないまでになった。

デートだなんて、口にするだけで照れくさいけど、実際《じっさい》そういう感じになりつつあるのは事実なわけで。

探してるものが探してるものなだけに、ほとんど腰《こし》を屈《かが》める機会がないから、傍《はた》から見れば海岸を散歩するカップルにしか映《うつ》らないんじゃないかな。

などと都合《つごう》のいい解釈《かいしゃく》に一人酔《よ》いしれていると、

「ねぇ、ちょっと休憩しよう？」

不意に晴香《はるか》が、得意のクイックターンで目の前に立ちはだかった。

慌《あわ》ただしくランドセルを下ろしたかと思えば、座《すわ》り込《こ》むなり中から缶ジュースらしきものを取り出してみせる。

「ジャーン。これね、保健の先生がくれたの。今が旬《しゅん》の味よって」

さっそくシャカシャカと振《ふ》りながら、「ほら、ここ座《すわ》って座《すわ》って」って言うから、促《うなが》されるまま横に腰《こし》を下ろしたんだ。

すると、晴香《はるか》は缶をパシュッと開けるや否《いな》やゴクゴク喉《のど》を鳴《な》らしはじめた。

呆気《あっけ》にとられていると、ひと息ついてから、「ああ美味《おい》しい」はい、ってその缶を差し出してくる。

「遼哉《りょうや》くんも飲んで？」

「え、これを……」

一瞬《いっしゅん》、戸惑《とまど》った。

半《なか》ば強引に手渡《てわた》されたそれには、桃《もも》の絵がでっかく描《えが》かれていた。

「ネクター、きらい？」

「あー、いや、きらいってわけでは、ないけど」

確《たし》かに、どっちかって言うと柑橘系《かんきつけい》が好きなオレとしては、正直ちょっと苦手だ。

だけど違うよ。そういうことじゃなくて……

「なら遠慮《えんりょ》しないで。私、全部だと多いから。ね？」

「う、うん」

頷《うなず》いた途端《とたん》、思わずゴクリと唾《つば》を呑《の》み込《こ》んでしまった。と同時に、ドキドキが加速しはじめた。

たった今晴香《はるか》が口をつけた部分に自分の唇《くちびる》を持っていくだなんて、考えただけで顔が熱くなる。

でもこの子にとっては、たぶん消しゴムを貸し借りするのと何ら変わらない感覚なんだろう。

余計なことは考えないことにしよう。

「さぁ飲んで飲んで」

何とか平静を装《よそお》いつつ口をつけると、オレはゆっくり顎《あご》を上げ空を仰《あお》いだ。

やんわりと喉《のど》の奥を落ちていくそれは、胸《むね》を焦《こ》がすような濃《こ》い、夏の香《かお》りに満ちていて。

もはや美味《うま》いとか不味《まず》いとか、そういう感覚を伝達《でんたつ》する速度さえも上回る勢いで、頭の中が晴《はる》香《か》でいっぱいになった。

――「見つけられるまで無期限《むきげん》で探すからそのつもりでね！」

あの宣言がどこまで本気なのか、オレに確《たし》かめる勇気はない。

ましてや、あの時の涙《なみだ》の理由なんて今さら訊《き》けるわけもなく、ずっと心の中に引っかかったままだし。

でも、オレたちは今、同じ場所にいて、同じ時間を過ごしている。これ以上の幸せがあるだろうか。

この先も、こんなふうに自然に、少しずつお互《たが》いの距離《きょり》を縮めていけたら、いつかは――

「あれ、何かな」

ふと、晴香《はるか》の訝《いぶか》しげな声で我《われ》に返った。慌《あわ》てて視線《しせん》の先を追う。

「何って……ただの空《あ》き瓶《びん》、だろ」

透明感《とうめいかん》のある薄緑色《うすみどりいろ》のそれが、波に少しずつ押《お》し上げられながら、砂の上でコロコロと扇《おうぎ》を描《えが》いている。

「でもほら、すっごい面白《おもしろ》い形してる」

駆《か》け寄ると、確《たし》かにそれは見たことのない、奇妙《きみょう》な形をしていた。

真ん中へんが極端《きょくたん》にくびれていて、ちょうどヒョウタンとか雪だるまみたいな格好《かっこう》なんだけど、全体に規則的な深い縦溝《たてみぞ》が走り、表面がカボチャ状にボコボコしている。

「あれ？」と晴香《はるか》がまたしゃがみ込《こ》む。

「見て見てここ、栓《せん》がしてあるよ」

指差された先を見れば、注《そそ》ぎ口らしき部分が茶色っぽい粘土《ねんど》みたいなもので蓋《おお》われていた。

しかしその時、さらに予期せぬものが目に飛び込《こ》んできた。

「中に何か入ってるぞ」

無数の気泡《きほう》を含《ふく》んだ、微妙《びみょう》に歪《いびつ》なガラス瓶《びん》。

そのやわらかそうな透明《とうめい》の向こう側に、長細く白っぽいものが横たわっている。

くびれを摘《つま》んで拾い上げると、音もなくはらりと動いた。

紙きれか何かだろうか。

物珍《ものめずら》しさに惹《ひ》かれ、空にかざしてあちこち角度を変えているうちに、ふと気が付いた。

極々薄《ごくごくうっす》らとではあるが、そこに文字らしきものが浮《う》かび上がっているではないか。

「これって、メッセージボトルだよ！」

「メッセージボトル……って、中にお手紙を入れて流すあれ？」

「そう、それそれ！　超大手柄《ちょうおおてがら》だぞ！」

これだからビーチコーミングはやめられない。こんなお宝、一生に一度出逢《であ》えるかどうかだ。

「何て書いてあるの？」

栓《せん》は簡単《かんたん》には外《はず》れなさそうだったが、中身は一枚っぺらの切れ端《はし》だ。外側から読めなくもないだろう。

「ちょっと待ってて」

目を凝《こ》らす。

横一列に、カタカナらしき角ばった陰影《いんえい》が並んでいるように見える。

取りあえず一文字ずつ読み上げてみるか。

「『ソ』だよなこれ、えーと、ソ、ラ、モ、ア？　ヲ？　ミ、かなこれ——」

ガラス表面の凹凸《おうとつ》による屈折《くっせつ》と、消えかかっているようなその文字自体の見えづらさとで、読み取るのは至難《しなん》の業《わざ》だったが、

「そうかなるほど、区切ればちゃんと言葉になりそうだぞ」

ただの文字の羅列《られつ》だと思われたそれが、どうやら三つの短い文で成り立っていることが分かった。

「いいかい、最初が『空も青《ソラモアヲ》』だろ。で、次がえーと『幹には鳥《ミキニワトリ》』、そんで最後が……『丘に凧《ヲカニタコ》』だ！」

「でもちょっと強引じゃない？　意味だって全然分かんないし」

確《たし》かに、『ヲ』を普通《ふつう》の『オ』に置き換《か》えたりはした。

だけど、わざわざ分かりづらく書いたのには、そうせざるを得ない理由があったからに違いない。

「だからさ、たぶん何かの暗号なんだよ！」

きっとそうだ。

たとえば、秘密《ひみつ》組織に囚《とら》われの身となった科学者が、居場所を知らせるために発信したSOS

とか。

くぅーッ！　面白《おもしろ》くなってきたぞ。

「すげーよこれ、絶対《ぜったい》にオレたちで解読《かいどく》してやろうぜ！」

晴香《はるか》もこういうの大好きなはずだから、当然乗ってくるだろうと思っていた。「すっごい面白《おもしろ》そう！」ってはしゃいでくれるはずだと。

ところが、

「ねぇ、何だか気味《きみ》が悪《わる》くない？」

眉《まゆ》をひそめ、すっと腰《こし》を上げると、

「拾わないほうがいいような気がする」

そう言って俯《うつむ》いてしまったではないか。

予想外の反応に、「おいおい本気で言ってる？　こんな大発見めったにないんだぞ」と思わず立ち上がるや否《いな》や、

「いやっ！」

突然《とつぜん》、晴香《はるか》は両手で耳を塞《ふさ》いで叫《さけ》び散《ち》らした。

「もうやめてっ！」

「ど、どうしたんだよ急に」

面食《めんく》らっていると、怯《おび》えるように後退《あとずさ》りしながら、

「急に耳鳴《みみな》りがして……。ごめん、私、帰る」

そう言って、いきなり駆《か》け出してしまった。

「おい、ちょっと待《ま》てよ！」

とっさに呼び止めようとはしたものの、その背中《せなか》が強くそれを拒《こば》んでいるような気がして、追いかけることはおろか名前を呼ぶことすらできなかった。

赤いランドセルは振《ふ》り返ることなくどんどん小さくなっていき、やがて見えなくなった。


サザザーン……


波の音が、やけに大きく聞こえた。

いつの間にか辺りはすっかり夕焼けに染《そ》められ、空も海も、足元の砂までも同じようなオレンジ色をまといはじめている。

途方《とほう》に暮《く》れ、手に持った瓶《びん》を見つめながら、浅くて短いため息をつく。

「なにやってんだろ、オレ」

あんなに興奮《こうふん》していた自分がみじめに思えてくるのと同時に、この『お宝』の存在が今は恨《うら》めしくさえ感じる。

それにしても女の子って分かんない。

こんなことになるんなら、いっそ全部夢《ゆめ》だったらよかったのに……

風向きが変わると、波の音がより一層《いっそう》大きく聞こえてきて、急に玄関《げんかん》の匂《にお》いが恋《こい》しくなった。

「どうしようかな、これ」

「超《ちょう》」が十個はつくほどの激《げき》レアな代物《しろもの》だ。未練《みれん》がないわけじゃない。

でも、晴香《はるか》にあれだけ拒絶《きょぜつ》されたものを、ここそこと持ち帰る気にはとてもなれなかった。

オレはもう一度ため息をつくと、心を決め、その一切を潮騒《しおさい》の彼方《かなた》に葬《ほうむ》るべく思いっきり振《ふ》りかぶった——

その時。

「待《ま》ちなさい」

不意に、すぐ後ろで小さく叫《さけ》ぶ声がした。

驚《おどろ》いて飛び退《の》くように振《ふ》り返ると、

「！」

そこには、やたらでかいサングラスをしたあの謎《なぞ》の老人が、音楽室の肖像画《しょうぞうが》のごとく険《けわ》しい面《おも》持《も》ちで、オレを見下ろすようにして立っていた。

2

――やばい、ジョーカーだ!

その瞬間《しゅんかん》オレは、この瓶《びん》との出会いを心底呪《のろ》った。

打ち上げられた場所が、よりによってあのドライブインのすぐ傍《そば》だったとは。

しかも、今の今まで気付かずにいただなんて、一生の不覚《ふかく》だ。

「はああっ、はああっ……」

やたら息の荒《あら》いこの得体《えたい》の知れない爺《じい》さんに、ずっとバルコニーの隅《すみ》から監視《かんし》されていたんじゃないかと思ったら、途端《とたん》に背筋《せすじ》が凍《こお》りついた。

もはや逃《に》げることも叫《さけ》ぶこともできず、せめて目を合わせないようにと俯《うつむ》いた視線《しせん》の先では、その足がさらに迫《せま》ってきてるし。

まさに絶体絶命《ぜったいぜつめい》、大蛇《だいじゃ》に睨《にら》まれた痩《や》せ蛙状態《がえるじょうたい》だ。

もう、『宇宙人の仲間』だろうが『国際的な殺し屋の一味』だろうが、そんなことは大した問題じゃなかった。

どっちにしたってオレは今日ここで消される運命にあるのだ。きっとそうだ、そうに違いない
ああなんてこった！

などと悲観《ひかん》している間《あいだ》にも、

「はあああぁ……」

地獄《じごく》の底に吹《ふ》く風のような吐息《といき》が、頭上から重くのしかかってくる。

——もうだめだ。一巻のおわりだ。

押《お》し潰《つぶ》されそうな緊迫感《きんぱくかん》に耐《た》えきれず、ギュッと目を閉じた次の瞬間《しゅんかん》、

「いやいやいや、肝《きも》を冷《ひ》やしたわい」

まるで悪魔《あくま》を呼び出す呪文《じゅもん》であるかのような、掠《かす》れた低いつぶやき声が、耳元をかすめた。

そして断末魔《だんまつま》の恐怖《きょうふ》に震《ふる》えるオレの肩《かた》を、その鬼《おに》のような手で押《お》さえつけると、

「驚《おどろ》かせたようですまなかったね。だが、どうか怖《こわ》がらずに、わしの話を聞いてくれんか」

などという難解《なんかい》な脅《おど》し文句《もんく》を容赦《ようしゃ》なく浴びせかけ……って、

「え？」

思わず顔を上げた。

だけど、まるでムカデが張り付いたような、噂《うわさ》どおりのでっかい傷跡《きずあと》が、すぐにまた目を背《そむ》け

させた。

そうだ、騙《だま》されちゃいけない。相手はあの『いわくつき爺《じい》さん』だ。

だいたい、もう暗くなろうってのに真っ黒いサングラスなんかかけてる時点で既《すで》に怪《あや》しいんだから。

しかしジョーカーは、その風貌《ふうぼう》からは想像《そうぞう》もつかない穏《おだ》やかな調子でなおも続けた。

「恐《おそ》らくそのビードロは、歴史的価値《れきしてきかち》のある貴重《きちょう》なものだと思うんじゃ。ああ、きみが手に持っているその瓶《びん》のことさ。打ち上げられるのを、たまたまわしも見ておってね。それで慌《あわ》てて飛んできたというわけだが」

やれやれと腰《こし》に手を当て、「はあああぁ……」と、ゆっくり上体を反《そ》らしながら苦しそうな声を絞《しぼ》り出す。

「さすがに、老体《ろうたい》には、こたえるわい」

呆気《あっけ》に取られ、目を瞬《しばた》いていると、今度は胸《むね》に手を当てて、大きく息を吐《は》き出してる。

「さあ、わしにもよおく見せてくれんか」

言われるがままに、オレは恐《おそ》る恐《おそ》る瓶《びん》を差し出した。

ジョーカーはそれを、まるで産まれたてのひよこでも預かるかのごとく両手でそっと受け取ると、眉間《みけん》にしわを寄せて食い入るように見はじめる。

やがて、

「やはり、間違いない。思ったとおりじゃったわい」

そうつぶやくと、夕空に高々とかざして眺《なが》めながら、深く、長く、唸《うな》るような息をついた。

苦笑《にがわら》い、だろうか。妙《みょう》な顔つきだった。

サングラスをしてるからよくは分からないんだけど、口元は微笑《ほほえ》んでいるのに眉毛《まゆげ》がハの字に下がってたから、そんなふうに見えただけなのかもしれない。

「そこで、これは相談《そうだん》なんだがね」

急に改まった様子でジョーカーは言った。

「わしに、この瓶《びん》を譲《ゆず》ってはもらえんじゃろうか。ああ、もちろん、ただでとは言わん。それ相応のお礼はするつもりじゃよ」

まさか。

小学生のこのオレと、闇《やみ》の取引きをしようってのか⁉

「さあ、何がいい。欲しいものを言ってみてくれんか。大抵《たいてい》のものは叶《かな》えてあげられると思うんだが」

ヤバいよ。

いくら何でも、これ以上『裏《うら》の世界』に関わるのは危険《きけん》すぎるってもんだ。オレは、「別に、何も、いらないですから」と丁重《ていちょう》にオコトワリした。とにかく一刻《いっこく》も早くこの場から立ち去りたかったんだ。

それなのに、「しかし、それではわしの気が済《す》まんよ。ギブアンドテイクは基本中《きほんちゅう》の基本《きほん》、遠慮《えんりょ》はいらん」なんて食い下がってくるから困《こま》っちゃって。

こうなったら最後の手段だ。有無《うむ》を言わさず、「さよならっ！」って頭を下げてダッシュするしかない——と思ったその時、

「毎日探しておるのは、貝殻《かいがら》やカシパンかね。それともシーグラス、かな」

聞き捨《す》てならない言葉たちが、オレを引き止めた。

「きみも何か集めておるんじゃろう？　少なくとも瓶《びん》の類《たぐい》ではなさそうだが」

「きみも、ってあの……」

「いや、実はわしもコレクターの端《はし》くれでね。珍《めずら》しいものを拾っては集めるのが趣味《しゅみ》なんじゃよ」

「マ、マジで⁉」

「特に最近は、こういった昔の瓶《びん》の収集に凝《こ》っておるんじゃが、これがまた奥が深くてね。いい年《とし》して完全にはまっとるというわけだ」

そう言うと、骨ばった大きな手で愛《いと》しそうに瓶《びん》を撫《な》でながら、「海辺は宝の山じゃからな。年

中ビーチコーミングを楽しむためにここで暮《く》らしているようなもんさ」って口元をほころばせてる。「余生を送るのには最高の場所じゃよ」

それは、プレミアつきのレアカードが一発で出た時以上の衝撃《しょうげき》だった。

だってまさかあのジョーカーが、熱狂的《ねっきょうてき》なビーチコーマーだったなんて！

そうと分かったら、この強面《こわもて》のお爺《じい》さんが急にいい人に思えてきた。

「あの、ひょっとして、シーグラスとかも結構《けっこう》集めてたり、するんですか⁉」

「そりゃもう、好きでずいぶん拾ったからねえ。全部合わせたら、みかん箱から溢《あふ》れてしまうほどの数はあるんじゃなかろうか」

「すげっ！　そんなにいっぱい⁉」

それだけ大量にあるんだったら、コバルトブルーのも何個か紛《まぎ》れてるんじゃないか。そう思って一応訊《き》いてみたら、「ほほう、なかなかマニアックじゃな？」なんて、話が分かるから嬉《うれ》しくなっちゃって。

しかも、「さすがに数はそれほどでもないが、そうさなあ、量にしたらおよそ一リットル分くらいはあったはずじゃが」って、マジかよどんだけだよ信じらんない。あのレアな色のをそんなにたくさん持ってるだなんて！

「どうだい、今から見にくるかね」

「いいんですか⁉　あ……でもオレ……」

本当はそうしたい気持ちでいっぱいだったんだけど、すんでのところで踏《ふ》みとどまった。

道すがらいつも目につく錆《さ》びッサビのボロ看板が、急に頭の中で立ちはだかったんだ。【気をつけよう甘《あま》い言葉と暗い道】ってのが。

そうだ。まだジョーカーが百パーセント安全な人物だと決まったわけじゃない。

やっぱりこれ以上は関わらないでおこう。

そう思い直し、きっぱり断《ことわ》ろうとしたその時、

「げんさーん」

ふと、夕闇《ゆうやみ》に染《そ》まった建物の向こうから男の人の声が聞こえてきた。「いないんですかー」って、誰《だれ》かを探してるみたいだ。

するとジョーカーは、一旦《いったん》チラッと顔を横に向けてから、

「すまんが、この瓶《びん》のことは、わしらだけの秘密《ひみつ》にしておきたいんじゃが」

出し抜《ぬ》けに、神妙《しんみょう》な口ぶりでそう言った。

そして人差し指を口元に持ってくると、わざわざ腰《こし》を屈《かが》めて、「くれぐれも、彼には内緒《ないしょ》じゃよ」と念《ねん》を押《お》した。「いいね」

意味が分からないまま、押《お》し切られる感じでぎこちなく頷《うなず》くと、ジョーカーは瓶《びん》をズボンのポケットに押《お》し込《こ》みながら後ろを振《ふ》り返って、「おーい、ここじゃよー！」と大きく手を上げた。

間もなく小さな人影《ひとかげ》がひょこっと現れ、「あーいたいた」と、こちらに駆《か》けてきたんだけど。

まいったな。何だか帰るタイミングがつかみづらい状況《じょうきょう》になってきたぞ。

でも、ちょっとホッとしたよ。ジョーカーにもちゃんと知り合いがいるんじゃないか。

それも階段《かいだん》の途中《とちゅう》からポンと飛び降《お》りられる身軽《みがる》さを持った、かなり若そうな感じの人で。

「まったく、げんさんは。もうとっくに日暮《ひぐ》れですよ。中に入りましょうよ」

近づいてくる、その爽《さわ》やかな声に妙《みょう》な安心感を覚え、オレはようやく胸《むね》をなで下ろ――

「!?」

「この暗さじゃあ何も見つけられないでしょう。今日はもう遅《おそ》いですからまた明日《あした》に……あれ？」

どうやら向こうも目を疑《うたが》ってるらしい。

「どうしてきみがここに？」

それはこっちのセリフだ。

何で、どうして、こんなところにあの海堂《かいどう》が来るんだ!?

「おや、知り合いかね」

「僕《ぼく》のクラスの子ですよ」

海堂《かいどう》はジョーカーへの返事もそこそこに、つかつかと歩み寄ってきて、「どうしたんだい吉野《よしの》くん」と驚《おどろ》いたように言った。

「まだ家に帰ってないのかい？」

「あ、ええ、まぁ……」

「だめじゃないか、こんな遅《おそ》くまで寄り道なんて。お家《うち》の人が心配するだろう」ん−？　って顔をのぞき込《こ》んでくんなよ、照れくさいじゃんか。

どうにも居心地《いごこち》が悪《わる》くて目を泳がせていると、「そうか、海堂《かいどう》くんの教え子第一号になる生徒さんだったか」って、掠《かす》れた声が割って入る。

「どうかね。新米《しんまい》先生とは、うまくやっていけそうかな？」

ジョーカーは、そう言ってオレに笑いかけてから、「すまん、わしが悪《わる》いんじゃよ」と海堂《かいどう》の肩《かた》に手を置いた。

「この子とは趣味《しゅみ》が合ってね、ついつい長話につき合わせてしまったんじゃ。それでわしのコレクションを是非《ぜひ》お見せしたいと話していたところに、きみが来たというわけだ」

「じゃあ、吉野《よしの》くんも何か集めてるのかい？」という海堂《かいどう》の問いにも、「シーグラスさ」と代わりに答えてくれてる。

「この子はなかなかの『ツウ』じゃよ、コバルトブルーを探しとるときたもんだ。まぁ、そう言ってもきみにはピンと来んだろうがさ」

海堂《かいどう》は、苦笑《にがわら》いしながら頭をかくと、「では、明日《あした》ご招待《しょうたい》したらどうでしょう。今日はもう遅《おそ》いですから」と言ってから、今度はその手をオレの頭にそっと載《の》せた。

「吉野《よしの》くんもほら、早く帰らないと。な？」

天井の照明器具が、ぼんやり白っぽく浮《う》かび上がってくる。

横を向くと、タンスや机《つくえ》、カラーボックス、さらにはその中にぎっしり並んだ本とかマンガのタイトルまでもが、うっすらと見えてきた。

白黒の写真みたいな、色のない部屋。

何往復目《なんおうふくめ》かの寝返《ねがえ》りを打つと、外からシャー……という車の通り過ぎる音が、遠くに聞こえた。

「雨か」

枕元《まくらもと》の目覚ましに目をやれば、垂直《すいちょく》に立った短針《たんしん》に、今にも長針《ちょうしん》が重なろうとしている。

「ふぁ～あ、なんだかなぁ……」

さっきから、やたらとあくびは出るのに、余計なことばかり考えてちっとも眠《ねむ》れやしない。

今日はいろんなことがありすぎた。

あのカイドーが副担任《ふくたんにん》として赴任《ふにん》してきて、鮮烈《せんれつ》なデビューを果たしたこと。

ジョーカーには『磯村源八《いそむらげんぱち》』というちゃんとした名前があって（当たり前か）、怖《こわ》い噂《うわさ》はまったくのデタラメだったってのが分かったこと。

その二人が、思いがけず親しい間柄《あいだがら》だったこと。そして……

目を閉じると、あいつが一人走り去っていくシーンが、何度も何度も繰《く》り返し訪《おとず》れる。

そう。あの時の顔が、目に焼きついて離《はな》れない。

怯《おび》えたような、拒《こば》むような、あの顔が——


「——小僧《こぞう》。おい小僧《こぞう》」

あ、レキオ。いいところへ。

どうしよう、オレ、あいつに嫌《きら》われたのかな。

あんなことになるんなら、あの瓶《びん》を拾わなきゃよかった。

「——仕方ねえだろう。おめえがあの時あそこであれを拾うことは、初めから決まってることだからな」

なんだよ、それならそうと、教えてくれりゃよかったのに。

「——言ったろう、そいつはご法度《はっと》だ。みすみす運命を変える可能性がある情報《じょうほう》を与えるわけにはいかねえ」

なるほど。必要以上の情報《じょうほう》ってのは、そういう意味なんだね。

じゃあ、必要最低限で構わないからさ、明日《あした》学校に行ったらどうすれば仲直りできるのか、助言してもらえない？

「——それなんだがな。悪《わる》いが今日限りで俺様のキューピッドは打ち切りだ。よって助言のしようもねえ」

う、打ち切り!?　どういう意味だよそれ。

「――最初に言ったはずだ、すべてはあの子のためだと。だが事情が変わっちまった。つまり、俺様とおめえの関わりもここまでってこった」

ひどいじゃないか、途中放棄《とちゅうほうき》だなんて！　せっかくいい感じになってきたと思ってたのに……ねぇ、じゃあこうしよう。とりあえずさ、朝、顔を合わせた段階ですぐに仲直りできるような、そういうキッカケだけでも作ってもらえないかな。

これで最後にするから、そのぐらいは力を貸してくれてもいいだろ？

そうすれば、あとはこれまでどおり一緒《いっしょ》にシーグラスを探しながら、またオレたち少しずつ距《きょ》離《り》を縮《ちぢ》めていけ――

「――来ねえよ」

へ？

「――あの子はもう、学校には来ねえ」

……またー。

そういう悪《わる》い冗談《じょうだん》はやめてくれよ。

「――おめえはよくやった。だがこうなっちまった以上、どうにもならねえ。まさかこんなにも強い因縁《いんねん》たあ思ってもみなかったぜ」

一体どういうことなんだよ。何のことを言ってんだ。ちゃんと分かるように説明してくれないと……

「――小僧《こぞう》、悪《わる》いこたあ言わねえ、もうこれ以上あの子には関わらねえほうがいい。いや、関わっちゃあならねえ。これ以上はな」

冗談《じょうだん》だろ⁉　そもそも関わるようにけしかけたのはそっちのほうじゃんか。今さらそんなこと言われてもオレ……

「――とにかく。これが俺様の最後の助言だ。それだけ言いたくてな」

最後って、ちょっ、ちょっと待《ま》ってよ！

「――記憶《きおく》は後でちゃんと風化《ふうか》させてやるから安心しろ。あばよ、小僧《こぞう》。おめえはいいやつだったよ。元気で…な……」

おい、レキオ！　待《ま》ってくれよレキオ！

レキオ――ッ!!　――


翌朝、目が覚《さ》めると、枕元《まくらもと》にレキオの姿《すがた》はなかった。

もちろんあちこち探したけど、ポケットにも机《つくえ》の上にも中にも、いなかった。

久しぶりの雨の中、オレはいつもより早く家を出た。

砂浜をいつもよりゆっくりと歩き、始業のチャイムぎりぎりまで校門の前で待《ま》っていた。

だけど、とうとう、あいつが学校に現れることはなかった。

3

下校の時間になっても、雨は依然《いぜん》として止《や》む気配《けはい》すらなかった。

考えてみれば、あいつと一緒《いっしょ》に帰るようになってから、太陽を見ない日は初めてかもしれない。

久々《ひさびさ》の、本格的な雨。

昇降口《しょうこうぐち》の軒下《のきした》、車の迎《むか》えを待《ま》つカラフルなランドセルたちの間《あいだ》を縫《ぬ》って、傘《かさ》を開く。

それにしても、人間の記憶《きおく》って不思議《ふしぎ》だ。

普段《ふだん》は完全に忘《わす》れ去っていることでも、何かの拍子《ひょうし》にパーッと鮮明《せんめい》に甦《よみがえ》ったりするんだから。

四時間目の社会の時もそうだった。

教科書の中の『沖縄《おきなわ》料理』という記述に、突《とつ》として家族旅行の苦い思い出を呼び起こされたのだ。

あれは確《たし》か、小学校に入学して最初の夏休みのことだ。

生まれて初めて飛行機に乗った興奮《こうふん》もさることながら、空港に降《お》り立った時のお父さんの第一声である「まるでサウナみたいだ」という言葉は、今でもはっきりと耳に残っている。あの時、その『サウナ』ってのがどういうところなのか、実物を見たことのないオレにもよく分かったよ。

機内で二度もおかわりしたオレンジジュースが、外に出た途端《とたん》、体中から全部噴《ふ》き出しちまうくらいだったもんな。とにかく異常《いじょう》なほどの大汗《おおあせ》だった。

今にして思えば、実はあの時点で既《すで》に身体《からだ》の調子がおかしくなり始めていたのかもしれない。なんたって着いたその夜、わけも分からないうちに意識を失い、そのまま病院へと担《かつ》ぎ込《こ》まれてしまったんだから。

しかしよりによって旅行先で、こともあろうに四十度を超《こ》える高熱に浮《う》かされるなんてな。まいったよあの時は。死んじゃうかと思った。

それでも翌朝にはすっかり熱も下がって、オレとしては一応、奇蹟《きせき》の完全復活を果たしたつもりだったんだ。

ところが担当《たんとう》の先生は、首を傾《かし》げるばかりでちっとも信用してくれなくて。もう大丈夫だって言ってんのに、お父さんたちを捕まえて精密検査《せいみつけんさ》がどうのこうのって深刻《しんこく》な顔で話してる。

お蔭《かげ》で離島《りとう》ツアーの集合時間もとっくに過ぎちゃって、吉野《よしの》ファミリーまさかの居残り決定だよ。

マジ最悪《さいあく》だったな、あの旅行は。結局まるまる一週間をその病院で過ごすハメになっちまったんだもん。

さすがにかわいそうだと思ったんだろう、お父さんが近くの海岸でシーグラスを拾い集めてきて、「これは幸運を呼ぶ波の欠片《かけら》だぞ。この不思議《ふしぎ》なパワーですぐに治るから」なんて慰《なぐさ》めてくれたっけ。

今にして思えば子供だましもいいところだけど、オレのビーチコーミング好きは、あれがルーツだったのかも。

超薄味《ちょううすあじ》の味噌汁とか、ひとかけらしか肉の入っていないゴーヤチャンプルーとか、そういう病院食生活も文字通り苦い経験《けいけん》だよな——

サッザーン　スザァー……

波打《なみう》ち際《ぎわ》。

薄墨《うすずみ》で描《えが》かれたような仄白《ほのじろ》い景色《けしき》の中、頭上でだつだつと単調なリズムを刻《きざ》む黒い傘《かさ》に身を潜《ひそ》めながら、独《ひと》り、歩く。

サザザーン　スザザァー……

雨音に紛《まぎ》れ落ちた重い吐息《といき》を、いつもよりざらついた潮騒《しおさい》が強引にさらってゆく。

――「染井《そめい》さんは、お家《うち》の事情でしばらく学校を休むことになりました」

岩清水《いわしみず》先生から、それ以上の説明はなかった。

ギャル間多《また》あたりが、「お家《うち》のジジョウって何ですかぁ～」って食いついてくれるのをちょっと期待してたんだけど、それもあてが外れちまったし。

オレとしては、「しばらく」ってのが一体どれほどの期間なのかを是非《ぜひ》とも知りたかったのだが、他のみんな（特に女子連中）は、どうもイケメン講師の存在に心の大半を持っていかれてるようで。

その場に居合わせないクラスメイトのことなど、いちいち気にかける素振《そぶ》りもなく上《うわ》の空《そら》、連絡事項なんかどこ吹《ふ》く風って感じだった。

オレはオレで、あいつがいないせいでいつになく広々とした座席空間《ざせきくうかん》に戸惑《とまど》いを感じつつ、虚《むな》しく通り過ぎる時間の行方《ゆくえ》を、ただ漠然《ばくぜん》と見送っていて。

一時間目と二時間目は、家にある各種ゲームのＢＧＭを片《かた》っ端《ぱし》から脳内再生《のうないさいせい》して凌《しの》いだし、三時間目はほぼ睡眠《すいみん》学習だったたし、四時間目は沖縄《おきなわ》旅行だったたし。

図らずも、海堂《かいどう》を以前一度どこかで見かけたことが確《たし》かにあった、という淡《あわ》い記憶《きおく》に辿《たど》り着いたのも、そんな五時間目の理科の時だった。

あれは、この町に引っ越《こ》して来た日のことだ。

絶望的《ぜつぼうてき》な気分で螺旋状《らせんじょう》のスロープを上がり、展望台《てんぼうだい》で途方《とほう》に暮《く》れていると、向こうのほうから（今思えば体育館から）風に乗って聞き覚えのあるピアノ曲が聞こえてきたんだ。

そのメロディーは、前の学校でも採用《さいよう》されていた卒業式ソングの伴奏《ばんそう》で。

その日、白波《しらなみ》小学校はちょうど卒業式だったから、ああ、やっぱりこの学校でもこれを歌うんだなぁ、なんて思っていたら、ふと裏《うら》の小路《こみち》に人影《ひとかげ》を見つけた。

ジーンズっぽいのを穿《は》いているし、サンドバッグみたいなでっかい布袋《ぬのぶくろ》を肩《かた》に掛《か》けていたから、父兄《ふけい》とか学校の関係者じゃないのは一目で分かった。

その人はそこで一人、建物の庇《ひさし》を仰《あお》ぎ見るように顔を上げて立っていた。

何をしているんだろうってしばらくの間眺《あいだなが》めていたんだけど、一向《いっこう》に動く気配《けはい》がなく、そのうちオレも飽《あ》きてきちゃって。

ちょうど演奏《えんそう》が終わった頃《ころ》、下からお父さんに、「そろそろ荷物が届く頃《ころ》だぞ」って叫《さけ》ばれたから、スロープを下りはじめた。

すると、思いがけずそのサンドバッグの人が公園内に入ってきたんだ。何か遠くの一点を見つめたまま、足早《あしばや》に横を通り過ぎていったっけ。

車に乗り込《こ》んでからも、何となく気になって目で追っていると、あの一本だけ立っている桜の木の下で足を止め、今度はその満開の枝を見上げているようだった――

あれは間違いなく海堂《かいどう》だった。と思う。たぶん。

いや、百パーセント本人だっていう自信はあるんだ。

まぁ、別にどうでもいいことなんだけど……

「ってオレ、今日、何しに学校に行ったんだろう」

そう。朝からずーっと、どうでもいいことばかりが頭の中を支配してて、自慢《じまん》じゃないけど授業内容なんて何一つ覚えていない。

改めて振《ふ》り返ると、他の誰《だれ》かと口を利《き》いた覚えもあんまりないし、給食のメニューが何だったのかも、いまいち覚えていない。

「情けないよな、こんなの」

あいつのいない学校がつまらないのは、予測していた通りだった。

だけど、独《ひと》りになった時の自分が、こんなにもつまらない人間だったなんて。

明日《あした》も明後日《あさって》も明々後日《しあさって》も、晴香《はるか》が休んでる間中《あいだじゅう》ずっとオレは、ああやってやり過ごすんだろうか。

このままじゃ、そのうち学校に行くのがいやになってしまいそうだ。

困《こま》ったな。本当にあいつが、二度と学校に来なくなったらオレ……

「おーい、吉野《よしの》くん」

不意に呼ばれて顔を上げると、バルコニーからジョーカーが手を振《ふ》っていた。「裏口《うらぐち》にまわってくれんかね」と、人差し指を立てている。

そうだった。あれこれ考えながら歩いていたら、危《あや》うく通り過ぎるところだったよ。

昨日言われたとおり海の家の脇《わき》を入っていき、ガスボンベの並びを過ぎると、開けっ放しになったアルミドアが現れた。

のぞき込《こ》んでいると、

「どうぞ遠慮《えんりょ》なくお入りなさい」

奥から小さな声だけが出迎《でむか》えてくれた。

厨房《ちゅうぼう》っていうんだろうか、そこは流しや調理台に挟《はさ》まれた赤いタイル張りの細長い部屋で、片側の壁《かべ》は店内が見渡《みわた》せるくらいに大きく打ち抜かれていた。

傘《かさ》をたたみ、積み重ねられた空《あ》き瓶《びん》ケースの隙間《すきま》に立てかけると、ふと【火元取扱責任者《ひもととりあつかいせきにんしゃ》】という赤い札《ふだ》が目に入った。下の部分に薄《うす》れた黒マジックで、『海堂靖次郎《かいどうやすじろう》』と書かれている。

「海堂《かいどう》……」

ちょっと気になったが、静《しず》かにドアを閉め、奥に足を向けた。

ようやく雨音から開放されたかと思ったその矢先——

ズガガァ――ン！

いきなり雷《かみなり》のような爆発音《ばくはつおん》が耳に飛び込《こ》んでくるではないか。しかも店の中側からだ。

何事かと思っていると、続いて陽気《ようき》なリズムに乗った音楽が聞こえてきた。

英語、だろうか、歌い出したのはガイジンの男の人みたいだ。

「すまんすまん」

そこへジョーカーが暖簾《のれん》から顔を出して、「さぁ、こっちだよ」と中へ案内してくれた。

恐《おそ》る恐《おそ》る、今の爆発《ばくはつ》みたいなのは何ですかと尋《たず》ねると、「どうやらまた驚《おどろ》かせてしまったようだね」と笑いながら、真ん中にある太い柱の辺りを指差す。

「あれさ」

その柱の下には、駄菓子屋《だがしや》さんとかでよく見かけるアイスクリームケースみたいな形をしたもの（にしては黒っぽいしちょっとでかい気もするけど）が置いてあり、音楽はそこから聞こえてくるようだ。

何だろう、赤や青に光ってるな。

「あれはジュークボックスといってね、ずっと昔に流行《はや》った、言わば音楽の自動販売機《じどうはんばいき》じゃよ」

「自動販売機《じどうはんばいき》？」

辺りをキョロキョロ見回しながらついていくと、ジョーカーはそこで立ち止まり、「ここに百円玉を入れて、聞きたい曲を選ぶのさ」と言った。「もしくは聞かせたい曲をね」

振《ふ》り向いた口元が、もの言いたげに微笑《ほほえ》んだから、「オレに、ですか?」って訊《き》いたら、

「ああ」

そう頷《うなず》いて、「カスケーズの『悲しき雨音』じゃよ」って何やら曲名らしきものを教えてくれたみたいなんだけど。ふうんって感じ。

雨の中、ずっと向こうから歩いてくるオレの姿《すがた》を見ていたら、つい聞かせたくなったんだってさ。

「名曲中の名曲でね。お蔭《かげ》でわしも、懐《なつ》かしい気分になったわい」

そう言われてもな、当の本人はちんぷんかんぷんだよ。昔の、しかも外国の歌なんて全然知らないもの。

結局あの音は、その曲のイントロ部分にあたる雷鳴《らいめい》の効果音であったことが判明。改めてホッとした。

ジョーカーはすぐ目の前のイスを軽く回して、オレに腰《こし》かけるよう促《うなが》すと、

「ちょっとここで待《ま》っていてくれるかね、すぐに戻るよ」

そう言い残して、一旦《いったん》奥のドアから出ていった。

ランドセルをテーブルに載《の》せ、そのダルマみたいな回転イスに腰《こし》を下ろすと、曲は間奏《かんそう》に入ったようだった。

「悲しき」というわりにはちっともそれらしくないメロディーだと思うんだけどな。

などと『名曲』に向かって偉《えら》そうにケチをつけつつ、背《せ》もたれに身体《からだ》を預ける。

外明かりがレースのカーテンの幾何学模様《きかがくもよう》を映《うつ》し出しているだけの、薄闇色《うすやみいろ》の店内。確《たし》かに天気は悪《わる》いけど、それにしたって暗い。

そのわりには窓際《まどぎわ》に並んだテーブルがやけに反射《はんしゃ》しているなと思ったら、なんだ、あっちはゲーム機じゃんか。前にゲーセンの地下ルームで目にしたのと同じ、テーブル型の古くさいタイプだ。

「何のゲームだろう」

身を乗り出していくつかをのぞき込《こ》んでみたものの、全部画面は真っ黒で。

その上、どういうわけかコントローラー部分に操作《そうさ》レバーがなかったりとか、レバーがあっても今度はボタンが付いていなかったりとか、挙句《あげく》の果てには小さな四角いボタンだらけだったりとか。一体どんなゲームをやるためのものなのか、見当もつかない。

電源《でんげん》が入っていないのであろうそれらが、重々《おもおも》しく無言《むごん》で佇《たたず》んでいる一方、同じく古くさそうな角ばった機械が横で独《ひと》り、電飾《でんしょく》を軽快《けいかい》に瞬《またた》かせながらズンチャカズンチャと勝手に盛《も》り上がっている。

なんだか落ち着かない。

とりあえず深く座《すわ》りなおして、イスと腿《もも》の間《あいだ》に両手を差し入れる。

手持ち無沙汰《ぶさた》に脚《あし》をブラブラやりながら向きを変え、改めてぐるりと辺りを見回してみた。

「思ってたイメージと、全然違うんだよなぁ」

『ラストウェーブ白波《しらなみ》』っていうくらいだから、オレとしては、マリンテイスト溢《あふ》れるドライブインを想像《そうぞう》していたんだ。

少なくとも、もっとこう、明るくて爽《さわ》やかな雰囲気《ふんいき》の店を思い描《えが》いていた。

だけど、これじゃまるで異空間《いくうかん》にでも迷い込《こ》んじまった気分だ。

当然真っ白いはずだと思い込《こ》んで疑《うたが》わなかった中の壁《かべ》は、あの外観からは到底想像《とうていそうぞう》もつかないくらいに重厚《じゅうこう》な、煤《すす》けたレンガ造りで。

しかも、天井から各テーブル上にぶら下がってるガラスランプは、スズランのオバケみたいな形（それも飴色《あめいろ》）だし、柱ごとに突《つ》き出してるモザイク柄《がら》の間接照明なんかも見事に暖色系《だんしょくけい》ときてる。おまけに床《ゆか》はエンジ色の絨毯《じゅうたん》だもんな。

窓《まど》のステンドグラスが常夏《とこなつ》の海モチーフだってのに、こんなの思いっきりミスマッチもいいところだ。

ラックに挿《さ》さってる黄ばみきった新聞や雑誌も、ゴツゴツしてグロテスクな形のハト時計も、向こうの壁《かべ》に貼《は》ってある色褪《いろあ》せたポスターも、とにかく何から何まで目に映《うつ》るものすべてが、どこか陰気《いんき》で古くさい感じ。

大人はこういう場所が落ち着くのかな。ずっとこんなところにいたら、オレなんか気が滅入《めい》ってしまいそうだけどな。

そんなことを考えながらボーっとしているうちに、横からまた雷鳴《らいめい》を浴びせられた。と思ったら、ザァー……という激《はげ》しい雨の効果音を残し、歌はフェードアウトしていった。

キュイッ　カン

曲が終わると小さな金属音《きんぞくおん》がして、ドゥー……という重低音をしばし響《ひび》かせた後、ジュークボックスはようやくおとなしくなった。

椅子《いす》でクルクル回りながら暇《ひま》を持て余していると、

「ん？」

ランドセルの向こう、テーブルに置いてあった大きなガラスの灰皿が、ふと目に留《と》まった。

中に薄《うす》っぺらな黒い小箱が五つほど、将棋崩《しょうぎくず》しの駒《こま》のごとく無造作《むぞうさ》に積み重なっている。マッチ箱だ。

ランドセルを脇《わき》に下ろし、手を伸《の》ばす。

一番上のをひょいと摘《つま》み上げてみると、その小さな黒いキャンバスには、楽器（確《たし》かサックスっていうんだったかな）を持ったピエロらしき線画が白で描《えが》かれていた。

その、象が鼻をくいっと持ち上げたような楽器のすぐ横には、『A、Z、Z』というアルファベットが、ちょうどピエロの服の柄《がら》の一部として綴《つづ》られている。

それにしてもこのピエロ。見るからに意地悪《いじわる》そうな笑《え》みを浮《う》かべてるんだけど、どっかで目にしたことがある顔なんだよな。

どこで見たんだっけなと首を傾《かし》げつつ、何の気なしに裏返《うらがえ》してみた瞬間《しゅんかん》、

「！」

オレは思わず、目を見開いた。

と同時に、よく似たピエロを見かけたのはトランプの中であったことを思い出した。

「これって、どういうことなんだ……」

同じく真っ黒な、その裏面《うらめん》。

そこには、白い文字で小さく、【喫茶《きっさ》・ジョーカー】と書かれていた。

4

どうなってんだよ。

ここはドライブインで、『ラストウェーブ白波《しらなみ》』っていう店のはずだ。

確《たし》かに外見と店内とのギャップがありすぎる気はしたけど、まさか本当に異空間《いくうかん》へと迷い込《こ》んじまったわけじゃ……

「もともと、ここは喫茶店《きっさてん》だったんじゃよ」

いつの間にか声がすぐそこまで来ていて、驚《おどろ》いてしまった。

慌《あわ》てて灰皿に戻そうとしたら、

「きみが生まれる前の、ずっとずーっと昔のことだがね」

よいしょと、ジョーカーは横のイスに腰《こし》を下ろし、「今では珍《めずら》しかろう。持っていっても構わんよ」と言った。

別にそういうつもりじゃなかったから、どうしようかって、手に持ったまま固まっていると、

「ああ、いや、そんなものよりも」

ジョーカーはテーブルの端《はし》にドカッと重そうな紙袋を置き、持っていた白いタオルを真ん中に広げた。

そして、紙袋の中から牛乳パックを一つつかみ出すと、「きみが手に入れたいのは、これだったね」と、慎重《しんちょう》に注《そそ》ぎ口を傾《かたむ》けはじめた。

はじめのうち、一粒《ひとつぶ》また一粒《ひとつぶ》と現れたそれは、やがてジャラジャラと音を立てながら、瞬《また》く間にタオルの上をコバルトブルー一色で埋《う》め尽《つ》くした。

「うわ、すっげぇ……」

それは夢《ゆめ》のような光景だった。

深海《しんかい》で生まれた気泡《きほう》のような、澄《す》み渡《わた》った空のカケラのようなそれらが、目の前でザクザクと溢《あふ》れかえっている。

まさかあの激《げき》レアなシーグラスを、一度に、こんなにたくさん見られるだなんて。しかも、本当に一リットル分もあっただなんて！

「あの、これ、本当にどれでも、いいんですか」

「ああ、もちろんさ。わしもこの瑠璃色《るりいろ》は好きでね。瓶《びん》そのものもいくつか拾って持っとるんじゃが、面白《おもしろ》いことに、目薬など薬関係のものばかり。調べてみると――」

話によれば、ヨーロッパでは古くから、この色の瓶《びん》といえば誰《だれ》もが薬だと分かる、目印《めじるし》代わりの色だったらしい。

昔は家の置き薬の中にも、こういう色の瓶《びん》がよくあったんだって。

「こうして長いこと海辺を散策していると、いろんなお宝との出合いがある。せっかくだから、他のコレクションもお見せしようかね」

ジョーカーはそう言って席を立つと、表のドア横にあるガラスケースから、いろんなものを出してきては見せてくれた。

まずは何枚もの発泡《はっぽう》スチロールトレーに敷《し》き詰《つ》められた、桜紋章《さくらもんしょう》や星模様《ほしもよう》の豪勢《ごうせい》なカシパン群《ぐん》。

続いて真綿《まわた》の上に載《の》った（というより浮《う》いてるような）、小指の爪ほどもない半透明《はんとうめい》の巻貝や二枚貝たち。

そうかと思えば、明らかにオレの顔よりでかいヘビ柄《がら》の巻貝が、ドーンと出てきたり。そうか、これがあの有名なホラガイってやつなんだ。どうやって吹《ふ》くのかな。

これは何だろう。紫《むらさき》やオレンジ、縞々《しましま》や斑点《はんてん》に覆《おお》われた楕円体《だえんたい》が、正方形に区切られたお菓子箱の中に一個一個丁寧《ていねい》に収められている。

まるで恐竜《きょうりゅう》の卵《たまご》みたいだって言ったら、「なるほど、なかなかうまいことを言う」って褒《ほ》められちったよ。

「これらは全部、『タカラガイ』と呼ばれる種類《しゅるい》じゃよ。本当は、それぞれにちゃんとした名前

があるようだがね」

色や模様《もよう》は様々《さまざま》だけど、どれもこれも瀬戸物《せともの》みたいにつやつやしていて、人が手を加えたみたいに綺麗《きれい》だ。

へぇー、大昔はこの『タカラガイ』が日本でも貨幣《かへい》として流通してたんだ。お金に関係した漢《かん》字《じ》に『貝』が多く使われてるのは、そういう背景《はいけい》があってのことだって、なるほど納得《なっとく》……え、今でも一部の国では現役!? マジかよ信じらんない!!

次の『昔の瓶《びん》コレクション』もまた、目を見張《みは》るものばかりで。

中でもすげぇ感動したのは、七色に輝《かがや》く小瓶《びん》だ。

もとはインク瓶《びん》だと言う角ばったそれは、一見どうってことのない無色透明《むしょくとうめい》をしてるんだけど、光のあたり具合で表面がキラキラといろんな色に変化《へんか》するんだ。

「これは『銀化《ぎんか》』という現象でね。長い間《あいだ》、海の底に埋《う》もれているうちに、ガラスが化学変化《へんか》を起こしたものじゃよ」

普通《ふつう》はなかなか打ち上げられる代物《しろもの》じゃないらしいんだけど、沖で大きな渦《うず》が発生するようになったために、海底深くから掘り起こされたんじゃないかって。

「港の埋《う》め立て工事や、向こう岸にできた人工海岸の影響《えいきょう》で、潮《しお》の流れがすっかり変わってしまってね」

そのせいで、今では泳げる範囲《はんい》も随分《ずいぶん》と狭《せば》まってしまったが、昔はこの辺りも大勢の海水浴客でにぎわっていたらしい。

「わしがまだ、この店の手伝いをしていた頃《ころ》の話さ」

って、あれ？　『喫茶《きっさ》・ジョーカー』っていうくらいだから、てっきり自分でお店を経営していたんだとばかり思ってたのに。

「わしがかい？　いやいや、このなりでは接客業などとても無理というものじゃよ。確《たし》かに、後々《のちのち》譲《ゆず》り受ける形にはなったんだが……」

ふと、話が途切れたから顔を上げたら、サングラスの真っ黒い鏡に、窓《まど》の外明かりが白く映《うつ》り込《こ》んでいる。

「ここのマスターはいい人でね、随分《ずいぶん》と世話《せわ》になった。わしが今、こうしてビーチコーミングなぞをしていられるのも、その人のお蔭《かげ》なんじゃよ」

ジョーカーは、束《たば》ねている銀髪《ぎんぱつ》を結《ゆ》い直しながら、

「この町に辿《たど》り着いてから、もうかれこれ三十年にもなるんじゃな」

そうつぶやくと、腕組《うでぐ》みをして大きく息をついた。

「あの日のことは、生涯忘《しょうがいわす》れられんよ」

そして、時間はまだまだ大丈夫だねと一度オレに確認《かくにん》してから、「いずれ、きみには話しておかなければなるまい」と、ぽつりぽつり思い出すように語りはじめた。

「あの日、それまで使っていたサングラスを壊《こわ》してしまってね。まぁ露天《ろてん》で手に入れた安物さ、修理などするよりも新調したほうが早いだろうと、たまたま降《お》り立ったこの町で早々《そうそう》にこれを買ったんじゃ。今度は奮発《ふんぱつ》して、アメリカ製の頑丈《がんじょう》なやつを、ちゃんとした眼鏡屋《めがねや》さんでね」

若い頃《ころ》、ある大事故で、取り返しのつかない痛手《いたで》を顔に負ったのだと言う。

奇跡的《きせきてき》に一命は取り留《と》めたものの、傷《きず》は額《ひたい》から頬《ほほ》までを深くえぐり、左眼を陥没《かんぼつ》させるまでに至《いた》った。

もともと、それを保護するためにサングラスを身につけはじめたらしいのだが、

「たとえるなら、これは蛾《が》の羽の目玉模様《めだまもよう》みたいなもんじゃよ。見る人に、まるで威嚇《いかく》でもしているかのような印象を与えてしまう」

無論《むろん》、他人《ひと》を怖《こわ》がらせるつもりなんて毛頭《もうとう》なかったって。掛《か》けたくて掛《か》けているわけではないのだ。

しかしこれを掛《か》けていなければ、その醜《みにく》さゆえに誰《だれ》もが目を背《そむ》けたくなるに違いないとジョーカーは言う。だからどっちにしろ外せないのだと。

「きみも、さぞかし怖《こわ》かったろうね。いやいや、謝らんでいいんじゃよ、無理もない」

そういうこともあって、他人《ひと》との関わりを捨《す》て、ずっと孤独《こどく》な生活を送ってきたらしい。

「だがね、それでも何とかやってこられたのは、生かされた理由というものをしかと肝《きも》に銘《めい》じておったからなんじゃ。きっとわしには、まだまだやらなければならんことが残されている。だか

ら命が助かったのだ、とね」

元々、西から東、そして北から南へ、いろいろな仕事をしながら各地を転々としていた。仕事と言っても工事現場などの日雇《ひやと》い労働がほとんどで、極力《きょくりょく》人との接触《せっしょく》を避《さ》け、もくもくと作業をこなす毎日だったみたい。

そして、ある程度お金が貯まればそこを後にし、なくなればまた別の町で働くということを繰《く》り返して、あてのない旅を続けていた。

「あてがない、というのは本来正しい言い方ではないかもしれんが、ともかく海沿いの町をふらふらと渡《わた》り歩いておったよ、あるものを探してね――」

ジョーカーはそこまで話すと、急に正面に構《かま》えて、「ときに吉野《よしの》くん。きみは非現実的《ひげんじつてき》な物事《ものごと》に対して理解《りかい》があるほうかね？」と訊《き》いてきた。

いきなり何を言い出すんだろうって戸惑《とまど》っていると、「たとえば、幽霊《ゆうれい》や超能力《ちょうのうりょく》、ＵＦＯや宇宙人といった、超常的《ちょうじょうてき》な未知の存在や現象を信じるかどうか、ということじゃよ」って。

そりゃもう、そういうのは大好きだから、「信じてます、けど」って言ったら、

「それはよかった」

と口元に微笑《ほほえ》みを浮《う》かべて、ジョーカーは続けた。

「実は事故の直前に、奇妙《きみょう》な光に遭遇《そうぐう》してね」

突然《とつぜん》、目が眩《くら》みそうな光が現れたかと思うと、一瞬《いっしゅん》にしてまったく別の場所へと連れて行かれ

たのだと言う。

「あれはまるで、夢《ゆめ》を見ているような気分じゃったわい。この世に、こんなにも素晴《すば》らしいところがあったのかと目を見張《みは》るばかり。まさに理想《りそう》の楽園じゃった」

束《つか》の間《ま》の出来事ではあったが、その時に見た光景があまりにも鮮烈《せんれつ》だったらしく、後になって思い浮《う》かべれば思い浮《う》かべるほど、そこに行きたいという気持ちが強くなっていったんだって。

「考えてみればおかしな話じゃよ。そもそも実在するのかどうかすら分からん、脳裏《のうり》に住みついた架空《かくう》の場所を探そうというのだから……。だが、わしは信じておった。いや、信じたかったんじゃ。その楽園が本当にあるのだということをどうしてもこの目で確《たし》かめたかった。そこを探すことが、いつしか生き甲斐《がい》のようになっていたのかも分からんな」

そしてついに、それは現実《げんじつ》となった。奇《く》しくもたまたま立ち寄ったこの町で。

「予定外の途中《とちゅう》下車ではあったがね、急ぐ旅でもないし、ちょうど天気もいい。潮風《しおかぜ》に誘《さそ》われるがまま、せっかくだから海まで下ってみようという気になったんじゃ」

人目《ひとめ》を避《さ》け、裏通《うらどお》りを縫《ぬ》って繁華街《はんかがい》を抜《ぬ》けると、少し先に道幅《みちはば》の広い勾配《こうばい》が見えてきた。

そこで角を曲がり、ようやく海へと下りはじめたらしいのだが、

「するとどうじゃ。その向こうに、あったんじゃよ、それが」

砂浜の海岸と工業施設の一端《いったん》を見渡《みわた》せる、開けた坂道の途中《とちゅう》。

何気なく見下ろした先、学校の校舎らしき建物の側に、とうとう探し求めていた『目印《めじるし》』を見

つけたというのだ。

「気が付くと、わしは走り出しておった。夢《ゆめ》なら覚《さ》めるなと心の中で叫《さけ》びながら、無我夢中《むがむちゅう》で坂道を下った」

辿《たど》り着いたのは、真新しい白い砂利《じゃり》を敷《し》き詰《つ》めた洋風の公園だった。

見上げればそこに、あの時に見たものとまったく同じ塔《とう》が高々と、力強くそびえ立っている。

探しはじめてから、実に三十五年もの歳月《さいげつ》を経《へ》ての廻《めぐ》り合わせだった——


「え、ちょっと待《ま》って」

思わず口を挟《はさ》んだのは、頭がこんがらがりそうだったからだ。いや、既《すで》にこんがらがっている。

「それって、あそこの展望台《てんぼうだい》のこと、ですよね？」

「いかにも。あれほどまでに印象的な目印《めじるし》は他になかろう」

確《たし》かにそのとおりかもしれないけど、どうにも腑《ふ》に落ちなくて。

「でも、その奇妙《きみょう》な光にここへ連れて来られたのって、事故の時なんでしょ？」

「ああ、そうじゃよ。今から数えれば、ざっと六十年以上昔という計算になるかな」

「じゃあ、当然その時ってまだ……」

そう言いかけて、念《ねん》のため頭の中をもう一度整理《せいり》してみた。

あの公園が造られたのは今から三十年前のはずだ。案内板にも石碑《せきひ》のプレートにも、はっきりと設立年号が刻《きざ》まれてあったから間違いない。

だとしたらやっぱり、事故当時にはまだ展望台《てんぼうだい》はおろか公園そのものすら存在していなかったことになるじゃないか……

どうしても納得《なっとく》いかず、足元を睨《にら》みながらしきりに首を傾《かし》げていると、

「きみの言うとおりじゃよ」

ふと頭上で、乾《かわ》いた声がさらりと言った。

「恐《おそ》らくその頃《ころ》には、あの塔《とう》など影《かげ》も形もなかったじゃろうな」

「恐《おそ》らくって」

どういうことだよ。

意味が分かんなすぎて思わず顔を上げたら、サングラスに映《うつ》った二人のオレが、怪訝《けげん》そうにこっちを見ている。

「余計に信じられなくなったかね。だが、この話は紛《まぎ》れもない事実じゃよ」

「そんな、だって……」

信じられないも何も、明らかに矛盾《むじゅん》してるじゃないか。

当時まだ存在もしていなかったものを見ただなんて、そんな話、どう考えたって――

「吉野《よしの》くん」

ジョーカーはわざわざまた正面に向き直り、身を乗り出すようにして、

「これこそが非現実的《ひげんじつてき》、超常的《ちょうじょうてき》現象の極《きわ》みというものじゃよ」

そう言うと、立てた人差し指をサングラスのレンズに当てた。

「あの時わしは、この目ではっきりと見たんじゃ。あの公園もあの塔《とう》もここの海も。そして、はしゃぎ回っている、きみたちの姿《すがた》もね」

「オ、オレたちの姿《すがた》って……まさか⁉」

「そう。どうやらあのＵＦＯの光というやつは、空間だけにとどまらず、時間移動もやってのけるようじゃ。それも、あっけないほど一瞬《いっしゅん》の間にね」

瞬間《しゅんかん》、なぜか背筋《せすじ》がゾクッとした。

別にもう、ジョーカーが怖《こわ》いわけじゃなかった。

ただ、今まで学校の話題の中でフワフワ浮《う》かんでいるだけにすぎなかったＵＦＯという存在が、まるで明確《めいかく》な意思を持った光の塊《かたまり》となって急接近してきたかのような、そんな錯覚《さっかく》に陥《おちい》ったんだ。

そして、真っ黒いサングラスに映《うつ》る怯《おび》えた自分が、本当に異空間《いくうかん》に迷い込《こ》んでしまった少年みたいに見えてきて、慌《あわ》てて目を逸《そ》らした。

第四章

秘密《ひみつ》結社《けっしゃ》ＫＳＧ《ケーエスジー》団《だん》

1

幽霊《ゆうれい》、超能力《ちょうのうりょく》、UFOや宇宙人、そしてタイムトリップ。

オレは今まで、それらは各々《おのおの》異なる世界観の下《もと》に成り立っている、まったく次元《じげん》の違うものなのだとばかり思っていた。

だって、映画《えいが》やマンガでも、宇宙ものなら宇宙もの、タイムトリップものならタイムトリップもの、というふうに分けて描《えが》かれているし、実際《じっさい》そういう限定された設定にこそ、リアリティーを感じてきたわけだから。

だけど、作り物じゃない本物の不思議《ふしぎ》世界には、わざわざカテゴリー分けしなきゃいけない理由もなければ、その必要もないのかもしれない。

それ以前に、現実《げんじつ》と非現実《ひげんじつ》の間《あいだ》には境界線《きょうかいせん》すら存在しないのかもしれない。

現《げん》にそのUFOは、空間をワープするだけに止《とど》まらず時間までも超《こ》えて、ジョーカーを未来へとタイムトリップさせたんだから。

そしてその未来というのは、今まさにオレが生きている、紛《まぎ》れもないこの現実世界《げんじつせかい》だったんだから——


「ここまではいいかね」

頷《うなず》く間もなく、ジョーカーは話を続けた。

「公園に辿《たど》り着くと、わしはすぐさまてっぺんを目指《めざ》した。とにかく、一刻《いっこく》も早く、ここがあの楽園であるという確証《かくしょう》を得たかったんじゃ」

逸《はや》る気持ちのまま一気にスロープを駆《か》け上がり、しっかりと目に焼きついている【ドライブイン】の看板と、海沿いにあるはずの白い建物を求めて目を凝《こ》らした。

が、しかし、それらしきものはどこにも見当たらなかった……

「わしゃもうガックリときてね。あの時見た光景がただの白昼夢《はくちゅうむ》だったとしたら、この三十五年間、わしは一体何を探し求めていたのだろうか、何のために生きてきたのだろうか……そう途《と》方《ほう》に暮《く》れて、糸が切れた操《あやつ》り人形のように、その場にへたり込《こ》んでしまった」

半《なか》ば自暴自棄《じぼうじき》になり、いつの間にか降《ふ》り出した雨に打たれながら茫然《ぼうぜん》と波打《なみう》ち際《ぎわ》を彷徨《さまよ》ったらしい。もう、何をする気にもなれなかったって。

「だがその時、ふと芳《こう》ばしい香《かお》りに鼻をくすぐられてね。顔を上げると、そこには鉄骨《てっこつ》の足場に囲まれた建物があって、内側のブルーシートが海風《うみかぜ》に時折《ときおり》はためいておったんじゃ」

遠巻きに眺《なが》めながら通り過ぎると、そのブルーシートの隙間《すきま》から、色褪《いろあ》せたレンガ造りの壁《かべ》と、明らかに張り付け途中《とちゅう》と思《おぼ》しき何枚かの白い板壁《いたかべ》が見えたのだと言う。

「それでピンときたんじゃ。わしは急いで表に回り、躊躇《ためら》うことなく黒木のドアを、つまりそこのドアをくぐった」

もう、体裁《ていさい》を気にしている場合じゃなかった、と声のボリュームをどんどん上げていく。

「中に入るなり、蝶《ちょう》ネクタイのご老人に、『このドライブインはいつ完成するのですか』と息せき切って尋《たず》ね、答えも待《ま》たずに、『給料など要らないから是非《ぜひ》ともここで働かせていただきたい』なんてね。今にしてみれば随分《ずいぶん》と不躾《ぶしつけ》に願《ねが》い出たもんじゃ」

きっとその時も、こんなふうに興奮《こうふん》気味《ぎみ》に言ったんだろうな……と思ったら、なぜだか急に親しみが湧《わ》いてきて、ジョーカーに対する安心感みたいなものが、自分の中で一段《いちだん》と高まっていくのを感じた。

「さすがに驚《おどろ》いた顔をしておったよ。当然じゃろうな、得体《えたい》の知れないずぶ濡《ぬ》れの男が駆《か》け込《こ》んできたかと思ったら、いきなり突拍子《とっぴょうし》もないことを言い出したんじゃから。だが、わしは真剣《しんけん》だった。必死だった。思いを口にした途端《とたん》、不覚にも泣き出してしまったくらいさ」

店内に客はおらず、コーヒーサイフォンから沸《わ》き上がる、コポ…コポコポ……という微《かす》かな音と酸味《さんみ》の利《き》いた香《かお》りだけが、まったりと漂《ただよ》っていた。

その蝶《ちょう》ネクタイの老紳士《ろうしんし》は、無言《むごん》のまま一度その場を離《はな》れると、ややあってタオルを手に戻ってきたと言う。

「そして、それをわざわざ広げて差し出してね、『まぁコーヒーでも飲んで落ち着きなさい。話はそれから聞こう』と、目尻《めじり》を下げながらそう言ってくれたんじゃ」

それから間もなく、奥から雷鳴《らいめい》が轟《とどろ》き、店内は陽気《ようき》なリズムと柔《やわ》らかな歌声に包まれた——

「こうしてあの日から、わしの第二の人生が始まった。マスターは、前の年《とし》に最愛の奥さんを亡《な》くしていたようでね」

皮肉《ひにく》にも、趣味《しゅみ》の喫茶店《きっさてん》から、夫婦《ふうふ》でできるドライブイン営業へと転向するために、何千枚というレコードを売り払った矢先のことだったらしい。

計画は中断したまま、マスター一人で細々《ほそぼそ》と喫茶店《きっさてん》を続けていたが、ジョーカーが現れたことによって、いつしか工事を再開させようという話になり、男二人で協力し合って、『ラストウエーブ白波《しらなみ》』としての本格オープンを目指《めざ》しはじめたのだと言う。

「だがご覧の通りさ。お店の内装工事を前に、マスターが急逝《きゅうせい》してしまってね」

「キューセイ？」

「ああ、交通事故で亡《な》くなったんじゃよ。突然《とつぜん》のことだった……」

少しの間《あいだ》、何かを考えるように押《お》し黙《だま》った後、ジョーカーはおもむろに席を立った。

「すまんね、お構いもせんで。すっかり話に夢中《むちゅう》になってしまった」

腰《こし》に手を当てながら暖簾《のれん》の向こうに行き、何やらガサゴソやっている。シュポッ！　って、何の音だろう今のは。

少ししてお盆《ぼん》を手に戻ってくると、テーブルの上の紙袋を下ろし、持ってきたそれを静《しず》かに置いた。

「こんなものしかないんじゃが、よかったらどうぞ」

お盆《ぼん》の上には、栓《せん》の開いた瓶《びん》のコーラと、小さな袋に入った柿《かき》ピーがどっさりと載《の》っている。

柿《かき》ピーは、おやつでよく食べているのと同じやつだ。でも、瓶入《びんい》りのコーラなんて一度も飲んだことがない。

っていうかこの瓶《びん》、真ん中へんと下の縁周《ふちまわ》りとが白っぽく擦《す》れまくってて、どう見ても新しい感じがしないんだけど、大丈夫なのかな。

躊躇《ためら》っていると、「ああ、ちなみにそれは拾った瓶《びん》ではないから心配いらんよ」って笑われちまった。

「中身も新しいから安心しなさい」

聞けば、繰《く》り返し再利用して販売する業務用《ぎょうむよう》の瓶《びん》らしい。どうりで傷《きず》だらけなわけだ。

「昨夜《ゆうべ》のうちに、ケースでまとめて注文しておいたんじゃ。さあ、よく冷えておるよ」

びっしりきめ細かな水滴《すいてき》に覆《おお》われたそれの、ひんやりしたくびれの手触《てざわ》りと、ぽってりまろやかな飲み口。

黒い揺《ゆ》らぎを静《しず》かに傾《かたむ》けると、気のせいか、ペットボトルや缶で飲むよりもずっと美味《うま》い感じがした。

「さてと」

ジョーカーは柿《かき》ピーを、チン、チリリリンと小皿の上にあけ、「どうぞ」とこちらに差し出してから、「そろそろ本題に入ろうか」と言ってゆっくりと腕《うで》を組んだ。

「ここからは、きみにも関係があることなんじゃがね」

「えっ……」

身構《みがま》えると、「ああ、もう選別の邪魔《じゃま》はせんよ」と、コバルトブルーの山を手でならしてくれている。

「少し耳を貸してくれれば、それでいいんじゃ」

そうは言われたものの、気になって。

オレは、柿《かき》の種とピーナッツを『マイ黄金比《おうごんひ》』で口に放り込《こ》み、話に臨《のぞ》んだ。

「マスターが亡《な》くなったのは、今から五年前の夏のことだった。その日、息子さん一家が突然訪《とつぜんたず》ねてくることになってね――」

空港で出迎《でむか》えるというマスターに、店を休むのならお供《とも》しますと言ったのだが、心配ないと笑って、早々《そうそう》に一人で出掛《でか》けていった。

ところが夕方になっても帰らず、気をもんでいるところへ一本の電話がかかってきた。警察《けいさつ》からだった。

何と、マスターたちを乗せた帰りのタクシーが、事故に巻き込《こ》まれたというのだ。ここが唯一確認《ゆいいつかくにん》できた連絡先らしく、詳《くわ》しくは搬送先《はんそうさき》の病院でと伝えられた。

が、駆《か》けつけると、タクシーの運転手を含《ふく》む大人四人は既《すで》に帰らぬ人となっており、病室で面会できたのは、マスターの孫に当たる少年ただ一人だった。

「奇跡的《きせきてき》に命は助かったものの、それからまる二日間、泥《どろ》のように眠《ねむ》り込《こ》んでいたっけ。そして、目を覚ました彼を待《ま》ち受けていたものは、逆行性健忘症《ぎゃっこうせいけんぼうしょう》――つまり、記憶喪失《きおくそうしつ》じゃった」

記憶《きおく》、喪失《そうしつ》……

「当時、彼はまだ高校生。幸い外傷《がいしょう》はそれほどでもなかったが、心によほど深い傷《きず》を負ったんじゃろう、それまで積み重ねてきた十七年間の記憶《きおく》が、事故を境《さかい》にすっぽりと抜《ぬ》け落ちてしまったようなんじゃ。それからいろいろあって、結局はわしが身元を引き受けることになったんだが、もともとが真面目《まじめ》で成績優秀《せいせきゆうしゅう》な子のようでね。わしなんかが世話《せわ》を焼くまでもなく、ちゃあんと大学へと進学し、今では立派《りっぱ》に一人前の教育者に――」

「あの」と、思わず顔を上げた。

「まさか、その助かった高校生の人って」

「そう。その子こそが、あの海堂《かいどう》くんなんじゃ」

「そんな……」

信じられなかった。あのカイドーにそんな重大な過去があっただなんて。

「ああ見えても、あの子は繊細《せんさい》な心の持ち主でね。昔から、純粋《じゅんすい》でやさしさに満ちた、真《ま》っ直《す》ぐな子じゃった。それだけに、当時は事故の後遺症《こういしょう》を気の毒《どく》に思ったが、あるいはこれでよかったのかもしれん。辛《つら》いことや悲しいことなど、思い出さずにすむのなら、そのほうがいいからね」

何だろう。雨の中で鳴《な》いている、段ボール箱ごと捨《す》てられた子猫でも見つけてしまった気分だ。

オレはぼんやりと、コバルトブルーの山を見つめた。

「驚《おどろ》いたかね。だがこの話も、れっきとした事実なんじゃよ」

ジョーカーは、その青い重なりを指で軽くはじいて崩《くず》しながら、

「しかしなぜ、わざわざきみにこんな話までするのかと、不思議《ふしぎ》に思っているかもしれんが」

そう言って、中から一個を摘《つま》み上げると、それをオレの前にそっと置いた。

「きみたちの先生のことを、少しでも知っておいてもらいたいと思ってね」

目の前に置かれた形のいいコバルトブルーを見つめながら、思わずため息をつくと、ジョーカーは静《しず》かに立ち上がった。

そして、ゲーム機のところまで行って腰《こし》に手を当てると、一向《いっこう》に晴れそうにない鉛空《なまりぞら》を見上げ

たまま、

「実は、きみに、折《お》り入って頼《たの》みがあるんじゃ」

とつぶやいた。

◇

ポ、ポロッ、ポロッ、ポー、ポッ……
あの音が、聞こえた。

目覚ましみたいに繰《く》り返す、耳障《みみざわ》りな、電子音《でんしおん》のように高音で単調な、それ。

そして、なす術《すべ》もなく、息を呑《の》む間もなく、突然《とつぜん》やって来るもの凄《すご》い轟音《ごうおん》と共に、

「！」

今日もまた『あれ』によって、一気に落ちてゆく。

遠のいていく意識の中、例のごとく声にならない叫《さけ》びを発しながらオレは――

――あれ？

「そうですか……楽しみにしていたのに、残念《ざんねん》ね」

「ああ、仕方ないさ」

目を覚ますと、遠くで誰《だれ》かと話すお父さんやお母さんの声が聞こえた。

見慣《みな》れない、白い天井。周りが水色っぽいカーテンで囲われている。

ふと、違和感《いわかん》のある右腕《みぎうで》に目をやると、管《くだ》つきの注射器みたいなのが刺《さ》さっていて、白いテープで押《お》さえつけてあった。

どうやら病院のようだと分かりはじめたその時、カーテンの隙間《すきま》から、坊主頭《ぼうずあたま》の小さな男の子がこちらを窺《うかが》っていることに気付いた。

半袖短《はんそでたん》パンの黄色い上下から、こげ茶色した手足が棒《ぼう》みたいに生えていて、同じく日焼けしたように真っ黒な顔には、キョロッと丸い目玉《めだま》が白く際立《きわだ》っている。

その子は、外の声たちが近づいてくると、いきなり慌《あわ》てた様子でカーテンの中に入ってきた。

だあれ？

「……ウー」

ねえ、だあれ？

もう一度聞くと、少し困《こま》ったような顔をしながら、「ア、ドゥ…タ……ア、ドゥータ」と、たどたどしく絞《しぼ》り出すように答える。

アドゥ、タ？　アドゥータくんっていうの？

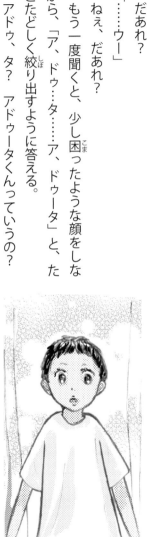

聞き返すと、その子は首を横に振《ふ》って、「ア、ドゥ…タ……ア、ドゥータ」と、一生懸命《いっしょうけんめい》に
また同じ言葉を繰《く》り返した。
ぎこちないその声が、次第《しだい》に壊《こわ》れたCDみたいに不自然なリピートを刻《きざ》みはじめたかと思う
と、急に目の前が眩《まぶ》しい光で遮《さえぎ》られ——

ドスッ

「いっ、てぇ……」

いつものように、アウトオブザベッドで目が覚《さ》める。

「なんなんだよ、もう」

相変《あいか》わらずの、何の脈略《みゃくりゃく》もない展開《てんかい》。

だけど、今頃《いまごろ》になってまさか、あの時の男の子が夢《ゆめ》に出てくるとは……

あまりの懐《なつ》かしさに、床《ゆか》に座《すわ》り込《こ》んだままぼーっと、遠い記《き》憶《おく》の欠片《かけら》を拾い上げてみる。

担《かつ》ぎ込《こ》まれた沖縄《おきなわ》の病院で出会った、変わった男の子。

ほとんど言葉がしゃべれず、『マルコメ君』みたいなクリクリ坊主《ぼうず》で、色黒《いろぐろ》の肌《はだ》をしていた。

今にして思えば、ガイジンとかハーフの子だったのかもしれない。

他に遊び相手もいなかったからだろう、いつの間にか仲良くなって、広い病院内をコソコソ探
検したり、非常階段《ひじょうかいだん》を上から下まで競争したりと、監禁《かんきん》されていた一週間のうち、ほぼ毎日一《いっ》

緒《しょ》に遊んでいた。

確《たし》か、退院する時にもの凄《すご》く泣かれちゃって。それで一番気に入っていたシーグラスを置き土産《みやげ》にあげて、バイバイしたんだよな。

そう言えば、あの子はどこが悪《わる》くて入院していたんだろうか……って、今となっては別にどうでもいい話だけど。


「いってきまーす！」

今朝《けさ》もオレは、お母さんの前では元気を装《よそお》って、早めに家を飛び出した。

いつもより遅《おそ》く登校してその理由を訊《き》かれるくらいなら、独《ひと》り海風《うみかぜ》にでも吹《ふ》かれていたほうがましだ。にしても、今日は随分《ずいぶん》と風が強いな。

昨日、あの後《あと》オレは、結局お目当てのコバルトブルーをどっさりもらって家に帰った。

とりあえず、晴香《はるか》が持っているのと似た形のやつも、何とか二個は見つけることができた。

どうせなら、牛乳パックごと全部持っていけって、ジョーカーは言ってくれたんだけど、さすがにそれは遠慮《えんりょ》させてもらったよ。

だって、あんなことを頼《たの》まれたら、プレッシャーを感じずにはいられないもの。

——「もしも彼が、きみたちの先生を辞《や》めたいというようなことを言い出した時には、どうか引き止めてもらいたいんじゃ」

正直、ちょっと意外な『頼《たの》み』だったけど、もらった数の分だけ期待をかけられても困《こま》るしさ。

「はぁ〜あ。なんかいろいろと気が重いなぁ……」

ドライブインを横目に、ベージュ色の道なき道を歩きながら、ため息をつく。

蹴散《けち》らしても振《ふ》り払えない、湿《しめ》った砂のようにまとわりつく漠然《ばくぜん》としたこの苛立《いらだ》ち。

そんな気持ちも、上靴《うわぐつ》に履《は》き替《か》えるように、うまく切り替《か》えられたらいいのにな……

昇降口《しょうこうぐち》、吹《ふ》き込《こ》んでくる突風《とっぷう》にあおられながら、砂まみれの靴《くつ》を脱《ぬ》ぐと、オレはまたため息をついて、靴箱《くつばこ》に手を伸《の》ばした。

すると、

「ん？」

上靴《うわぐつ》に、拳大《こぶしだい》の石ころがドカッと載《の》っているではないか。

その下には、二つ折《お》りになったノートの切れ端《はし》が敷いてあるようだ。

「なんだこれ」

石ころをどかし、開いてみると、

「これって……！」

それは、オレにとって、まさに希望《きぼう》の光そのものだった。

2

その紙には、マジックで書いたような赤い横文字で、こう綴《つづ》られていた。

ヨジカンメシュウリョウゴフンマエニ　フデイレヲユカニオトセ

お世辞《せじ》にも上手《うま》いとは言えない、いや、はっきり言って幼稚園児《ようちえんじ》レベルに達筆《たっぴつ》なそれは、いかにも、人間以外の超存在《ちょうそんざい》が、何とかオレに意思の伝達《でんたつ》を試《こころ》みようとしている、苦肉の緊急《きんきゅう》手段であるかのように思えた。

そう。これはきっと助言なのだ。

考えてみれば、レキオだって見た目はただのガレキだった。ならば一見何の変哲《へんてつ》もないこの石ころも、きっとその仲間に違いない。

レキオが何らかの都合《つごう》で行方《ゆくえ》をくらました今、こいつが代わりの使者として送り込《こ》まれた……そう考えていいだろう。

今がその四時間目。改めて自分の中で納得《なっとく》して、もう一度時計を見る。あと三十秒だ。

落としやすいように、予《あらかじ》め机《つくえ》の右端《みぎはし》にセットしておいた筆入《ふでい》れに肘《ひじ》を寄せると、オレは心の中でカウントダウンを始めた——


給食、五時間目、帰りの会と、とりわけ何事もなく時間が過ぎ、放課後になった。

でもあれはきっと、オレにとって、『最も効率《こうりつ》のいい方向性を示唆《しさ》するナンチャラカンチャラ』のはずだ。

確信《かくしん》のもとに昇降口《しょうこうぐち》へ向かうと、また別の使者と例の紙が、靴箱《くつばこ》に入っていた。

その紙には、最初のと同じ赤マジックの文字で、こう書かれていた。

コウエンノテンボウダイデマツ

ほらやっぱり、思ったとおりだ。

オレは『彼ら』をポケットに収めると、その紙を握《にぎ》りしめ、ダッシュで公園へと向かった。

一見何の関係もなさそうなことが、最終的には思いがけない結果へと繋《つな》がっていく。レキオの助言から学んだことだ。

今回のあの行為には、一体どんな意味があったのだろう。

あの後《あと》、筆入《ふでい》れが机《つくえ》の脚《あし》のパイプに当たって結構《けっこう》な音を立て、鉛筆《えんぴつ》やら蛍光《けいこう》ペンやらが床《ゆか》に散乱した。

すると真っ先に海堂《かいどう》が駆《か》け寄ってきて、全部拾い上げてくれた。何だかちょっと申し訳《わけ》ない気分だった。

そんなことを思いつつも、オレはスロープを一気に駆《か》け上がった。ひょっとして、あいつがそこにいるんじゃないか、という淡《あわ》い期待を抱《いだ》きながら――

しかし、

「よく来たな、吉野《よしの》」

「!?」

そこで待《ま》っていたのは、この上なく耳に心地《ここち》よくない声の主と、その仲間たちだった。

揃《そろ》いも揃《そろ》って、ニヤニヤと不敵《ふてき》な笑《え》みを浮《う》かべて歩み寄って来る。

「な、なんだよ、お前ら」

思わず後退《あとずさ》りすると、

「そんなにビビんなよ」

後ろから回ってきたでかい手に肩《かた》を掴《つか》まれた。

「なかなかいい度胸《どきょう》してるじゃねぇか吉野《よしの》、見直したぜ。これでお前も俺たちの仲間だ」

「え、ちょっ、待《ま》ってくれよ。オレは別にそういうつもりじゃ……」

とそこへ、「おめでッとう吉野《よしの》ッくぅ～ん」と塚田《つかだ》がオカマチックな裏返《うらがえ》り声を差し込《こ》んでくる。

「ユーは、栄《は》えある塚田式謎《つかだしきなぞ》のお手紙入団テストに、見事合格したのッよ～」

「テスト？」

どういうことなんだ。っていうか、こいつがこの手紙を？

そんなはずはない。これは新たな使者による助言……と手紙を広げたところへ、

「ちょっと見してみ」

成瀬《なるせ》が横に来て、

「なにこの落書き」

ブッと噴《ふ》き出した。

「よくこんなの読めたな、尊敬《そんけい》するぜ」

内海《うつみ》たちものぞき込《こ》んできて、腹を抱《かか》えて爆笑《ばくしょう》し合っている。

「もう！　そんなにボクチャンをバカにすると、みんな極刑《きょっけい》にしちゃうわッよ～！　プンプン！」

その瞬間《しゅんかん》、オレは頭を抱《かか》えたくなった。

そう。これは助言でも何でもない。単なるアホからの手紙で、晴香《はるか》とはまったく無関係な、た

だのイタズラだったのだ。

超《ちょう》ウルトラスーパー勘違《かんちが》いと、それに振《ふ》り回された自分がほとほと情けなくて、がっくりうな垂れていると、「まぁ、元気出せや吉野《よしの》！」ドンッと、いきなり背中《せなか》を叩《たた》かれた。

「今日からお前も、『ＫＳＧ団《ケーエスジーだん》』の一員なんだからよ」

「け、ケー、エス？」

呟《つぶや》き込《こ》みながら、耳慣《みみな》れないその名に眉《まゆ》をひそめると、大那《だいな》は握《にぎ》りしめた拳《こぶし》をブンと突《つ》き出し、それはそれは勇ましい笑顔で、

「そうさ。俺たちは『海堂《かいどう》を卒業までにギャフンと言わせる団』、秘密結社ＫＳＧ団《ひみつけっしゃケーエスジーだん》だ!!」

と叫《さけ》んだ。

◇

「きりーつ」

フラフラと惰性《だせい》で立ち上がり、日直の号令に合わせて帰りの挨拶《あいさつ》を済《す》ませたら、また座《すわ》る。待《たい》機《き》モードだ。

するとまもなく、

「また明日《あした》な、吉野《よしの》」

いつものように、成瀬《なるせ》が机《つくえ》の上をコン、コンと二回ノックして、手を振《ふ》りながら走り去っていく。

ここで、こいつはクールなわりに意外といいやつなんだよな、などと決して思ってはいけない。

そう。何を隠《かく》そう、これが徴集《ちょうしゅう》の合図なのだ。

誰《だれ》が組織に関与しているのかは常にトップシークレットであり、決して周りに知られてはならない——という団の厳《きび》しいルールに基《もと》づいた秘密《ひみつ》の伝達《でんたつ》方法ってわけ。

それにしても、今日の集会がどれだけ盛《も》り上がるのかって、想像《そうぞう》しただけでめまいがするぞ。

ああ、吐《は》き気《け》までしてきたよお母さん。

オレは再び重い腰《こし》を上げると、誰《だれ》にも正体を悟《さと》られないよう、今日も何食《なにく》わぬ顔で『アジト』へと向かった——

秘密結社《ひみつけっしゃ》KSG《ケーエスジー》団《だん》。

『海堂《かいどう》を卒業までにギャフンと言わせる団』の略称《りゃくしょう》。また、それを目的として結成された、アンチ海堂《かいどう》を提唱《ていしょう》する小学生組織の隠《かく》れた称号《しょうごう》。

と、辞書《じしょ》には載《の》っている。

「載《の》るかよ」

などとセルフツッコミをかましつつ、一旦《いったん》立ち止まってと。

さりげなく辺りを見回し、誰《だれ》もいないことを確認《かくにん》したら、素早《すばや》くスロープを駆《か》け上がる。

「何やってんだかなぁ、オレ……」

まんまと連中にはめられ、準《じゅん》メンバーとして強制的に入団させられたあの日。

確《たし》かに、どちらかと言えばアンチ海堂派《かいどうは》のオレではあったけど。

よりによってジョーカーにあんなことを頼《たの》まれた後で、まさか自分自身がそれを脅《おびや》かしかねない存在になろうとは思ってもみなかった。

あれから数日間、オレたちは水面下《すいめんか》で地味《じみ》に活動してきた。

授業中は、依然《いぜん》として眺《なが》めのいい、あいつがいない左隣《ひだりどなり》に憂《うれ》える日々だけど、やつらと一緒《いっしょ》にいることが取り分け苦痛《くつう》に感じられないのは、不幸中《ふこうちゅう》の幸《さいわ》いだった。

そんな中、岩清水《いわしみず》先生から重大な話があったのは、帰りの会の時だ。

その連絡事項を聞いた瞬間《しゅんかん》オレは、思わず「ぷぎゃあ!?」と、意味不明《いみふめい》な叫《さけ》び声を上げそうになっちまった。

まったく、何でまたこのタイミングでそういう危険《きけん》な状況《じょうきょう》を作り出してしまうのかと、クラス担任《たんにん》の監督職《かんとくしょく》たる責任をくどくど問い詰《つ》めたい気分だったよ。

とは言え、別に岩清水《いわしみず》先生には何の罪《つみ》もなく、六年二組の一生徒としてはむしろ、咎《とが》めるどころか祝福《しゅくふく》するべきところだろう。

そう。お兄さんの結婚式、という身内の一大イベントともなれば、いくら学校の先生と言えども仕事を休むのは当然のことだと思うし、オレだってそのくらいのことは常識《じょうしき》として分かっているつもりだ。実際《じっさい》オレも、叔父《おじ》さんの時は堂々《どうどう》と三連休もしたからな。だけど、時と場合ってのがあるじゃんか。今休まれると非常《ひじょう》にまずい。いや、まずいなんてもんじゃないよ。

ここ数日、ただでさえ過激《かげき》な意見が飛び交ってるってのに、海堂《かいどう》が丸一日一人っきりで教壇《きょうだん》に立つことになるなんてやばすぎる。

想像《そうぞう》しただけで胃がキリキリするぞ。ああ、頭痛《ずつう》までしてきたよお父さん。

ため息をつきながらスロープを上りきると、既《すで》にいつものメンバーが顔を揃《そろ》え、草原でくつろぐライオン一家のようにべったり地面に座《すわ》り込《こ》んでいた。

「遅《おそ》いわッよォー、吉野《よしの》ッくぅ～ん」

塚田《つかだ》の気持ち悪《わる》いお出迎《でむか》えに続き、恒例《こうれい》の大那《だいな》チェックが入る。

「誰《だれ》にも後をつけられなかったろうな」

「ああ、誰《だれ》にも」

そう言って腰《こし》を下ろそうとすると、今度は成瀬《なるせ》がすっと寄ってきてニヒルな笑《え》みを向ける。

「ところで、例のブツは持ってきたか」

ランドセルのポケットに忍ばせてきた、それ。ティッシュに包んだまま差し出すと、成瀬《なるせ》は無言《むごん》で受け取って、そのまま大那《だいな》に手渡《てわた》した。

すると、

「おおー、よくできてるじゃねぇか。本物と見分けがつかねぇ」

さっそくブツを摘《つま》んでかざしたでっかい手に、どれどれと他の連中も群《むら》がり、「すげー」とか「超《ちょう》リアルー」とか言って目を丸くしてる。

これまでもオレたちは、実に様々《さまざま》な『チョークトラップ』を仕掛《しか》けてきた。

単に水で濡《ぬ》らして書けなくしたり、白いやつを赤や黄色に塗《ぬ》っておいたり、接着剤《せっちゃくざい》でコーティングしちまうのとか、中に画鋲《がびょう》の針《はり》を仕込《しこ》んで黒板をキィキィ言わせるなどなど。

いずれも海堂《かいどう》の板書を妨害《ぼうがい》し、授業をするのがイヤになることを狙ったものだが、結果はどれも思わしくなかった。

そこで、その『KSG《ケーエスジー》作戦チョークシリーズ』の最終手段として浮上した極《きわ》めつけが、『モドキ』の作製だった。

「どうせなら、全部最初から書けないチョークとかがいいんじゃね？」という成瀬《なるせ》の発案で、各自が紙粘土《かみねんど》で作った偽物《にせもの》のチョークを持ち寄ることになったのだ。

「よし、俺のも見せるからお前らのも見せろ」

大那《だいな》が言うと、みんな一斉《いっせい》にランドセルの中に手を突《つ》っ込《こ》んでゴソゴソやりはじめ、モノを取り出してはオレの『作品』の横に置いていく。

内海《うつみ》と木ノ内《きのうち》のはちょっと歪《いびつ》で微妙《びみょう》だけど、大那《だいな》と成瀬《なるせ》のは結構《けっこう》仕上がりが良さそうだ。たぶんオレと同じように、目の細かい紙やすりで相当磨《みが》いたっぽいな、あれ。

っていうか、言い出しっぺの成瀬《なるせ》はまだしも、大那《だいな》ってこういうのはちゃんと真面目《まじめ》にやるんだな。真剣《しんけん》に作業する姿《すがた》なんて、普段《ふだん》からは想像《そうぞう》もつかないのに。マジ意外だ。

などと妙《みょう》に感心していると、その大那《だいな》が、

「おい、塚《つか》チン！」

突然《とつぜん》声を荒《あら》らげるや否《いな》や、「何だよ、このウンコみてぇなのはよ」と顔をしかめた。

途端《とたん》に爆笑《ばくしょう》が湧《わ》き起こる。

各自二本がノルマだったから、きっちり一ダースの『モドキ』がそこに並ぶはずだったのだが、見れば確《たし》かに、時々遊歩道《ゆうほどう》で出くわす犬か猫のそれみたいな物体が、ダブルで転《ころ》がっているではないか。

ウケまくってる内海《うつみ》と木ノ内《きのうち》の濁声《だみごえ》に、「もう大那《だいな》くんったらひどいワヨ〜」というふざけた裏声《うらごえ》が重なる。

「せめてカリントウみたいで美味《うま》そうだと言ってほしかったのに」

アイ〜ンって、いつもながらヒトの神経を逆《さか》なでするようなアホっぷりには脱帽《だつぼう》だよ。

言わんこっちゃない、「てめぇ、いい加減《かげん》にしろよ！」ウルァって、大那《だいな》が『必殺顎《ひっさつあご》ピン三連発』をお見舞《みま》いする。

「この先カリントウ食えなくなるだろがぁ！」

って、そこかよ。そこにキレてたのかよ。

明日《あした》までにちゃんとした『モドキ』を作ってくるよう、荒々《あらあら》しく塚田《つかだ》に約束させると、大那《だいな》は目をギラギラさせて、

「ついに願《ねが》ってもないチャンスが巡《めぐ》ってきた。今まで大人しく様子を見てきた甲斐《かい》があったぜ。いいか、明日《あした》は一気に総攻撃《そうこうげき》だ！」

声も高らかに、そう言い放った。

解散後、オレはいつものように砂浜を独《ひと》りトボトボ、家路《いえじ》に就《つ》いた。

とは言え、あれからドライブインの裏《うら》は努《つと》めて通らないようにしている。声をかけられても気まずいだけだからだ。

もしも、ＫＳＧ団《ケーエスジーだん》のせいで海堂《かいどう》が先生を辞《や》めたいと言い出したら、それこそ合わす顔がない。

あの日、激《げき》レアなシーグラスを惜《お》しげもなく分けてくれたジョーカー。

怖《こわ》くて、やばい爺《じい》さんだとばかり思っていたのに、親切にもコーラや柿《かき》の種までご馳走《ちそう》してくれたりして。

人は見かけによらないってのは、ジョーカーのためにあるような

言葉だ。あんないい人を裏切《うらぎ》るのかと思うと、まったく胸《むね》が痛《いた》いよ。

「せっかく、また遊びに来いって、言ってくれたのにな……」

そう言えば、この前のコレクションの中に、あのメッセージボトルの姿《すがた》はなかった。

歴史的価値《れきしてきかち》があるとか言ってたから、大事にしまい込《こ》んでいるのかな。

今度遊びに行ったら、あの暗号についてあれこれ話し合うのも面白《おもしろ》そうだ、なんてことも考えていたのに、それも当面無理そうだ。

「あ〜あ……」

思い浮《う》かぶのは、様々《さまざま》なエピソードで盛《も》り上がっている和気藹々《わきあいあい》とした場面ばかりで。

この先も趣味《しゅみ》の世界を通して付き合っていけたら、どんなにか楽しいだろうって思うんだけど、今はそれどころじゃない。たまらなく憂鬱《ゆううつ》な気持ちでいっぱいだ。

明日《あした》のことを考えると、ビーチコーミングでなくても俯《うつむ》きっぱなしになっちまうよな。

「やべ、またうっかり通り過ぎるところだ」

オレは今日も、海の家の手前で道路に上がると、表の駐車場《ちゅうしゃじょう》を足早《あしばや》にやり過ごし家に帰った。

ジョーカーがそこで、オレとは比《くら》べものにならないほど憂鬱《ゆううつ》な日々を送っていることなど、知ることもなく——

3

ポ、ポロッ、ポロッ、ポー、ポッ……
耳障《みみざわ》りな、あの音。

そして立て続けにやって来る、もの凄《すご》い轟音《ごうおん》。

なす術《すべ》もなく、息を呑《の》む間もなく、

「！」

今日もまた『あれ』によって、一気に落ちてゆく。

遠のいていく意識の中、今度は穏《おだ》やかな潮騒《しおさい》のリズムと、聞き覚えのある小刻《こきざ》みな鈴《すず》の音に包まれながらオレは——

——あれ、ここは……

「ねえ、ちょっと休憩《きゅうけい》しよう？」

あ、晴香《はるか》。

「ほら、遼哉《りょうや》くんもここ座《すわ》って」

なぁ、いつまで学校を休むつもりなんだよ、お前。どうしちゃったんだよ。

みんなも冷たいよな。全然心配じゃないみたいに、誰《だれ》もお前のことには触《ふ》れやしない。どうなってんだ。

普段《ふだん》は些細《ささい》なことをネタに、バカみたいに騒《さわ》いでるくせにさ。本当、あのクラスにはうんざりだよ。

「ジャーン！　これね、保健の先生がくれたの。今が旬《しゅん》の味よって」

おい、なに寝《ね》ぼけたこと言ってんだよ。それ、あの時に拾った瓶《びん》じゃんか。

「すっごい喉《のど》が渇《かわ》いてたんだぁ」

だから、それは飲み物じゃないってば。中には紙切れが入ってるだけの、変な空《あ》き瓶《びん》なんだから……って――

!?

「ショウちゃんも飲んで？」

「……カヲリ。これを、飲むのか」

「もう、とぼけちゃって。いじわるね」

「ごめん、ちょっと考え事をしていたんだ。しかし、僕《ぼく》はいじわるなんかじゃないぞ。いつもこうしてきみの言うことを聞いて、行きたいところに連れていってあげているじゃないか」

「じゃあ、これも言うこと聞いて飲んでよー」

「それとこれとは別さ。こういう刺激《しげき》の強いものは、身体《からだ》に障《さわ》るだろう。あまり飲まないほうがいいんじゃないのか」

「ニッキは大丈夫よ。先生も仰《おっしゃ》っていたもの。でも、そう思うんならなおさらでしょ。身体《からだ》に悪《わる》いものを全部私に飲ませる気？　それとも……私のこと、きらい？」

「そういうわけじゃないったら」

「それなら遠慮《えんりょ》しないで。私、全部だと多いから。ね？」

「仕方ないなぁ。まったく、いじわるなのはきみのほうだぞ。僕《ぼく》が苦手なのを知ってるくせに」

「さぁ飲んで飲んで」

「分かったよ」

そう言って、僕《ぼく》はゆっくり顎《あご》を上げ、空を仰《あお》いだ。

たった今、カヲリが口をつけた部分に自分の唇《くちびる》を持っていくだなんて、考えただけで顔が熱くなったけど。

胸《むね》の鼓動《こどう》が加速する間もなく襲《おそ》ってくる、喉《のど》を焼くようなピリピリを飲み込《こ》みながら僕《ぼく》は――

目が覚《さ》めた。

「辛《から》ッ！」

途端《とたん》に咳《せ》き込《こ》みながら、床《ゆか》にうずくまる。

何だったんだ、今のは。あの甘《あま》さの直後にくる強烈《きょうれつ》な刺激《しげき》は。

っていうか、何で急にあの女の人の名前が分かったんだろう。

それ以前に、『ショウちゃん』と呼ばれることに何の抵抗《ていこう》もなく受け答えしてた『僕《ぼく》』って

いったい……

ピイピイピイピイピイピイピイピイピイ！

目覚ましが鳴《な》る。

そうだ、夢《ゆめ》なんかについてあれこれ考えている場合じゃない。

もともと夢《ゆめ》ってのは、思いもよらない変なシチュエーションと意味不明《いみふめい》な内容が相場《そうば》と決まっ

ているじゃないか。

そんなことより、ついに今日という日を迎《むか》えてしまったことのほうが、今のオレには大問題だ。

その日、オレはいつもより早く家を出ると、真《ま》っ直《す》ぐ公園へと向かった。

他でもない、ＫＳＧ《ケーエスジー》作戦を確実《かくじつ》に成功させるための最終打ち合わせがあるからだ。

展望台《てんぼうだい》に辿《たど》り着くと、既《すで》に四人はそこにいた。電線のカラスみたいに並んだランドセルが、鉄《てっ》柵《さく》にピッタリはり付き、しゃがみ込《こ》んでいる。

「おお、来たか」

成瀬《なるせ》が一瞬《いっしゅん》振《ふ》り返ると、

「塚《つか》チンを見なかったか」

大那《だいな》が声だけでそう訊《き》いてきた。

「見てない」と言うと、「お前も早くしゃがめよ」「こっちこっち」と内海《うつみ》たちが手招《てまね》きをしている。

何だか分らないまま急いで木ノ内《きのうち》の隣《となり》にしゃがむや否《いな》や、「あれを見ろ」と大那《だいな》が顎《あご》をしゃくった。

目を泳がせているオレに、「あそこのアパートの下」って成瀬《なるせ》が指差してくれてる。

「右のひらがなのほうな」

指先を追うと、それっぽい佇《たたず》まいをした建物の壁《かべ》に、【白波荘《しらなみそう》】、そして一つ置いて右隣《みぎどなり》には【しらなみ荘】の文字を見つけた。

その『右のひらがなのほう』の駐車《ちゅうしゃ》スペースのところに、男の人と女の人らしき影《かげ》は確認《かくにん》できたのだが、それがどうしたというのか。

「あれが誰《だれ》と誰《だれ》だか分かるか」

そう言った大那《だいな》の声が、やけに嬉《うれ》しそうで。

首を傾《かし》げつつ、よくよく目を凝《こ》らしてみたら、鮮明《せんめい》さを増した見覚えのある姿《すがた》に、今度はその目が一気に見開いた。

「あれって……海堂《かいどう》？　それと音楽の」まで言いかけると、「そう。ヤツと『クレオ』だ」って、大那《だいな》が目をギラギラさせてほくそ笑《え》んでる。

「まさかあいつらがデキていたとはな」

「マ、マジ⁉」

「ああ、間違いねぇ。こっちは動かぬ証拠《しょうこ》をつかんでる。海堂《かいどう》の家は『漢字《かんじ》のほう』なのに、あいつら『ひらがなのほう』の階段《かいだん》から一緒《いっしょ》に降《お》りて来やがった。アジトからは、何だってお見通しなんだからよ」

大那《だいな》はこちらに顔を向け、悪魔《あくま》のように口元を歪《ゆが》めると、

「面白《おもしろ》くなってきたぜ」

そう言って、拳《こぶし》をもう片方の手《て》の平《ひら》にタンッ！　と思いっきり打ちつけた――

呉荻凛子《くれおぎりんこ》。通称《つうしょう》・クレオ。

白波《しらなみ》小学校の、主に高学年を受け持つ音楽専任教師。年齢不詳《ねんれいふしょう》、経歴不明《けいれきふめい》。『クレオ』というあだ名は①苗字《みょうじ》の呉荻《くれおぎ》を単に短縮《たんしゅく》しただけという説　②眉毛《まゆげ》の上ギリギリのラインで一直線に

切り揃《そろ》えた黒髪《くろかみ》ストレートのセミロングが、同形のヘアスタイルを特徴《とくちょう》とする歴史上の人物、クレオパトラを連想させることに由来《ゆらい》、という説に分かれている。顔つきは派手《はで》でありながら性格は陰気《いんき》、且《か》つヒステリック。近年は自己《じこ》の感情の起伏《きふく》をピアノで表現することにより、生徒をマインドコントロールするスタンスを確立《かくりつ》しつつある。

と、辞書《じしょ》には、

「載《の》ってねぇよ」

などと今日もセルフツッコミをかましつつ、さりげなく辺りを見回す。

アジトの出入りは、いかなる時も単独でしなくてはならない——というのが団の絶対《ぜったい》ルールだ。誰《だれ》もいないことを確認《かくにん》したら、一人何食《なにく》わぬ顔で足早《あしばや》に公園を後にする。

始業時間にはまだ少し余裕《よゆう》があるけど、とにかく急がなくちゃ。不本意ながら、オレには大仕事が待《ま》っているんだから。

昨日づけで『チョークシリーズ担当責任者《たんとうせきにんしゃ》』を命じられたオレは、一人残って塚田《つかだ》の到着を待《ま》つことになった。

言うまでもなく、今日の作戦決行にあたり、作り直しになった猫のウン……違う、『チョークモドキ』をチェック、回収するためだ。

ところが、あいつめ、さんざん待《ま》たせておいて、「ただいま参上！」アイ～ンなんていつもの変顔でノコノコ登場しやがって。

ぶっ飛ばしてやろうかと思ったけど、とにかく時間がないのと、差し出されたそれが意外にも見事な仕上がりだったこともあり、さっそくブツだけふんだくってソッコウ駆《か》け下りてきたってわけ。

「何がアイ〜ンだ、あの変態顎《へんたいあご》ニンゲンめ」

まったく、こんなふうに上手《うま》く作れるんだったら、最初からちゃんとやってこいってんだよ。

などと鼻息を荒《あら》くしながら教室へと急ぐと、

「ちょ、ガチで有り得なくなーい⁉」

例の上がりっぱなしのイントネーションを筆頭《ひっとう》に、女子たちのイエローボイスが廊下《ろうか》にまでこだましている。

一体何が起きているのかと恐《おそ》る恐《おそ》る入っていけば、黒板一面にでかでかと描《えが》かれたそれらが、真っ先に目に飛び込《こ》んできた。

まず中央。白い傘《かさ》マークの上に、赤く塗《ぬ》りつぶされた巨大《きょだい》なハートがドーンと乗っかり、その相々傘《あいあいがさ》の下には『カイドー』と『クレオ』の文字が寄り添《そ》うように並んでいて。

向かって左側のスペースには赤と黄色で派手派手《はではで》しく、『熱愛発覚！　ベテラン女教師との禁断《きんだん》の恋《こい》‼』なんて書かれてるし、右側には『ついにとらえた早朝の密会《みっかい》！　目撃情報《もくげきじょうほう》多数‼』とまぁ、まるで週刊誌とかワイドショーの見出しみたいににぎやかだ。

「こんなのウソよウソ！　信じらんない‼」

「あたし、あんな禍々《まがまが》しいオンナ絶対《ぜったい》に認《みと》めないからっ!!」

タチの悪《わる》いイタズラ的な情報《じょうほう》にもかかわらず、スパイシーなガールズトークがどんどん過熱《かねつ》していく。

無理もない。ただでさえ話題のイケメン講師なのに、その相手がよりによって、あの、あの！　呉荻《くれおぎ》先生なのだから。

その衝撃《しょうげき》は、日直が黒板をきれいに拭《ぬぐ》い去っても決して消えることなく、海堂《かいどう》に対して好意的《こういてき》だった乙女心《おとめごころ》に、深い爪《つめ》あとを残したようだった。

そんな光景を目の当たりにしながら、ポケットの中のブツをグッと握《にぎ》りしめると、緊張《きんちょう》のせいか汗《あせ》がやけにべたついている気がした。

改めて教室内を見渡《みわた》せば、それぞれがさりげなく『所定の位置』について、他の子らが誤爆《ごばく》させないよう、各トラップを死守している。

そう。作戦は既《すで》に始まっているのだ。

こうなった以上、もう後には引き返せない。やっぱり、やるしかないのだ。

タイムリミットが刻一刻《こくいっこく》と迫《せま》る。オレは急いでランドセルを置くと、ざわめきに紛《まぎ》れつつ、日なたに佇《たたず》む先生用デスクの横に立った。

そして何とか平静を装《よそお》いながらタイミングを見計《みはか》らい、そ知らぬ顔で、計画通りチョーク箱の中身をこっそりとすり替《か》えた――

間もなく、「アインアイーン」というアホの合図が、廊下《ろうか》から聞こえてきた。ついに時が満ちたのだ。

速《すみ》やかに持ち場から離《はな》れ、各々《おのおの》いつものクラス風景に同化したところで、

「おはよう！」

何のリアクションをするでもなくドアの上に挟《はさ》まっていた黒板消しを普通《ふつう》に外してから、海《かい》堂《どう》は意気《いき》揚々《ようよう》と教室に入ってきた。

足元のワックス入りバケツも軽《かろ》やかに拾い上げ、颯爽《さっそう》と掃《そう》除《じ》用具入れのところまで行くと、扉を開けた途端《とたん》に勢いよく倒《たお》れかかってくるモップの柄《え》を難《なん》なく受け止めつつ、それぞれを手際《てぎわ》よく収める。

閉めた瞬間《しゅんかん》に上から弾《はず》み落ちてくるバスケットボールは当たり前のように片手でキャッチし、立てた人差し指の上でクルクル回しながら一番端《はし》の空《あ》いているロッカーに移動。そして何事もなかったかのように教壇《きょうだん》まで戻ると、最後にきちんと黒板消しを置いてから日直に号令を促《うなが》した。すげぇ、すごすぎる。

完璧《かんぺき》だった。囮《おとり》の『黒板消しトラップ』や『地雷《じらい》バケツ』

を始め、『成瀬《なるせ》式モップスティックアタッカー』も『スーパーダンクボム大那《だいな》スペシャル』も、罠《わな》が仕掛《しか》けられていたこと自体、周りの誰《だれ》も気付いていないんじゃないかってくらい自然に、一《いち》連《れん》の動作の中で処理《しょり》された感じで。

しかも、チャイムが鳴《な》っている間《あいだ》にすべてクリアしちまうとは。今にも窓際《まどぎわ》の後ろから、思いっきり舌打《したう》ちが聞こえてきそうだ。

思わぬ妙技《みょうぎ》に感心しているうちに、いつになく気まずい空気が漂《ただよ》う朝の会が始まった。

途中《とちゅう》、「どうしたんだい、みんな。何だか今朝《けさ》は随分《ずいぶん》と元気がないな」なんて言いながら淡々《たんたん》と出席をとり終えると、海堂《かいどう》はいつもの晴《は》れ晴《ば》れしい調子で話しはじめた。

「昨日、話があったとおり、岩清水《いわしみず》先生はお兄さんの結婚式でお休みなので、今日は僕《ぼく》が各授業を進めていきたいと思います。まだまだ不慣《ふな》れですが、どうぞよろしく」

いつもなら女子連中から拍手《はくしゅ》でも沸《わ》き起こりそうな場面なのに、それもなしか。

そんな、明らかに普段《ふだん》と違う空気なのを感じているのか感じていないのか、海堂《かいどう》は表情一つ変えずに、「さて」という一言で話題を変えた。

「本当に急な話で申し訳《わけ》ないんだが、今日はみんなに重大な発表があるんだ」

にわかにざわめき出した女子たちの動向を受け流しつつ、にこやかに見渡《みわた》しながら、「実は」と続ける。

「呉荻《くれおぎ》先生のほうには、今朝《けさ》のうちに僕《ぼく》から改めて正式に申し込《こ》んできたんだが……」

そこへ、待《ま》ち構《かま》えていたかのように、

「えッ！　もうプロポーズとかしちゃったんですかぁ⁉」

ギャル間多《また》が机《つくえ》をひっくり返さんばかりの勢いで立ち上がった。

そしたら、「うそでしょ⁉」「やだ、信じらんない！」「どうしてクレオなの⁉」「先生お願《ねが》いやめてッ‼」なんて、まるで敵《てき》チームの反則に対するサポーター勢のブーイングみたいに、他の子らも次々《つぎつぎ》と立ち上がり、吠《ほ》えまくるではないか。

これにはさすがの海堂《かいどう》も驚《おどろ》いたような顔をしていたが、

「ちょっと待《ま》ってくれきみたち、落ち着いて」

そう言って皆を席に座《すわ》らせると、ズボンのポケットからすっと何かを取り出した。どうやら、折《お》りたたまれた紙のようだ。

「えッ！　もうハンコまで押《お》しちゃったんですかぁ⁉」という、うるさいハスキー天然パー子には無言《むごん》で手《て》の平《ひら》を向けつつ、「先日、このパンフレットを見て、ふと思い立ってね」と、その紙をこちらに広げてみせる。

「もちろん、岩清水《いわしみず》先生も了承《りょうしょう》してくださった」

すると、急にムクッと頭を持ち上げた小早川《こばやかわ》くんが、こめかみの辺りに手を添《そ》えながら少し前《まえ》屈《かが》みになって、「合唱コンクール……ですか」と怪訝《けげん》そうにつぶやいた。

「そう。市内合唱コンクール。市民ホールができてからは、毎年開催《かいさい》されることになったらしいじゃないか」

海堂《かいどう》は嬉《うれ》しそうにそう答えると、そのパンフレットを再びポケットにしまい込《こ》むや否《いな》や、「えー、それでは発表します」と言って、いきなり教卓の両端《りょうはし》を掴《つか》んで身を乗り出した。

「この度《たび》、我《わ》が六年二組は、九月に開催《かいさい》されるこのコンクールに参加することとなりました。ひいては、みんなで一生懸命《いっしょうけんめい》練習して、上位入賞を目指《めざ》したいと思います！」

——一瞬《いっしゅん》、時間が止まった。

「はぁ？」という、ひどく感じの悪《わる》い返答が窓際《まどぎわ》の後ろから聞こえた。

「何わけ分かんねぇこと言ってんだ」

続いて、

「うちは合唱なんかやれるクラスじゃないよ先生」

成瀬《なるせ》が気だるそうに付け加えれば、「そうそう」「ムリムリ」と濁声《だみごえ》コンビが相槌《あいづち》を打つ。

「アイーン少年合唱団？」というアホの寒いリアクションは置いといて、次第《しだい》に女子の間でも不満げな声が上がりはじめ、教室にいつもの騒々《そうぞう》しさが戻ってきた。

すると海堂《かいどう》は、「よーし、みんな」パンッ！　と手をたたいた。

「みんなの気持ちはよく分かった」

そして話し声がおさまると、

「きみたちが不安に思うのも無理はない。だが大丈夫。ちゃんと手は打ってあるんだ」

そう言って、にっこりと微笑《ほほえ》んだ。

「さぁ、音楽室に行こう！」

4

ピアノが、鳴《な》っている。

激《はげ》しく、畳《たた》みかけるように、切れ間なく鳴《な》り響《ひび》いている。

たとえるなら、尖《とが》ったガラスの破片《はへん》が漆黒《しっこく》の闇《やみ》に降《ふ》りすさんでいるかのような、破滅的《はめつてき》なメロディー……いや、そもそもオレの中にある『メロディー』という言葉のイメージからは果てしなくかけ離《はな》れた、音と音の鬩《せめ》ぎ合う緊迫《きんぱく》した旋律《せんりつ》。そう。突《つ》き刺《さ》さるような、音の戦慄《せんりつ》。

一心不乱《いっしんふらん》に、まるでミシン針《ばり》のごとく鍵盤《けんばん》をたたくその指先をぼんやり眺《なが》めていると、周囲のざわめきを掻《か》き分け、「ちょ、今日のは一段《いちだん》とすごくなーい？」という特徴的《とくちょうてき》なハスキーボイスが耳に入ってくる。

授業が始まっているにもかかわらず、なぜにこいつの声が左耳から聞こえてくるのか。なんて、今さら説明する気にもなれないこの荒《あ》れ様《よう》。

大那《だいな》たちは相変《あいか》わらず窓際《まどぎわ》の後ろに固まり、他の子らもそれぞれ、席を移動しては好き勝手くっちゃべっている。

「強烈《きょうれつ》すぎてマジうけるんですけどー」

どうも耳につくその声のほうを振《ふ》り向けば、脚《あし》を組んでふんぞり返ったギャル間多《また》が、ガシガシと髪《かみ》を梳《と》かしている。

「エリなら分かるんじゃーん、これー」とか何とか、後ろの席の篠原依梨子《しのはらえりこ》に話しかけているようなのだが、その依梨子《えりこ》がサラサラッとノートにペンを走らせるや否《いな》や、「マジで？　ちょマジで？」と顔をこわばらせた。

そして周りの子らに向かって、「今日はリストのシノブトウだよ、シノブトウ！」って叫《さけ》んでる。

「そうそう、死ぬの死、『死の舞踏《ぶとう》』だって！　こわッ！」

どうやら、今クレオが弾《ひ》いているこれの曲名がそうらしい。

なるほど、『死』がテーマの曲なのか。どうりで鳥肌《とりはだ》が立つわけだよ。殺気《さっき》がみなぎってるもんな。

転校してきてこの方、音楽の授業はだいたいいつもこんな感じだ。

クレオが始業のチャイムと同時にもれなくピアノを弾《ひ》きはじめ、そして各自が席について大人しくなるまで弾《ひ》き続けるというパターン。

確《たし》かに、最初の頃《ころ》はそれなりに効果があったんだろうけど、今じゃもう、エンタケナワの結婚《けっこん》披露宴《ひろうえん》って感じで。要するに誰《だれ》も聴《き》いちゃいない余興《よきょう》のカラオケ状態《じょうたい》ってこと。

いや、考えようによってはちょっとした音楽鑑賞《おんがくかんしょう》みたいなもんだし、オレとしては授業よりこっちのが楽でいいやって。

ましてや、本来なら国語のはずだった一時間目が急遽《きゅうきょ》変更になってのことだから、思わぬラッキー、ぐらいにしか思ってなかったんだ。

だけど、今日のは全然耳に心地《ここち》よくない曲だ。っていうか、激《はげ》しすぎて怖《こわ》いくらいだよ。

それにしても、ピアノってあんなに強くたたいても壊《こわ》れないのかな……なんて、余計な心配をしはじめたその矢先、

ジャガギャーン!!


突然《とつぜん》、大巨人《だいきょじん》が特大金属バットでスカイツリーでもぶん殴《なぐ》ったかのような、身がすくむほどの大不協和音《だいふきょうわおん》が音楽室中に轟《とどろ》いた。

続いて、

「あなたたちッ！」

バットを振《ふ》ったはずみで体勢を崩《くず》したその大巨人《だいきょじん》が、今度は誤《あやま》ってスカイツリーの先端《せんたん》に突《つ》き刺《さ》さっちゃったかのような、悲鳴《ひめい》に近い絶叫《ぜっきょう》が炸裂《さくれつ》した。

「いい加減《かげん》になさいッ！　いつまで騒《さわ》いでるのッ!!」

一瞬《いっしゅん》にして凍《こお》りつく音楽室。

そこへ、タイミングがいいのか悪《わる》いのか、「遅《おそ》くなりました」と、爽《さわ》やかな笑顔がドアを開けスタスタと入ってくる。

「お世話《せわ》になります。僕《ぼく》も一緒《いっしょ》に勉強させていただきますので」

クレオは、キッ！　という効果音でもつけたくなるようなレスポンスで鋭《するど》く振《ふ》り返ると、バンッ！　とピアノの蓋《ふた》を勢いよく閉じて、「冗談《じょうだん》じゃありませんわよ！」と、矢を射《い》るように言い放った。

「御覧《ごらん》なさい！　これが指導《しどう》を仰《あお》ごうとする生徒たちの姿《すがた》ですかッ！」

唖然《あぜん》とする海堂《かいどう》に、なおも手裏剣《しゅりけん》を連射《れんしゃ》するかのごとく捲《ま》くし立てる。

「海堂《かいどう》先生。あーたまだお若いからチャレンジ精神旺盛《せいしんおうせい》なのは分かりますけれどね、この子たちには合唱よりも先にまず『お座《すわ》り』の仕方から教える必要がありませんこと？　あーたがしつこく何度も頭を下げにいらっしゃるから仕方なく時間を割《さ》いたというのに、肝心《かんじん》の子供たちがこんな態度《たいど》ではてんでお話にならないですわよッ！」

しかし先生、と歩み寄る海堂《かいどう》に、「だいたいあーたね」と鞭《むち》を、あ、指揮棒《しきぼう》を差し向ける。

「本当に、本気でコンクールに出ようとお思いですの？」

「もちろんです。岩清水《いわしみず》先生とも相談《そうだん》の上で決めたことですから」

「だったらお二人で仲良く力を合わせてやってみたらいいじゃないの。あーたも彼女も若さだけは人一倍《ひといちばい》あるんだから。いいコンビだわ、ふんっ」

「いや、でも入賞を目指《めざ》すには、やはり呉荻《くれおぎ》先生の専門的なご指導《しどう》がないと……」

「海堂先生《かいどう》」クレオは重ねた楽譜《がくふ》を教卓の上でトントンやりながら、

「この際はっきり言わせていただきますけどね」

そう言って折《お》りたたんだそれを胸《むね》に抱《かか》えると、指揮棒《しきぼう》をビッと突《つ》き立てた。

「あーたには悪《わる》いですけど、そもそもこの子たちには合唱コンクールなど無理です。その資質もなければ資格もない。まして入賞を狙《ねら》おうなんてとんでもない話ですわ。あのコンクールには高校や大学の合唱部を始め、一般のコーラス愛好家《あいこうか》の方々が大勢いらっしゃるんです。みなさん本当に志《こころざし》の高い本気の方々ばかりなんですよ。そんなステージの上にこの子たちを立たせるなど、それこそお笑い種《ぐさ》、恥晒《はじさら》しもいいところですわよ。いいですか、市内の合唱コンはあーたがたが考えているようなままごとのお遊び歌合戦とはわけが違うんです！」

「お遊びだなんて、そんな。確《たし》かに彼らの授業態度《たいど》は目に余るものがあるかもしれません。お怒《いか》りになるのもごもっともです。しかし、だからと言って最初からそのように決めつけるのはいいかがなものでしょう。誰《だれ》にだってチャレンジする権利《けんり》はあるはずですし、やるからには目標を高く持って臨《のぞ》む、僕《ぼく》はそこに意味があると……」

クレオは指揮棒《しきぼう》と共に、「と、に、か、く」とスタッカートを刻《きざ》むと、

「あーたが頑張《がんば》ったところで無理なものは無理です。このクラスにあたくしを巻き込《こ》まないでくださる？　まったく、週一回の授業だけでも頭が痛《いた》いというのに、とてもじゃないけど身が持ちませんわよ！」

そう言い放ち、海堂《かいどう》の横をツカツカと通りすぎドアに手をかけた。

と思ったら一旦《いったん》立ち止まり、肩《かた》で大きく息をつくと、「それから」と、振《ふ》り返りもせずに震《ふる》え声で言った。

「いくら熱心でも、家にまで押《お》しかけてくるのはもうやめていただけるかしら。あーたにとっても百害《ひゃくがい》あって一利《いちり》なしのはずですわよ。失礼」

ぴしゃりとドアが閉まり、廊下《ろうか》を蹴《け》るテンポの速い靴音《くつおと》が遠ざかってゆく。

雪にでも埋《う》もれたかのような、しんとした静寂《せいじゃく》の中、海堂《かいどう》はしばし床《ゆか》の一点を見つめたまま茫《ぼう》然《ぜん》と立ち尽《つ》くしていたが、やがて、

「無理だと……」

そうつぶやいて、手をグッと握《にぎ》りしめた。

そして、その拳《こぶし》を僅《わず》かに震《ふる》わせながら大きく息を吸ったかと思うと、

「なぜやってもみないでそんなことが分かるんだ」

ダンッ！　と教卓をたたいた。

「まだ何も始まっていないじゃないか！」

それはものすごい気迫《きはく》だった。圧倒《あっとう》されて、みんなの息を呑《の》む音が聞こえてきそうなほどだった。

「子供たちには無限の可能性があるのに、それが分からないなんて」

そう言って短いため息をつくと、海堂《かいどう》は教卓の両端《りょうはし》を掴《つか》んで、いつものように身を乗り出した。

「あんなことを言われて、きみたちは悔《くや》しくないかい？」

オレは、正直悔《くや》しかった。

オレたちにイヤミを言うのはいつものことだけど、今日は岩清水《いわしみず》先生や海堂《かいどう》のこともバカにされた気がして、それがなぜだか無性《むしょう》に腹立たしかったんだ。

だけど、俯《うつむ》くことしかできなかった。

周りのみんなも、まるでその問いかけを拒《こば》んでいるかのように視線《しせん》を落としていて、息がつまりそうな空白の時間だけがただ、重々《おもおも》しく頭上に漂《ただよ》っていた。

海堂《かいどう》は、そんなオレたちを一度ゆっくり見渡《みわた》すと、

「もしも、きみたち自身が何とも思っていないのなら、僕《ぼく》はこれ以上何も言うつもりはない。しかし、せめて今感じている率直《そっちょく》な気持ちを聞かせてくれないか」

そう言って、目の前の小早川《こばやかわ》くんを皮切《かわき》りに、「きみはどう思う」と尋《たず》ねはじめた。

小早川《こばやかわ》くんの、「呉荻《くれおぎ》先生の言い方にはトゲがあると常々《つねづね》感じているので聖職者《せいしょくしゃ》という立場を考えれば早急《さっきゅう》に改善《かいぜん》すべき点だと個人的には思います」という、実に小難《こむずか》しい客観的《きゃっかんてき》な意見の後、次の子からは一言ずつ、「悔《くや》しいです」という蚊《か》の鳴《な》くような声が延々《えんえん》と続いた。

もちろん、オレも素直《すなお》にそう答えた。

空気を読めない塚田《つかだ》が期待どおり昔の変顔《へんがお》ネタですべったのはさておき、もの凄《すご》く緊迫《きんぱく》した雰《ふん》囲気《いき》のままそれは続き、

「じゃあ最後。谷口《たにぐち》くんはどう思っているんだ」

やがて、ラスト一人にまで回った。

「きみは悔《くや》しいと思わないか？」

海堂《かいどう》がもう一度聞き返すと、「いちいち言わせんなよ、分かってんだろ」ブツブツと、ふてくされたように答えてる。

「むかつくんだよいつも、あのババア」

海堂《かいどう》は、「そうか」とだけ言って、再び教卓の両端《りょうはし》を掴《つか》むと、

「ところできみたちは、『ペンは剣《けん》よりも強し』ということわざを知っているかい？」

と唐突《とうとつ》に話を変えた。

指名された小早川《こばやかわ》くんが見事にスラスラ解説すると、

「そう、そのとおり」

海堂《かいどう》はニッコリと頷《うなず》いた。

「思想《しそう》や言論《げんろん》の力というのは、武力《ぶりょく》よりも大きな力をもつ。元々はどうやら別の意味で用いられたらしいが、今ではどの辞書《じしょ》でもそういう解釈《かいしゃく》をしている。有名なことわざだね」

爽《さわ》やかな笑顔を振《ふ》りまきながら、「ここまではいいかい？」と言って話を続ける。

「きみたちにとって、ことわざというのは、今はまだ算数の公式と何ら変わらないものかもしれない。暗記《あんき》して覚えてテストに備《そな》える。もちろん、大事なことだ。しかしね、このことわざというのは、僕《ぼく》らの大先輩《だいせんぱい》たちが様々《さまざま》な経験《けいけん》から得た、知恵《ちえ》や知識《ちしき》の結晶《けっしょう》でもある。つまり、長い年月をかけて練《ね》り上げた、まさに『無敵《むてき》のスーパーマニュアル』と言ってもいいくらい、すごいものなんだ。今日の一時間目はちょうど国語だし、今から僕《ぼく》がここで、人生に役立つそのマニュアルの応用編《おうようへん》をきみたちに伝授《でんじゅ》したいと思う。この、『ペンは剣《けん》よりも強し』を例とした物語でね」

何だか面白《おもしろ》くなってきたような気がしてるのはオレだけだろうか。みんなも真《ま》っ直《す》ぐ前を向き耳を傾《かたむ》けているように見える。

「そうだな、物語には主人公が必要なんだが……谷口《たにぐち》くん、きみの名前を借りるよ。ああ、予《あらかじ》め言っておくが、これはすべてフィクションだからね」

そう言って、有無《うむ》を言わさず海堂《かいどう》は話を再開した。

「むかしむかしある王国に、ダイナマンという、荒《あら》くれ者だが心の優しい勇者《ゆうしゃ》が住んでいました。

ダイナマンの剣術《けんじゅつ》の腕前《うでまえ》は相当なもので、ひとたび剣《けん》を交《まじ》えれば彼の右に出るものはおらず、誰《だれ》もがその腕《うで》を認《みと》めていました。そんな彼が立ち上げた解放軍は、ついに悪名高《あくみょうだか》き国王を追放《ついほう》し、自由を勝ち取るまでに至《いた》ったのでした。しかし、それも束《つか》の間《ま》、今度は彼の前に不吉《ふきつ》な暗黒《あんこく》の影《かげ》が立ちはだかったのです。それが、その国で唯一無二《ゆいいつむに》の女魔導師《おんなまどうし》・クレオギーヌでした」

「ク、クレオギーヌ」

プッと噴《ふ》き出す声が後ろから聞こえてきたが、

「黙《だま》って聞いてろこのバカチンがぁ！」

バチッと痛《いた》そうな音が即《そく》打ち消した。

「魔導師《まどうし》クレオギーヌは、決して直接的に攻撃《こうげき》を仕掛《しか》けてくることはありませんでしたが、その強い魔力《まりょく》でじわりじわりと人々を苦しめる、負《ふ》の元凶《げんきょう》だったのです。しかしダイナマンは、彼女との対決を躊躇《ちゅうちょ》していました。なぜなら誇《ほこ》り高《たか》き勇者《ゆうしゃ》である彼には、女性や弱い者には決して武《ぶ》力《りょく》を行使《こうし》しないというプライドがあったからです。彼は考えました。一体どうすれば、武力《ぶりょく》を使わずにあの魔力《まりょく》に打ち勝つことができるのか……苦悩《くのう》の日々は続きます。そんなある日、彼の元へ一通の手紙が届きました。送り主は彼の古い友人でもある異国《いこく》の賢者《けんじゃ》・ドクターコバからでした」

「ド、ドクターコバ」

プッとまた噴《ふ》き出した声を、舌打《したう》ちと三連発の痛々《いたいた》しい音が再びしとめる。

「その手紙には、【今こそ一致団結《いっちだんけつ》の時ぞ。ペンは剣《けん》よりも強し】とだけ書かれていました。どういう意味なのかと頭を悩《なや》ませていると、翌朝、テルヨナと名乗るシスターが、大勢の女性を引き連れて彼のところへやってきたのです。シスターテルヨナは、『私たちはドクターコバが派遣《はけん》した聖歌隊《せいかたい》です』と言いました。『何かお力になれれば』と。それを聞いてダイナマンは閃《ひらめ》いたのです。聖歌《せいか》に宿《やど》る正《せい》のパワーなら、クレオギーヌの魔力《まりょく》に対抗《たいこう》できるかもしれない……と」

時間が止まっているみたいに静まり返った音楽室を、風のように吹《ふ》き渡《わた》る海堂《かいどう》の声。

もはや誰《だれ》もが、その物語の世界に入り込《こ》み、聞き入っているようだ。

「彼はすぐに軍の者たちを集め、シスターテルヨナの指導《しどう》の下《もと》、来る日も来る日も聖歌《せいか》を歌い続けました。その美しくも力強い歌声は山野《さんや》にこだまし、やがて国中の民《たみ》を巻き込《こ》んでの大合唱にまでなったのです。そのエネルギーたるや、魔力《まりょく》を封じ込《こ》めるだけに留《とど》まらず、何と魔導師《まどうし》クレオギーヌの心の闇《やみ》までも明るく照らし出してしまうほどでした」

何だろう。胸《むね》の奥に灯《とも》った小さな火種《ひだね》が、身体《からだ》全体をどんどん温めていくかのような、この感覚……

「かくして勇者《ゆうしゃ》ダイナマンは、真の平和と自由を勝ち得ることができたのです。その闘《たたか》いは、大勢が心を一つにすれば、たとえ歌という形のないものでさえ剣《けん》に勝る最強《さいきょう》の武器になりうることを彼に訓《おし》えてくれました。そう。それはまさに、彼の心の革命《かくめい》がもたらした『敗者なき歴史的大勝利』として、いつまでもいつまでも語り継《つ》がれたのでした――」

一瞬《いっしゅん》の間の後、突然《とつぜん》パチパチパチと忙《せわ》しく手をたたく音が響《ひび》き渡《わた》った。

振《ふ》り返ると、あの篠原依梨子《しのはらえりこ》が、赤縁《あかぶち》メガネの奥で目を輝《かがや》かせながら一生懸命拍手《いっしょうけんめいはくしゅ》している。

「なんかめっちゃいい話じゃん先生。てか『テルヨナ』ってあたしぃ？　チョーうける～！」

そう言ってギャル間多《また》がいつものテンションではしゃぎ出すと、周りからも笑いと拍手《はくしゅ》とが巻き起こり、

「要するに、合唱でクレオを見返してやろうって話でしょ？」

「だったらあたし、歌ってもいい！」

私も私も、と女子連中から勇ましい声が上がりはじめた。

「ありがとう」

海堂《かいどう》は微笑《ほほえ》みで応えながら、「決して誰《だれ》が敵《てき》だとか、そういうことを言いたかったわけじゃないんだ」と念《ねん》を押した上で、「ただ、いつも心の中に、闘《たたか》う気持ちを忘《わす》れずにいてほしくてね」と付け加えた。

「しかし呉荻《くれおぎ》先生が仰《おっしゃ》るように、今のままではとても合唱どころではないと思わないかい？」

そう言って、ちゃんと自分の席に戻るよう促《うなが》すと、皆は各々《おのおの》移動を開始した。

やがて全員が着席してから、「最後に、きみたちが六年二組として本当に本気で合唱に取り組む気があるのかどうか、それを聞かせてくれないか」と、わざわざ教卓の前に出てきて、まずは

学級委員長としての意見を小早川《こばやかわ》くんに求めた。

その後で、また一人一人にやる気の確認《かくにん》をして回り、再びラストで、「谷口《たにぐち》くんはどうだい」と大那《だいな》にふった。

「みんなでコンクールに挑戦《ちょうせん》してみようじゃないか」

大那《だいな》は眉間《みけん》にしわを寄せ、「ったく、お前ら単純なんだよ……」とつぶやいたっきりしばらく黙《だま》っていたが、「分かったよ、やりゃいいんだろやりゃあ」と言って、一応賛同《さんどう》したようだった。

海堂《かいどう》はにっこりと頷《うなず》きながら、「さっきの物語はフィクションだが、あのダイナマンが実在することを僕《ぼく》は知っているよ」とか何とか意味不明《いみふめい》な言葉をかけると、「よーしこれで決まり」パンッ！　といつものように手を打った。

それから海堂《かいどう》は、上着のポケットから一枚のＣＤを取り出すと、

「実はもう、曲は決めてあるんだ」

そう言って、準備室《じゅんびしつ》から持ってきたラジカセに手際《てぎわ》よくセットした。

「僕《ぼく》も大好きな曲だし、これならみんなもよく知っているだろうから歌いやすいと思ってね」

間もなく、静《しず》かなピアノの音が、スピーカーからこぼれるように流れ出した。

すると、みんながすぐに、ああ、と同じような反応をした。

確《たし》かに誰《だれ》もがよく知っているであろう、聞き覚えのあるその調《しら》べ。

それは紛《まぎ》れもなく、卒業式の時に歌う、あの合唱曲のメロディーだった。

第五章

コバルトブルーの誓《ちか》い

1

合唱をやるにあたっての様々《さまざま》なことを決めていたら、一時間目はあっという間に過ぎていった。

エントリーする歌は、海堂《かいどう》の提案《ていあん》どおり既《すで》に誰《だれ》もが（ある程度は）歌えるという利点《りてん》を活《い》かし、卒業式ソングの『旅立ちの日に』に決定した。

もっとも、どうせ歌うんなら今流行《はや》ってるJ‐POPとかの中から選びたいという声がなかったわけでもないけど、コンクールは九月十一日。夏休みのことを考えれば、もう選曲《せんきょく》で迷っている余裕《よゆう》はないんだと言い聞かされ、皆それに納得《なっとく》した。

ピアノの伴奏《ばんそう》は、高校時代まで習っていて、一応コンテストで表彰《ひょうしょう》されたこともあるという、経験者《けいけんしゃ》の岩清水《いわしみず》先生。

本人も快諾《かいだく》したらしく、やる気満々とのこと。にわか合唱団の中にあっては、みんなの安心感も一入《ひとしお》だろう。

指揮《しき》は、今回の言い出しっぺでもある海堂《かいどう》。あとソプラノだとかアルトだとかそういうのは、実際《じっさい》に歌ってみてから決めようということになった。

そこでちょっと問題になったのが、篠原依梨子《しのはらえりこ》はどうなんだ、ということだったが、

「エリはガチでアガリ症《しょう》だから、ステージ上に並ぶだけで十分だよねセンセー」

というギャル間多《また》の一言で、程なく『口パク要員』に落ち着いたようだった。

その後一度、とりあえず試しにラジカセの伴奏《ばんそう》で歌ってみたんだけど、パート分け以前にまったく声が出ていないってことで、毎時間、始まりの挨拶《あいさつ》時《じ》に欠《か》かさず発声練習をする、という決まりもできた。

そうこうしているうちに終わりのチャイムが鳴《な》って、最後に海堂《かいどう》が、

「よーし。この闘《たたか》い、みんなで力を合わせて、勝ちにいこうじゃないか！」

って叫《さけ》んだら、女子連中はもうすっかりその気で、キャーキャー言って拍手《はくしゅ》しまくっていた。

まったく、熱愛疑惑《ねつあいぎわく》が晴れたかと思えば、手《て》の平《ひら》を返したようにさっそくハイテンションモードだもんな。本当、女子って現金《げんきん》だ。

そんな感じで、一時間目を思いがけず音楽室で過ごした後、二時間目は体育でプール、三時間目は理科で実験室と、ところ構わず発声練習をしつつ授業が進み、特に変わったこともなく四時間目の算数を迎《むか》えた。

しかし、その始業直後に、事件は起こった。

「キャーッ！」

突然《とつぜん》、窓際《まどぎわ》の列から、超《ちょう》ソプラノボイスの悲鳴《ひめい》が上がった。

見れば一番前の席の中井亜美《なかいあみ》が飛び上がって、「なにこれーッ！」と窓《まど》のサッシの辺りを指差している。

「蟻《あり》の行列だ！」

すると亜美《あみ》の隣《となり》の江川堅斗《えがわけんと》も身を乗り出して、「うわッ、アリだよアリ！」と叫《さけ》んだ。

途端《とたん》にガチャガチャと立ち上がる野次馬《やじうま》たちを、

「はい、みんな落ち着こう」

パンパンッ！　と手を打って冷静に鎮《しず》める海堂《かいどう》。

「蟻《あり》が行列を作るのは、食料を発見したからに他ならない。何を見つけたんだろう」

さっそくサッシから壁《かべ》、床《ゆか》へと、その道筋《みちすじ》を目で辿《たど》ってる。

ところが、「ん？」と止まった視線《しせん》が、どういうわけかデスク上のそれをとらえているではないか。

いやな予感が脳裏《のうり》を掠《かす》める間もなく、その蓋《ふた》を開けた海堂《かいどう》の口元から、フッと笑《え》みがこぼれた。

「いいかいみんな、こういったユーモアに注《そそ》ぎ込《こ》む情熱《じょうねつ》を、これからは是非《ぜひ》とも合唱に活《い》かしてほしいと思う」

そう言いながら掲《かか》げてみせた箱の中身に、オレは唖然《あぜん》となった。

海堂《かいどう》はそれをそっと元に戻し、連絡板から使い古しの短いチョークを持ってきて、

「特に害《がい》はないから、終わるまでここはそっとしておこう」

と、何事もなかったかのように授業を再開した。

案《あん》の定《じょう》、終わってすぐに成瀬《なるせ》が机《つくえ》をココンッと素早《すばや》く三回ノックしていった。言うまでもなく緊急徴集《きんきゅうちょうしゅう》の合図だ。

規定《きてい》どおり、屋上に通じる階段《かいだん》のところまで駆《か》けつけると、

「おい吉野《よしの》！」

大那《だいな》が振《ふ》り返るなり、眉間《みけん》に縦《たて》じわを寄せズンズンと迫《せま》ってきた。

「どういうことなのか説明してもらおうじゃねぇか！」

オレはとにかく必死に訴《うった》えた。時間がギリギリだったせいで、確認《かくにん》する余裕《よゆう》なんかなかったんだと。

「ほ、本当だってば！」

すると今度は、俯《うつむ》いていた塚田《つかだ》の胸座《むなぐら》を思いっきり捻《ひね》り掴《つか》んで、

「てめぇ、何で集合時間に来なかったんだ、あ？」

と額《ひたい》がぶつかるくらいの距離《きょり》で睨《にら》みつけてる。

「黙《だま》ってねぇで何とか言ってみろ、このやろう！」

壁《かべ》に押《お》し付けられた塚田《つかだ》が、「だ、だって仕方なかったんだ」と苦しそうな声を絞《しぼ》り出す。

「妹が、少しずつ食べるんだって、冷蔵庫《れいぞうこ》に隠《かく》してたやつだから、持ち出すのに、手間取《てまど》って……」

「知るかよそんなもん！」

さらにぎりぎりと締《し》め付ける大那《だいな》。

「もとはと言えばてめぇがちゃんと真面目《まじめ》に作らないのがいけねぇんじゃねぇかよ！」

って、今にもぶん殴《なぐ》りそうな気迫《きはく》だ。

「あんなもんでごまかしやがって、なめてんのか！」

顔をしかめて「ごめんごめん」と許《ゆる》しを請《こ》う塚田《つかだ》を哀《あわ》れみつつ、心の中でオレも少し反省した。

確《たし》かに、担当責任者《たんとうせきにんしゃ》として、チェックが甘《あま》かったことは認《みと》めなきゃいけない。

だけど、まさか紙粘土《かみねんど》以外のものを持ってくるとは夢《ゆめ》にも思わなかったんだ。ましてやそれが、妹から奪《うば》ってきた『千歳飴《ちとせあめ》』だなんて！

「てめぇ分かってんだろうな、極刑《きょっけい》は免《まぬが》れないぜ。歯を食いしばれ！」

「ひぃぃぃ！」

KSG《ケーエスジー》団渾身《だんこんしん》の『チョークトラップ・アルティメット』を、不発に陥《おちい》らせた罪《つみ》は重い。

「オラいくぜ、顎《あご》ピン百連発《ひゃくれんぱつ》！」

人目《ひとめ》から隔離《かくり》された踊《おど》り場に、ビシッ、バシッ、と痛々《いたいた》しい音が鳴《な》り響《ひび》く。

オレたちは団の厳《きび》しいオキテに従い、代《か》わる代《が》わる一人二十発ずつ計百発の極刑《きょっけい》で、罪深《つみぶか》きアホに制裁《せいさい》を加えたのであった。

その日の帰り道、オレは思い立って海風《うみかぜ》を背《せ》に、体育館裏《うら》の小路《こみち》を曲がってみた。

この道は、正式な通学路《つうがくろ》としては認《みと》められていないみたいなんだけど、上のほう（神社周辺《しゅうへん》の地区や商店街《しょうてんがい》地区）の子らがよく使う近道になっているらしく、実際木ノ内《じっさいきのうち》も毎日ここを通って登下校しているという話だった。

ちなみに大那《だいな》や成瀬《なるせ》たちは学校を境《さかい》に海水浴場側——つまりオレんちとは反対方面の住宅街地区に住んでいる。

もともと、団地周辺《しゅうへん》の地区は工場の建設に伴《ともな》ってできた新興《しんこう》住宅地で、地元の人はほとんどいないんだって。

昔はオレみたいな転校生が、あっち方面からたくさん通ってきていたらしい。もう何十年か前のことみたいだけど。

体育館を横目に、砂利《じゃり》敷きの緩《ゆる》やかなつづら折《お》りを上がっていくと、程なくして道幅《みちはば》の広い急な坂にぶつかった。

「なるほど、ここに出るのか」

軽く感動を覚えつつ、今にも融《と》け出しそうな黒い路面《ろめん》に足を踏《ふ》み入れると、車が通り過ぎた後の蒸《む》した静けさの向こうに、微《かす》かに、今年初めて蝉《せみ》の声を聞いた。

「暑《あつ》ぅ……」

砂浜のそれとは違う、アスファルトの照《て》り返し。坂の頂上《ちょうじょう》が、火にかけた鍋《なべ》の水面《すいめん》みたいにゆらゆらしている。

いつもとは別の道を遠回りして帰る、穏《おだ》やかな昼下がり。

たまにはこういうのもいいかもしれない。そう思えたのは、久々《ひさびさ》に自由の身になったから。

成瀬《なるせ》が机《つくえ》をノックしていくこともなく、誰《だれ》かに呼び止められることもなく帰れるという、この解放感《かいほうかん》。ごく当たり前のことなのに、すごく気が楽だ。

正式な発表があったわけじゃないけど、当分の間、KSG団《ケーエスジーだん》が海堂《かいどう》に作戦を仕《し》掛《か》けることはないような気がする。

だって海堂《かいどう》って、かわし方がいちいち巧《たく》みすぎるっていうか、何をやっても無駄《むだ》っていうか、要するに嫌《いや》がらせし甲斐《がい》がない感じでさ。

大那《だいな》も、いい加減《かげん》どうでもよくなってきたんじゃないかなって。

ちなみに、あの時すり替《か》えた本物のチョークは、ついさっき何食《なにく》わぬ顔でデスクの引き出しに入れてきた。

あの後《あと》、トラップ実行犯を追及《ついきゅう》しなかったってことは、「元通りに返してくれればそれでいい」という解釈《かいしゃく》でいいだろうと。

とどのつまり、敵《てき》は何枚も上手《うわて》だったってことだ。

ああ、今まで多少なりとも罪悪感《ざいあくかん》に苛《さいな》まれてきた自分が、バカみたいに思えてくるよ。

考えてみれば、たかだか子供のイタズラ程度の嫌《いや》がらせで、あの海堂《かいどう》が辞職《じしょく》なんかするわけがないじゃないか。

でも、これでようやく堂々《どうどう》とバルコニーの前を歩けるな、と改めて胸《むね》を撫《な》で下ろしていると、

「あれ、吉野《よしの》くんだ」

坂を上りきったところで、ばったり寺沢若菜《てらさわわかな》と行き合った。手に、何か大きなケースらしきものを持っている。

当然のように、「家こっちじゃないよね?」って聞かれたから、「ちょっと探検」なんて言いつつ、見慣《みな》れないその歪《いびつ》な形が気になってて。

「昨日もね、偶然《ぐうぜん》ここで海堂《かいどう》先生に会って、エリちゃんのお家《うち》を聞かれたの」

そんなことは、「へぇー」と適当《てきとう》に聞き流し、チラチラそれに目をやっていたら、

「ああ、私、バイオリン習ってるの」

よいしょって重たそうに持ち替《か》えながら、

「今日、お稽古《けいこ》の日だったんだけど、先生が急用でお休みになっちゃって帰ってきたところなんだぁ」

と、何だかちょっと嬉《うれ》しそうな顔してる。

若菜《わかな》は席が近いせいもあってか、晴香《はるか》の次に話しやすい女子だ。

とは言え、オレから積極的《せっきょくてき》に話題を広げることなんて今までなかったんだけど、何となく気分もよかったから、「へぇー、バイオリン弾《ひ》けるなんてすごいじゃん」って言ったら、

「私なんかだめよ」

肩《かた》をすくめておどけてる。

「ぜーんぜん才能ないの」

「でも、すごいよ。かっこいいと思う」

素直《すなお》な気持ちで言ったものの、若菜《わかな》は苦笑《にがわら》いしながら首を横に振《ふ》って、「それより吉野《よしの》くんは」とすぐに切り返してきた。

「何か習ってないの？」

「オレ？　ああ、引っ越《こ》してくる前は剣道《けんどう》をちょっとやってたけど……オレもだめ、ぜーんぜん才能ないみたい」

あははははって二人で笑い合う。

それから自然と会話が弾《はず》んで、うちのクラスには塾《じゅく》とか習い事とかに行ってる子が結構《けっこう》多いんだって話になって。

成瀬《なるせ》がカラテをやってるってのは何となくイメージどおりだったけど、ナヌ？　あのギャル間《ま》多《た》がピアノ教室通いだって!?

という具合に意外な子が意外なことをやってて驚《おどろ》いたり、小早川《こばやかわ》くんの塾《じゅく》の掛《か》け持ち数は異《い》常《じょう》だとか、大那《だいな》は昔からスポ少のバスケで地元では名が知られているけどサボり魔《ま》としても有名だとか。

へぇー、幼稚園《ようちえん》からずっと一緒《いっしょ》なのか、どうりで詳《くわ》しいわけだ……うそ、小早川《こばやかわ》くんと大那《だいな》って幼馴染《おさななじみ》みだったの⁉

ん、誰《だれ》？　え、ちょっ、ちょっと待《ま》って、幼稚園《ようちえん》時代はあの篠原依梨子《しのはらえりこ》も加わって『ばら組仲良し三人組』だったって⁉　おいおい、一体どうすればそんなアンビリバボーなトリオが結成されるんだぁぁぁああああ‼

とまぁ、そんな感じでひとしきり盛《も》り上がった後、

「それにしても……」

若菜《わかな》が急にため息交じりで、「いいなぁ」とつぶやいた。

「才能がある人とか、何か本気で打ち込《こ》めるものが見つかった人って羨《うらや》ましいよね。そういう人って見てて分かるんだぁ、いきいきとしてて輝《かがや》いてるもん」

そう言いながら再びバイオリンケースを持ち替《か》えると、今度は雲の切れ間からパッと顔を出した満月みたいな微笑《ほほえ》みを浮《う》かべて、「だから晴香《はるか》ちゃんって、人をひきつけるんだろうなぁ」と言った。

「夢《ゆめ》、絶対《ぜったい》に叶《かな》えてほしいよね。私も応援《おうえん》してる」

——一瞬《いっしゅん》、若菜《わかな》が何のことを言っているのか理解《りかい》できなかった。

「吉野《よしの》くんも応援《おうえん》してるんでしょ、もちろんよね」

「うん、まぁ……」

とか言いつつ、今までの会話の流れを必死に振《ふ》り返っているのだが、どうにも話が見えてこなくて。

ちょっと気まずかったんだけど、

「あの、ごめん、何だっけ」

って頭を掻《か》いたら、「だから晴香《はるか》ちゃんの夢《ゆめ》……」と言いかけた若菜《わかな》の目が、まるで宇宙人にでも遭遇《そうぐう》したかのように、ハッと見開いた。

「やだ、もしかして」

そして重たいはずのバイオリンケースごと両手で口を覆《おお》うと、

「吉野《よしの》くん、まだ知らなかったの？」

うそーって泣きそうな顔してる。

何となく追い込《こ》まれたような気分になって、「何を、だよ」って恐《おそ》る恐《おそ》る尋《たず》ねたら、若菜《わかな》の口から思いもよらない言葉が飛び出した。

「本当に聞いてないの？　晴香《はるか》ちゃんがアイドルを目指《めざ》してるってこと」

「ア、アイ、ドル？」

「今頃《いまごろ》、きっとオーディションの真っ最中だよ。まだ帰ってこないってことは最終選考《さいしゅうせんこう》に残ってるんじゃないかって、みんな噂《うわさ》してる」

「噂《うわさ》って……そんなこと、誰《だれ》も言ってなかったじゃん」

「だって口外禁止《こうがいきんし》だもん。学校には内緒《ないしょ》だから、みんなで協力して五年の時からずーっとクラスの秘密《ひみつ》にしてるの。だから二組の女子は全員知ってるよ。たぶん男子も。もしかしたら岩清水《いわしみず》先生も、知ってて黙《だま》っているだけかもしれない。でも、吉野《よしの》くんって晴香《はるか》ちゃんと仲いいから、てっきり知っているものだとばかり思ってたのに。どうしよう、私」

頭が、ひどく混乱《こんらん》していた。

どうリアクションすればいいのか、返す言葉すら、どこにも見当たらなかった。

ミーンミンミンミンミー　ミーンミンミンミンミー……

そう遠くないどこかから、独《ひと》り一途《いちず》に夏の音色《ねいろ》を奏《かな》でる蝉《せみ》の声が聞こえた。

それは、本格的な暑《あつ》い季節の訪《おとず》れを告《つ》げる序奏《じょそう》であるかのごとく、真っ白になった頭の中を静《しず》かに、しかし鮮《あざ》やかに通り抜《ぬ》けていった。

2

「じゃあお母さん、入るからね。頭、ちゃんと乾《かわ》かすのよ」

「分かってる」

と言いつつ冷蔵庫《れいぞうこ》に直行し、まずはペットボトルを手に扇風機《せんぷうき》の前に立つ。

「ふう……」

身体《からだ》の中と外、両方で味わうダブルの清涼感《せいりょうかん》。至福《しふく》の時だ。

いつもなら、このまましばしささやかな幸せに浸《ひた》るところなんだけど、今日に限ってそんな余《よ》裕《ゆう》はない。

風呂場《ふろば》のドアが閉まり、シャワーの音が聞こえてくるのを確認《かくにん》したら、今度は電話の子機《こき》を手に部屋へと急ぐ吉野遼哉《よしのりょうや》十一歳《さい》かっこ超緊張《ちょうきんちょう》しまくりバージョン。

「くそ、ドキドキするなぁ。どうしたらいいんだ」

いや、どうしたいのかは自分が一番よく分かっているし、どうすべき状況《じょうきょう》なのかも明らかだ。

今夜はお父さんが夜勤《やきん》で家にいないから好都合《こうつごう》、電話するなら今しかチャンスはない。

番号だって暗記《あんき》してあるし、あとはこの指で六桁《ろっけた》の数字を押《お》せば済《す》むことだ。簡単《かんたん》なことじゃないか。

「でもなぁ、電話したところで、一体何て言えばいいんだろう……」

思いがけず若菜《わかな》から聞かされた、晴香《はるか》の秘密《ひみつ》。

それを聞いた時、これまでにないくらいに遠い距離《きょり》をあいつとの間《あいだ》に感じて、足の裏《うら》から力が抜き取られていくかのようだった。

しかも、みんなはそれを前から知っていただなんて。なんか、ちょっとショックだった。

あの後若菜《あとわかな》は、

「私が教えたってこと、他の子には絶対《ぜったい》に言わないでね」

そう釘《くぎ》を刺《さ》した上で、晴香《はるか》についていろいろと教えてくれた。

前はどこの学校にいたのか、から始まって、お母さんと二人で暮《く》らしていることとか、よく一人でカラオケに行ってるらしいこととか。

別に、教えてくれって頼《たの》んだわけじゃなかったんだ。でも、もしかしたら自分でも気付かないうちに、知りたがっているような顔をしていたのかもしれない。

お陰《かげ》で、頭の中の『晴香《はるか》プロフ』に新たな項目《こうもく》が次々《つぎつぎ》とインプットされたけど、その情報《じょうほう》が一つ加わるたびに、今までオレはあいつのことを何にも知らなかったんだって思い知らされて、情けないやら悔《くや》しいやら、自分がどんどんみじめになっていくのが辛《つら》かった。

ただ、「晴香《はるか》ちゃんって、もともと自分のことをベラベラしゃべるタイプの子じゃないからね」という若菜《わかな》の言葉どおり、他の子らにも、あいつが身の上を話すことはほとんどなかったらしい。

今回の長期欠席《けっせき》理由についても、「夏に大きいオーディションがある」という僅《わず》かな情報《じょうほう》以外は、若菜《わかな》たちも知らないようだった。

いずれにしても、いきなり衝撃的《しょうげきてき》な事実を突《つ》きつけられたオレとしては、すぐにでも晴香《はるか》に確《かく》認《にん》したい気持ちはもちろんあった。けど、その時点ではわざわざ電話してみようなんていう発想はこれっぽっちもなかった。

ところが、若菜《わかな》が最後に気になることを口にしたんだ。

「でもね、もうお休みしてから一週間以上経《た》つでしょ。随分《ずいぶん》長いよねって話してたら、照世《てるよ》ちゃんが、『そう言えば昨日の夜、コンビニで晴香《はるか》ちゃんのお母さんを見かけたんだけど』って。それでその時にね、晴香《はるか》ちゃんがよく食べてるアイスと、二人分のお弁当を買ってたって言うの。だから実はもう帰ってきてるんじゃないかって」

帰ってるのに学校に来ないなんて、おかしいじゃないか。

「どうしちゃったのかな、あいつ」

思わずつぶやいたら、

「ねぇ、心配なら電話してみたら」

「って、オレが？」

「だって私たちだと、結果を聞くために電話したみたいに思われちゃうもん――」

若菜《わかな》の言うとおりだ。本来ならば、オレは何も知らないことになっている。確《たし》かに適任《てきにん》と言えば適任《てきにん》だ。

そういうわけで、家の電話番号は難《なん》なくゲットできた。ケータイのほうは、やっぱり若菜《わかな》も知らないみたいだった。

「よし」

結局、何を言ったらいいのか思いつきやしないけど。大丈夫、きっとどうにかなる。

オレは腹を決め、覚束《おぼつか》ない指で番号を押《お》すと、深呼吸《しんこきゅう》しながら子機《こき》を耳に当てた。

すると、二回目の呼び出し音を聞く間もなく、

「！」

それは呆気《あっけ》なく、というより待《ま》ち構《かま》えていたかのようなタイミングで繋《つな》がった。

が、次の瞬間《しゅんかん》、

「もういい加減《かげん》にしてよ！　何度掛《か》けてきても同じだってば」

その尖《とが》った物言《ものい》いをする女の人は、こちらに話す隙《すき》を与えないような早口で、「だいたい今の

時代に、迷信《めいしん》なんかでいちいち物事《ものごと》を決められたら敵《かな》わないわよ！」と続けた。

まったく意味不明《いみふめい》だった。会話が成り立たなそうだということだけは明らかだった。

これは完全に掛《か》け間違いだろうと思い、慌《あわ》てて切ろうとしたのだが、

「あなただって、結婚前はそういうのは信じないって言ってたじゃない。まったく、私からすれば沖縄《おきなわ》のほうがよっぽど鬼門《きもん》だわ！」

なおも捲《ま》くし立てるその声から放たれた思いがけない地名に、ふと手が止まった。

そして、

「とにかく、これ以上あの子を惑《まど》わすのはやめてって言ってるの。晴香《はるか》は私たちの子よ？　おばあの指図《さしず》は受けないから！」

はるか、晴香《はるか》って言ったよな、今――

「だからお願《ねが》い、もうほっといて！」

「あっ、あの……」

一方的に切られる寸前で、何とか声を挟《はさ》み込《こ》ませると、

「えっ……」

急に受話器《じゅわき》の向こうで声色《こわいろ》が変わった。

「あらいやだ、ごめんなさい、どなたでしょうか」

「あ、ぼく、あの、同じ……晴香《はるか》さんと同じクラスの、吉野《よしの》と言います。晴香《はるか》さん、いますか……」

その台詞《せりふ》を、どうやって声に出せたのか不思議《ふしぎ》なくらい、頭に血が上っていた。心臓《しんぞう》の音が邪魔《じゃま》をして、うまく言えているのかどうかすら、分からなかった。

「学校のお友達ね」

そう聞き返され、ちゃんと伝わったのだと安堵《あんど》したのも束《つか》の間《ま》、その女の人はひどく疲《つか》れたような声で、

「晴香《はるか》ねぇ、今夜はもう眠《ねむ》っているの。ごめんなさいね」

と言った。


翌朝、教室に晴香《はるか》の姿《すがた》はやっぱりなかった。

席に着くと、さっそく斜《なな》め後ろから肩《かた》をたたかれたけど、「誰《だれ》も電話に出なかったよ」と、とっさに嘘《うそ》をついてしまった。

あの電話の向こうから、他人《ひと》が首を突《つ》っ込《こ》んじゃいけない家庭の事情みたいなものを見せられたような気がして、何となく言いたくなかったんだ。

それにしても、あれはどういう会話の続きだったんだろう。

考えていたら、昨夜《ゆうべ》はよく眠《ねむ》れなかった。

「ふぁ〜あ……」

朝っぱらからこの調子だと、授業中はやばいな。

そう思いつつ、何度もあくびを繰《く》り返しているところへ、

「ちょ、先生！」

すっとんきょうなビッグハスキーボイスが、ボケボケ頭を一気に覚醒《かくせい》させてくれた。

何事かと顔を上げると、見るからに痛々《いたいた》しい姿《すがた》の岩清水《いわしみず》先生がそこに立っているではないか。

「どうしたのそれー!?」

包帯《ほうたい》でぐるぐる巻きにされた一回り太い右腕《みぎうで》。それを、肩《かた》から下げた白い布《ぬの》でつっている。どう見てもギブスだ。

一同に視線《しせん》が集まる中、

「みんな……」

岩清水《いわしみず》先生は、俯《うつむ》いたまま泣きそうな声で、「ごめんなさい」と言った。

「ピアノ、弾《ひ》けなくなっちゃった」

一瞬《いっしゅん》、教室中が、コンクリートで塗《ぬ》り固められたかのように色を失った。

が、そこへ、

「おはよう！」

いつもと変わらず颯爽《さっそう》と現れた声が、その灰色《はいいろ》の空気を一掃《いっそう》してくれた。

脇《わき》に抱《かか》えてきた長細いそれを一旦《いったん》教卓に置き、

「岩清水《いわしみず》先生がきみたちのために、怪我《けが》をおして持ってきてくださったんだ」

と手際《てぎわ》よく、折《お》りたたみ式のパイプスタンドを組み立てる。

それは、いつか電気店の楽器コーナーで目にしたことがある、電子《でんし》ピアノのようだった。

岩清水《いわしみず》先生は、右腕《みぎうで》をかばうようにそっと手を添《そ》えながら、

「一昨日《おととい》のうちに注文しておいたのよ」

と、いつにも増してか細い声で話しはじめた。

「久しく弾《ひ》いてなかったもんだから、お家《うち》で練習しようと思って――」

ところが昨日の結婚式の後で、事故は起きた。

花嫁《はなよめ》が投げたブーケの争奪戦《そうだつせん》に巻き込《こ》まれ、何と右手首を骨折《こっせつ》、しかも全治《ぜんち》三ケ月という、あまりにも理不尽《りふじん》な不運に見舞《みま》われてしまったというのだ。

「本当はまだ安静にしてなきゃいけないんだけど、せっかくみんながやる気になってくれたというのに、担任《たんにん》の私がこれじゃ申し訳《わけ》なくって」

それで、新たに選出《せんしゅつ》された伴奏者《ばんそうしゃ》がいつでも弾《ひ》けるように、ここまで運び込《こ》んだということらしいのだが。

「えー、でも、じゃあ誰《だれ》が伴奏《ばんそう》するのー？」

ハスキーボイスがあっけらかんと核心《かくしん》をついた。

「まさか、あたしに弾《ひ》けとか言わないよね先生」

岩清水《いわしみず》先生は、ちょっとばつが悪《わる》そうに下唇《したくちびる》を噛《か》むと、海堂《かいどう》のほうを向いて何やら小さく頷《うなず》いた。

すると海堂《かいどう》は、「ありがとう間多野《またの》さん、でもその心配はないよ」と微笑《ほほえ》んだ。

「合唱者の数を減らしたくはないんだ。何よりきみには、歌のほうでみんなを引っ張ってもらわなきゃいけないしね」

「よかったぁ。自慢《じまん》じゃないけどあたし、バイエルでとっくに挫折《ざせつ》してるから全然自信ないんだよねー」

「大丈夫。ちゃんと他に候補《こうほ》は考えてあるんだ」

そのやり取りを聞きながら、ふと疑問《ぎもん》に思った。こいつでなかったら、一体誰《だれ》が候補《こうほ》なんだろうと。

腕《うで》に自信がないとは言え、ギャル間多《また》は一応『お教室』に通っている経験者《けいけんしゃ》のはずだ。まったくの素人《しろうと》がやるよりは何百倍もマシだろうに。

いや、確《たし》かにこのクラスにもう一人ピアノを習ってる子がいるのは、若菜《わかな》から話に聞いて知ってはいる。

だけど、いくらなんでもその線はあり得ないだろう。

だって、よりによってその子は——

「篠原《しのはら》さん」

海堂《かいどう》のよくとおる声が、ピーンとコインを跳《は》ね上げるようにその名を呼んだ。

「きみに是非《ぜひ》、伴奏《ばんそう》をお願《ねが》いしたいんだが」

すると間髪《かんはつ》を容《い》れずに、

「だからセンセー」

ズズガチャッと椅子《いす》を鳴《な》らしながら、ギャル間多《また》が立ち上がった。

「エリには無理なんだってばぁ！」

オレもちょうど今そう思っていたところだ。どう考えても、あの子には荷が重すぎるんじゃないのかって。

しかし海堂《かいどう》は、「どうだい、挑戦《ちょうせん》してみないか」と真《ま》っ直《す》ぐ、依梨子《えりこ》だけを見て微笑《ほほえ》んでいる。

「ちょ、センセー聞いてよ、あたし一緒《いっしょ》に習ってるから分かるのー」となおも訴《うった》えるハスキーボイス。

「確《たし》かにあの曲なら、エリは全然余裕《よゆう》で弾《ひ》けると思うよ、もうツェルニーもだいぶ進んでるしぃ。でも上手《うま》く弾《ひ》けるのはレッスンの時だけ。この子、大勢の人を前にしたら、椅子《いす》に座《すわ》ったたっきり動けなくなるんだからぁ」

その姿《すがた》は、オレにも容易《ようい》に想像《そうぞう》できた。今でさえ、メガネの縁《ふち》と見分けられないくらいに真っ赤な顔をして、目を泳がせているんだから。

やがていつものように、「かわいそうだよ」とか、「そうよそうよ」「いじめないでよ先生」など囃《はや》す女子連中の声が周りから聞こえはじめたのだが、そこへ何と、

「僕《ぼく》もその選択には賛成できません」

唐突《とうとつ》に小早川《こばやかわ》くんの発言が加わった。

「無理強《むりじ》いはよくないと思いますし、あとあと、また面倒《めんどう》なことになりかねませんから」

すると海堂《かいどう》は、口元に笑《え》みをたたえたまま、じっとオレたちの顔を見据《みす》えてから、

「篠原《しのはら》さん」

依梨子《えりこ》を起立させ、「無理にやらせるつもりはないから、安心して聞いてほしい」と言った。

「今朝《けさ》、岩清水《いわしみず》先生とも相談《そうだん》したんだが、もしもきみ自身が本当にできないと言うのなら、ピアノ伴奏《ばんそう》はなしで歌おうと考えているんだ。合唱者の人数は一人でも多いに越《こ》したことはないからね」

「それでしたら」と、小早川《こばやかわ》くんがまた差し込《こ》んだ。

「たとえば伴奏者《ばんそうしゃ》だけ他のクラスから借りてくるというのはどうでしょう。もしくは父兄《ふけい》に呼びかけて協力を要請《ようせい》するのも有効な手段かと思いますが」

しかし海堂《かいどう》は、「いや」と首を横に振《ふ》って、「この合唱は六年二組の中だけで取り組んでこそ、

意味があると思うんだ」と切り返した。

そして依梨子《えりこ》のほうに向き直り、「きみは小さい頃《ころ》からピアノが大好きだったそうだね」と言った。

依梨子《えりこ》がこくりと頷《うなず》くと、

「きみがこれまで独《ひと》りで弾《ひ》いてきたそのピアノを、今度はここにいるみんなに向けて弾《ひ》いてはくれないだろうか。そうだな……これはことわざとは少し違うんだが」

そう言いながら、振《ふ》り向きざま、小気味《こきみ》よくチョークを走らせた。

「三銃士《さんじゅうし》、ですか」

小早川《こばやかわ》くんがつぶやいた。

「そう。さすがだね」

海堂《かいどう》は黒板に書いたそれを指差しながら、「有名な言葉だから、きみたちもどこかで一度は聞いたことがあるだろう」って微笑《ほほえ》んでる。

そこには、『みんなは一人のために、一人はみんなのために』と書かれていた。

「僕《ぼく》はここに来てまだ日が浅い。しかし、こうして教壇《きょうだん》に立つ以上、何よりもまずはきみたちのことをよく知っておくべきだと思った。それが最低限の礼儀《れいぎ》だろうとね。それで、先生方を始め、一部ご父兄《ふけい》の方々から、このクラスについていろいろと教えていただいた。そして、分かったことがあるんだ」

「今さらそんなこと、他人《ひと》に聞かなくたって分かってるくせに」ふんと、大那《だいな》が鼻で笑った。

「どうせオレらが問題児《もんだいじ》だって言いてぇんだろ、悪《わる》いクラスだってよ」

「さぁ、どうかな」

海堂《かいどう》はいつものように教卓の両端《りょうはし》を掴《つか》んで、

「きみたちはまだ気付いていないかもしれないが……」

そう言いかけると、オレたちを見渡《みわた》しながら満面《まんめん》の笑《え》みを浮《う》かべた。

「悪《わる》いクラスどころか、僕《ぼく》から言わせてもらえば、六年二組は最強《さいきょう》のクラスだよ」

オレにはその『最強《さいきょう》』の意味がさっぱり分からなかった。みんなもシラーっとしている。

それでも海堂《かいどう》は、

「本当さ、こんなにいいクラスはそうそうないと僕《ぼく》は思う」

ニコニコしたまま、「きみには分かっているはずだよ」と再び依梨子《えりこ》にふった。

「しかしね」と海堂《かいどう》は続けた。

「そろそろ変わらなきゃいけない時期が来ているのもまた事実だ。今がそのチャンスだと思うんだ。そして、それは篠原《しのはら》さん、きみ自身にも言えることなんじゃないかな」

依梨子《えりこ》が、まるで何かハッとしたかのように、顔を上げた。

「どうだい、六年二組の一員として、ここは一肌脱《ひとはだぬ》いでみないか。自分のためにも、そして、今まできみのことを助けてくれた、仲間たちのためにも」

「篠原《しのはら》さん、頑張《がんば》りましょう」

岩清水《いわしみず》先生が、胸《むね》の辺りでぐっと左手を握《にぎ》りしめた。

「私も協力するから、ね？」

依梨子《えりこ》は、メガネの奥で何度もまばたきをしながらしばらくの間俯《あいだうつむ》いていたが、口を真一文字《まいちもんじ》に結《むす》んだかと思うと、ゆっくりと、しかし力強く頷《うなず》いた。


その日の発声練習は、気のせいか、みんな昨日よりも大きな声が出ていたように感じた。

3

放課後、しばらく席に座《すわ》ったまま考えあぐねていたオレは、ある決心の下、慌《あわ》てて教室を飛

び出した。

幸い、校門を出るぎりぎりのところで、その後ろ姿《すがた》を見つけた。

走り寄って声をかけると、若菜《わかな》は目を丸くしていたけど、すぐに、「私も助かるな」と言って喜んでくれた。

「でも、県営アパート、分かるの？」

「ああ、だいたいね。何階の何号室かが分かんないだけで」

「五階の一番奥の五〇六号室。でも下の郵便《ゆうびん》受けに入れればいいんだよ、上まで行かなくても」

「えっ……あー、うん、了解《りょうかい》」

じゃあ、と差し出されたそれを受け取ると、「お願《ねが》いしまーす」と手を振《ふ》って、若菜《わかな》は体育館裏《うら》の小路《こみち》を元気に駆《か》けていった。

とりあえず、間に合ってよかった。

ホッとしたら、手元に力が入っていることに気が付いた。くしゃくしゃになる前にと、慌《あわ》ててランドセルへ滑《すべ》り込《こ》ませる。

帰りの会に配られた、『白波《しらなみ》だより』という、いわゆる学年通信。

本来こういう役目ってのは、家が一番近い人の使命ではあるんだけど、オレに限っては転校生特典でずっと免除《めんじょ》されていて、それまでは親切な若菜《わかな》が引き受けてくれていたんだ。

でも、昨夜《ゆうべ》からどうにも気になって仕方がなくなったオレは、この『白波《しらなみ》だより』を届けるという名目で、ついにあいつの家を訪《たず》ねようと思い立った。

とにかく、会って話がしたかったんだ。

あいつが沖縄《おきなわ》の学校から転校してきた子だって若菜《わかな》から聞いた時、何かこう、胸《むね》の奥に引っかかるものがあって。

上手《うま》く言えないんだけど、それが何なのかを確《たし》かめたいっていうか――

「おっと」

考えごとをしながら歩いていたら、いつの間にかもう海の家の前に差しかかっていた。

わざわざ寄り道したのは他でもない。「海堂《かいどう》先生のことならまったく心配ないです」と一言、ジョーカーを安心させてあげるためだったのだが。

「今日は監視《かんし》してないのかな」

バルコニーの向こうを窺《うかが》いながら行ったり来たりしてみたものの、そこからジョーカーが出てくる気配《けはい》はなかった。

まぁ、どうせ今日はゆっくり話なんかしてる暇《ひま》はないから、ちょうどいいか。

寄っていけと誘《さそ》われた場合を想定して、一応お断《ことわ》りのセリフまで用意してきたんだけど、どうやらその必要もなかったみたい。

ちょっと拍子《ひょうし》抜《ぬ》けしつつ、さっそく歩道に戻り、オレは先を急いだ。

県営アパートは、うちの団地坂より二つ手前のゆるい坂道を、ずーっと上がっていった先にあった。

薄《うす》オレンジ色をしたレンガ調《ちょう》の広い門を入ると、四角く切り揃《そろ》えられたビリジアンの垣根《かきね》が、がらんとした駐車《ちゅうしゃ》スペースにきれいな直線を描《えが》いている。

その奥で優雅《ゆうが》に佇《たたず》む、真っ白い建物。

青空に映《は》える洋風なそれは、コンクリートの塊《かたまり》みたいなうちの団地とは違い、見るからにリッチで高級な感じがした。

郵便受《ゆうびんう》けで部屋番号を確認《かくにん》し、意を決してエレベーターに乗り込《こ》む。いよいよだ。

表示される階数に比例するかのごとく、心拍数《しんぱくすう》もぐんぐん上がっていく。

勢いに任せてここまで来たものの、一体どんな顔をして会えばいいのか。それより何より、会ってもらえるかどうか……

なんてことを案ずる間もなく、エレベーターは一気に『レベル5』まで到達《とうたつ》し、やがて静《しず》かに、扉が開かれた。

と思ったら、

「いらっしゃーい！」

あいつが、いきなり目の前に現れたではないか。

「え、何で⁉」

「ベランダから外を眺《なが》めてたらね、遼哉《りょうや》くんが来るのが見えたのー！」えへへへって笑ってる。

その顔が思いのほか、いや、普通《ふつう》に元気そうだったから、ちょっと安心した。

だけど、まさかわざわざ出迎《でむか》えられるとはな。

いろいろと取り越《こ》し苦労だったみたいで、すっかり気が抜《ぬ》けちまったよ。

「一人で退屈《たいくつ》してたんだぁ。さぁどうぞ、こっちこっち」

こうして促《うなが》されるまま、難《なん》なくオレは晴香《はるか》ん家にお邪魔《じゃま》することとなった。

部屋に通されると、

「どこでも好きなところに座《すわ》って待《ま》ってて」

とハート型のクッションを渡《わた》されたのだが、下に敷《し》いていいものかどうか大きさ的に微妙《びみょう》で。

あいつは、すぐに部屋から出て行っちゃったから、少し迷った末《すえ》、背《せ》もたれにしてベッドに寄りかかることにした。


女子の部屋に入るのは、これで二度目だ。

一度目のあれは去年。友達んちに遊びに行った時、ひょんなことから、そいつの妹の部屋に足を踏《ふ》み入れたことがあって。

さすがに周りの様子とかはよく覚えていないけど、あの時、部屋中がやたらとピンクピンクしてて、落ち着かなかったことだけは感覚として残ってる。

たとえれば、スーパーでいつの間にか下着売り場に迷い込《こ》んでしまった時みたいな感じ。そう。

浮《うわ》ついた、あの感じ。

ところが、改めて周りを見回しながら、ふと疑問《ぎもん》に思った。

確《たし》かに、カーテンの柄《がら》からタンスの色、カーペットやクッションの模様《もよう》に至《いた》るまで、イエローとオレンジを基調《きちょう》にした甘《あま》い配色が、いかにも女の子らしい部屋だとは思う。

日当たりのいい出窓《でまど》スペースからは、まるでそこがメルヘンワールドとの通用口であるかのように、色とりどりのぬいぐるみたちが溢《あふ》れ、ベッドになだれ込《こ》んできているし。

女子連中ならもれなく、「カワイー！」を連発しそうな雰囲気《ふんいき》だろう。

だけど、そんな華《はな》やかさの中に、到底不釣合《とうていふつりあ》いな殺風景《さっぷうけい》が混在《こんざい》していることに気が付いたんだ。

よく見ると、壁《かべ》にポスターか何かが剥《は》ぎ取られた形跡《けいせき》がいくつも残っていたり、やたらと画鋲跡《がびょうあと》だらけのコルクボードが無造作《むぞうさ》に横たわっていたり。

さらに、本棚《ほんだな》やカラーボックスの一角がごっそり不自然に空《あ》いているかと思えば、机《つくえ》の脇《わき》にある大きな段ボール箱には、いろんなものがガレキの山みたいに積み上がってて……

——まさか。

胸騒《むなさわ》ぎがした。

これとよく似た状況《じょうきょう》を、つい三ヶ月ほど前に経験《けいけん》した覚えがあるからだ。

だって、どう見ても、この片付け途中《とちゅう》らしき部屋の状態《じょうたい》は——

「お待《ま》たせー、アイス食べない？」

お盆《ぼん》に白いものを載《の》せ、晴香《はるか》が戻ってきた。

さっそく、二本繋《つな》がったチューブ型のそれを割って、片方をよこしてくれる。

「抹茶《まっちゃ》とか苺《いちご》とかもあるけど、私はこれが一番好き。あ、知ってる？　このホワイトサワー味は夏季限定《かきげんてい》なんだよ」

「へーそうなんだ。チョコのやつは、オレも昔からよく食ってるけど」

「チョココーヒー味でしょ、あれも美味《おい》しいよねー」

嬉《うれ》しそうにそう言って、晴香《はるか》は勢いよくベッドに腰《こし》を下ろした。

それからオレたちは、ちょうど階段《かいだん》に一段違《いちだんちが》いで座《すわ》ったような、微妙《びみょう》に隣《とな》り合った恰好でチューチューやりながら、久々《ひさびさ》の会話に花を咲《さ》かせることとなった。

とは言え、最初は、尋常《じんじょう》じゃない部屋の様子が気になって仕方がなかったんだけど、

「ねぇねぇあれから海堂《かいどう》先生、どう？　どう？」

なんて、初っ端《しょぱな》からやけにハイテンションモードで話しかけてくるもんだから、結局それどころじゃなくなっちまって。

まぁ、久しぶりに交わす会話のとっかかりがカイドーだったのは、さすがにちょっと傷《きず》ついたけど、秘密結社《ひみつけっしゃ》に深く関与していたオレとすれば、実にタイムリーな話題でちょうどいいかなって。

そんなこんなで、「うそーッ!?」とか「ホントにぃ!?」、「すっごーい!!」などという晴香《はるか》の大

げさなリアクションによって話はどんどん弾《はず》み、やがて合唱コンクールの話題になった。

言うまでもなく、岩清水《いわしみず》先生の怪我《けが》についても、

「えーッ！　全治《ぜんち》三ヶ月なのー!?」

って予想どおりの反応だったから、さらにびっくりさせるつもりで（オレもノッてきちゃって）、

「それでさ、海堂《かいどう》が代わりの伴奏者《ばんそうしゃ》に誰《だれ》を指名したと思う？　何と篠原《しのはら》だよ篠原《しのはら》、超無謀《ちょうむぼう》だよな」

そう言ったんだ。「周りは猛反対《もうはんたい》したのに、強引に押《お》し切っちゃってさ」って。

そしたら急にキュッと眉《まゆ》をひそめて、「ちょっと待《ま》って」と、思いがけず深刻《しんこく》な顔が訝《いぶか》しげにのぞき込《こ》んできた。

「それって本人が納得《なっとく》した上でなの？」

「あ、うん」

その時の状況《じょうきょう》を思い返しながら、

「確《たし》か海堂《かいどう》が、今まで助けてくれた仲間たちのために頑張《がんば》れ、みたいなことを言ったら頷《うなず》いてたと思うけど」

と言うと、晴香《はるか》は窓《まど》のほうにゆっくりと視線《しせん》を移《うつ》して、「ちゃんと分かってくれてたんだぁ」とつぶやいた。

「すっごいなぁ、海堂先生《かいどう》――」

そこからの話では、逆にオレが驚《おどろ》きの声を連発することとなった。

六年二組が急激《きゅうげき》に荒《あ》れはじめたのは、五年二組時の一学期後半、つまり去年のちょうど今頃《いまごろ》からしいのだが、その原因が何と、当時の担任《たんにん》による『いじめ』だというのだ。

「え、先生がイジメ⁉」

「そう。あの先生、ああ、倉沢《くらさわ》先生っていうんだけど、怒《おこ》る時にね、いつも人が傷《きず》つくような言い方を平気でするから、クラス中の子が嫌《いや》な思いしてたの。でも、とにかく怖《こわ》いから、最初はみんな我慢《がまん》してたんだけど――」

ある日のお昼時間、「私語禁止《しごきんし》」というルールで静《しず》まり返っていた教室に、突如悲鳴《とつじょひめい》が響《ひび》き渡《わた》った。

谷口大那《たにぐちだいな》が大声で喚《わめ》き散《ち》らしながら、あろうことか、篠原依梨子《しのはらえりこ》の給食の上に水をぶちまけたというのだ。

「ああ、その話ならオレも知ってるよ。大那《だいな》がいきなりキレて、金魚鉢《きんぎょばち》をひっくり返したっていう事件だろ？　篠原《しのはら》も災難《さいなん》だよな、バッチリ巻き添《ぞ》え食っちゃってさ」

「ううん、それね、本当は違うんだよ。あの頃《ころ》は私も転校してきて間もなかったから、ただただビックリだったんだけど、あれはエリちゃんをかばうためにわざとやったんだ、って後で分かったの」

「かばうためにって……それ、どういう意味？」

「エリちゃん、あの頃《ころ》よく給食を残してたの。それですっかり、先生の標的《ひょうてき》にされてしまって――」

　新学期以来、依梨子《えりこ》は担任《たんにん》による執拗《しつよう》な言葉の暴力《ぼうりょく》に晒《さら》されてきた。それは常に、指導《しどう》と呼ぶにはいきすぎな、ひどい言い回しばかりだったという。言い返すことも、言い逃《のが》れることもできずに、ただ打ちひしがれる毎日を送っていたのだ。

　食べきるまで席を立つことを許《ゆる》されず、いつも昼休みの間中、冷《さ》めきった給食を前にじっと涙《なみだ》をこらえている、そんな幼馴染《おさななじみ》の姿《すがた》を、大那《だいな》はこれ以上見ていられなかったに違いない、と晴香《はるか》は言った。

「大那《だいな》くんって確《たし》かに乱暴《らんぼう》だけど、そういうやさしいところもあるんだよ。立場の弱い人を放っておけないっていうか……だからこそ、塚田《つかだ》くんもあんなふうに明るくなったみたいだし」

　あの塚田《つかだ》が、クラス替《が》え以前はいじめられっ子だったっていうのにも驚《おどろ》いたけど、大那《だいな》にそんな一面があったただなんて。目から鱗《うろこ》が落ちるとは、まさにこのことだ。

　大那《だいな》グループと倉沢《くらさわ》先生との壮絶《そうぜつ》なバトルが始まったのは、その事件があった次の日からだったらしい。

　やがてギャル間多《また》を筆頭《ひっとう》に、日々募《つの》る不満を持て余していた女子連中が加勢参戦。果てはクラス中が反乱軍と化し、二学期にはついに形勢逆転《けいせいぎゃくてん》、事態《じたい》は教育委員会《きょういくいいんかい》が動き出す程に熾烈《しれつ》を極《きわ》めたということだった。

「そうだったんだ……」

オレは、昨日、音楽室で海堂《かいどう》が話した、あの物語のことを思い出していた。思い出しながら、今まで知らなかった、いや、知ろうとしなかったクラスの内側を見た気がして、なぜか胸《むね》がホッとなった。

「六年二組って、不思議《ふしぎ》なクラスでしょ。みんなバラバラのようでいて、変に結束《けっそく》が固いところがあったりして。きっと海堂《かいどう》先生は、その合唱コンクールを本気で成功させたいんだよね。だから本気で、あのクラスと向き合おうとしてるんだと思う」

たった一晩《ひとばん》で、全員の名前と誕生日を覚えてくるような熱心さだ。

何とかクラスを一つにまとめ上げるべく、あちこち駆《か》けずり回る海堂《かいどう》の姿《すがた》が、目に浮《う》かぶようだった。

そして、そんなクラス思いの先生のことを本気でやっつける気なんて、大那《だいな》には最初からなかったんじゃないかって、今さらながらふとそう思った。

「でも遼哉《りょうや》くん」

晴香《はるか》が不意に横からのぞき込《こ》んできて、

「うちのクラスにも、だいぶ慣《な》れてきたんじゃない？」

と言った。

「大那《だいな》くんたちといたずらしたことを話してる時も、すっごい楽しそうだった」

「そうでも、ないよ……」

素直《すなお》には認《みと》めたくない自分がいて、意味もなくクッションの端《はし》をいじってたら、「よかったね」って微笑《ほほえ》んでくるから余計に照れくさくなって。

「ああ、そう言えばオレ」

さりげなく話題を変えつつ、「今日はさ、届けものにきたんだ」とランドセルから取り出す。

「はい、これ」

「やだ、なぁに。答案用紙ならおことわりー」

「学年通信だよ。二組のところ、海堂《かいどう》が初担当《はつたんとう》だってさ。さっそく合唱のことを書いてる」

「えーどこどこー」

「ほら」

広げて手渡《てわた》すと、

「ほんとだー。海堂《かいどう》先生の字って、特徴《とくちょう》あるから分かるよねー」

って目を見開いて、

「『六年二組が市内合唱コンクールに向けて練習開始』だって、すっごーい！」

という具合に、いつもの調子で大袈裟《おおげさ》に喜んでくれたのだが。

その直後だった。

「んっ……」

急に痛《いた》みをこらえるように顔をしかめたかと思うと、晴香《はるか》は身体《からだ》をこわばらせて黙《だま》り込《こ》んだ。

さっと耳を覆《おお》った手から、プリント用紙がパサリ、と床《ゆか》に落ちる。

「お、おい、どうしたんだよ」

「ちょっと、耳鳴《みみな》りがして」

「大丈夫か」

「うん……」

ふう、と大きく息を吐《は》き出して、「ごめんね、もう平気」と、ケロッとした顔をしてる。

「なぁ、無理するなよ。本当は寝《ね》てなきゃいけないとかじゃないのか」

「ううん違うよ。ママがクラスのみんなに迷惑《めいわく》が掛《か》かるといけないって言うから休んではいるけど、大丈夫だよ。ほらこのとおり」

そんなかわいらしいガッツポーズなんか、あてになるもんか。

この前から、ずっと気になってたんだ。

「あのさ、病院に行ったほうがいいよ絶対《ぜったい》。余計なお世話《せわ》かもしんないけど、ちゃんと診《み》てもらわなきゃだめだよ」

「本当に大丈夫だから……」

そう言ってる傍《そば》から、ぎゅッと目を閉じ、今度は胸《むね》の辺りを押《お》さえて俯《うつむ》いてしまったではないか。

「って、ほら、全然大丈夫じゃないじゃん！」

それっきり何も返ってこなくなったから、いよいよただごとではない気がして、
向き直って顔をのぞき込《こ》むと、蚊《か》の鳴《な》くような声で、

「苦しいのか？」

「うん、苦しい……」

ってマジかよ、どうしよう。

そうだ、

「待《ま》ってて、今救急車《きゅうきゅうしゃ》呼ぶから！」

このままじゃやばいと思い、慌《あわ》てて立ち上がろうとしたら、

「違うの、これはそういうんじゃ、ないよ」

晴香《はるか》はたどたどしくそう言って、ゆっくりとため息をついた。

「胸《むね》がきゅーッてなっただけ」

「え……」

「もう、遼哉《りょうや》くんのせいだよ、やさしくするから」

「べ、別にオレは、そんな」

「電話もくれたんでしょ、ママが言ってた」

晴香《はるか》は胸《むね》に手を当てたまま、「心配してくれて、ありがとう」と言って顔を上げると、おぼろ

月みたいに潤《うる》んだ瞳《ひとみ》で、静《しず》かに微笑《ほほえ》んだ。

「やっぱりリョウちゃんはすごいな。全然変わってない」

「変わって、ない……？」

っていうか、なんで急にそんな呼び方を——

ヴィーイ　ヴィーイ　ヴィーイ……

突然《とつぜん》、机《つくえ》の辺りから、低く唸《うな》るような振動音《しんどうおん》が聞こえてきた。

悠然《ゆうぜん》とベッドから立ち上がり、そっと掴《つか》んだその手から、リリリ…と短く鈴《すず》の音がこぼれ落ちる。

晴香《はるか》は慣《な》れた手つきでそれを開くと、しばし無言《むごん》のまま見入っていた。

やがて、パタッと強く閉じたかと思うと、一度深く息をついてから、「もう、隠《かく》す必要ないよね」と、自分に言い聞かせるようにつぶやいた。

そして、再びベッドに腰《こし》かけると、

「私ね、ずっと芸能界《げいのうかい》を目指《めざ》していたの——」

海の向こうを眺《なが》めるような穏《おだ》やかな目で、ぽつりぽつりと話しはじめた。

4

沖縄《おきなわ》で芸能《げいのう》スクールに通いはじめたのは、二年生になる春休みからだったと晴香《はるか》は言った。

「とにかく、かわいくなりたかった。かわいくなって、絶対《ぜったい》にアイドルになるんだって、いつも自分にそう言い聞かせてきたの」

毎日いろんなヘアアレンジで髪型《かみがた》を変えてくる子を見て、長い髪《かみ》に憧《あこが》れた。目立っている子のしゃべり方や、着ている服などをまねたりもした。

実際《じっさい》に何人かの有名人を生み出したというそのスクールは、名門《めいもん》だけあってレッスンはかなりハードだったが、それでも音《ね》を上げずに通い続けた。

「もちろん、歌やダンスが大好きだから続けられたんだけど、私の場合、その先にもっと大事な夢《ゆめ》があったの。だからこそ、あんなに頑張《がんば》れたんだと思う」

その甲斐《かい》もあって、四年生からは選抜《せんばつ》グループに入ることができ、志《こころざし》の高い仲間たちと共に、より一層《いっそう》努力するようになった。

ところが、そんな晴香《はるか》に転機が訪《おとず》れた。五年生に進級する直前に、転校が決まったのだ。

その理由を、「やむを得ない事情があったから」とだけ付け加えて、晴香《はるか》は話を進めた。

「スクールは、いつでも戻れるように休学にして、こっちに来てからは自主的にボイストレーニングをしたり、ダンスの課題をこなしたり、毎日いろいろやってたの」

そうして迎《むか》えた、転校二年目の今年。

とあるプロダクションが、沖縄《おきなわ》出身のU‐15（15歳《さい》以下）女子アイドルグループを結成させるべく、オーディションを行うらしい、という情報《じょうほう》が入った。

「仲間たちからも、『チャンスだよ、早く戻ってきなよ』ってメールが来て、すっごい盛《も》り上がって。それで私、詳《くわ》しい日程とかを教えてもらおうと思って、すぐにスクールに問い合わせたのね。そしたら――」

そこで、思わぬ事実が発覚した。

選抜《せんばつ》グループどころか、何と在籍名簿《ざいせきめいぼ》からも抹消《まっしょう》されているではないか。

「すごくショックだった。最近になって、ママが勝手に退学申請《たいがくしんせい》したみたいなの。ひどいでしょ。でも食ってかかったら、『お願《ねが》いだから、これ以上心配させないでちょうだい』なんて泣き出すんだもん、もう何にも言えなかった。そもそも、こうなったのもすべて、私の病気のせいだから」

「病気……」

「うん。ああいうふうになるのは、今に始まったことじゃないの」

幼《おさな》い頃《ころ》、脳《のう》に腫瘍《しゅよう》が見つかり、何時間にも及《およ》ぶ大手術《だいしゅじゅつ》を経験《けいけん》した。

手術《しゅじゅつ》は無事成功したのだが、その後からたびたび、突然《とつぜん》のめまいや頭痛《ずつう》に襲《おそ》われるようになったのだという。

「でも、ある時期から症状《しょうじょう》がピタリとなくなって、自分ではもう治ったと思ってたの。それが、去年の初め頃《ごろ》から急に再発して。いくら検査《けんさ》してもどこにも異常《いじょう》は見つからないのに……。そしたら、そのことで家族がもめちゃって――」

沖縄《おきなわ》には『ユタ』という霊能者《れいのうしゃ》がたくさんいて、彼らに病気のことなどを相談《そうだん》する人も少なくないらしい。

その『ユタ』によれば、晴香《はるか》の症状《しょうじょう》はすべて心霊現象《しんれいげんしょう》であり、病気ではないから治すクスリはないと。

また、症状《しょうじょう》が続くうちは、むやみに生まれた土地から出てはならないとも忠告《ちゅうこく》されたという。

しかし、そういうのを一切信じない母親は、晴香《はるか》を連れていくつもの病院を渡《わた》り歩き、ついには新たな医師を求めて沖縄《おきなわ》の地を離《はな》れるに至《いた》った。

「おばあは早く戻って来いって言うし、ママは逆に、沖縄《おきなわ》にいたら治るものも治らないって言うし、パパはパパで間《あいだ》に入ってかわいそうだし……。みんな私のせい。私の病気が、みんなを苦しめてる」

この病気のお陰《かげ》で、これまでも様々《さまざま》なものを犠牲《ぎせい》にしてきた。

もう、いい加減《かげん》うんざりだった、と晴香《はるか》はため息をついた。

「それであの日ね、一人になりたくて、久しぶりにあの展望台《てんぼうだい》に上ったの」

そう言って、手元のケータイに目を落とす。

「一人になって、スクールの子らに何て返事したらいいんだろうとか、私はこれからどうしたらいいんだろうとか、いろいろ考えてたら、涙《なみだ》が止まんなくなっちゃって——」

あの日。

レキオの導《みちび》きで、展望台《てんぼうだい》に上った日。

そこには、膝《ひざ》に顔を埋《うず》め、ケータイを握《にぎ》りしめたまま塞《ふさ》ぎ込《こ》んでいる、晴香《はるか》の姿《すがた》があった。

オレはあの時、てっきりこのケータイと繋《つな》がっている相手は男の子だとばかり思っていた。

いや、もっとずっと前から、この子には付き合ってるやつがいて、しかもそいつとはしょっちゅう連絡を取り合うほどラブラブなんだって、勝手にそう思い込《こ》んでいたんだ。

でも実際《じっさい》は、まったくの勘違《かんちが》いだった。

そう。あの時も、その前も今も、そしてきっといつも、このケータイの向こうにいたのは、将来の目標に向かって本気で取り組んでいる、同志《どうし》の女の子たちだったのだから。

「なんかオレ、何て言っていいか、よく分かんないよ。ごめん……」

「ううん、いいんだよ、そんな」

驚《おどろ》くことばかりで言葉が出ないとか、そういうんじゃなかった。

つまらない誤解《ごかい》をしていた自分が、もの凄《すご》くちっぽけに思えて、急に恥《は》ずかしくなってきたんだ。

いつも元気で明るい晴香《はるか》が、まさかそんな悩《なや》みを抱《かか》えていたなんて。

同い年で、しかもこんな身近に、既《すで》に自分の道を決めて頑張《がんば》ってる子がいるなんて……

今にして思えば、あんなに急いで帰っていたのは、歌やダンスの練習をするためだったんだ。

でも――

それならなぜ、急にオレとビーチコーミングなんかする気になったんだろう……

「さっきのメールね、全員予選《よせん》オーディション通ったって。さすがだよね」

その言い方がどこかよそよそしく聞こえて、ふと顔を上げると、

「でも私はもういいの」

そう言って晴香《はるか》は、いつものように、にっこりと微笑《ほほえ》んだ。

「あの時、遼哉《りょうや》くんが来てくれたお蔭《かげ》で、自分の中でケジメがついたから」

「……オレ？」

「うん。学校も、ビーチコーミングも、すっごく楽しいし。ここにいれば、遼哉《りょうや》くんと一緒《いっしょ》に遊べるんだもん。だからね」

と机《つくえ》の脇《わき》の段ボール箱を見つめながら、今度は静《しず》かに、晴香《はるか》は微笑《ほほえ》んだ。

「もう、芸能界《げいのうかい》は諦《あきら》めることにしたの」

「え……」

瞬間《しゅんかん》、オレの脳神経《のうしんけい》のどこかを、何かがチクリと刺激《しげき》していった。

考えるより先に口が、「ちょっと待《ま》てよ」と動いていた。

「それで、いいのか」

いつも一緒《いっしょ》に遊べたら、オレだって楽しいし、それはオレ自身の望みでもある。

だけど、なんか違うような気がしたんだ。

小さい頃《ころ》から思い描《えが》いていた、将来の目標。

病気や家族との問題を抱《かか》えながら、独《ひと》りになってもなお、一生懸命《いっしょうけんめい》取り組んできた年月。

簡単《かんたん》に辿《たど》り着けるような世界じゃないことぐらい、オレだって知ってる。

でも、たまたま席が隣《とな》り合って仲良くなったオレなんかのせいで、今まで築《きず》き上げてきた自分自身を見失ってほしくなかった。

「きっと、またチャンスがあるよ。夢《ゆめ》だったんだろ、芸能界《げいのうかい》。諦《あきら》めるのはまだ早いんじゃ……」

「違うよ」

晴香《はるか》は少し強い調子で、

「みんなとは違うの」

きっぱりとそう言った。

「私にとって芸能界《げいのうかい》は、あくまでも目標だったんだもん」

そして、

「私の夢《ゆめ》はね」そう言いかけて俯《うつむ》くと、深く息をついて、

「私の夢《ゆめ》は、もう半分叶《かな》ってるから」

と言った。

「どういう、こと？」

「本当は、こんな中途半端《ちゅうとはんぱ》な状態《じょうたい》では言いたくなかったの。だから今までずっと隠《かく》してたんだけど……」

晴香《はるか》は軽く座《すわ》り直して身体《からだ》ごと正面を向くと、上目遣《うわめづか》いに、笑わないで聞いてくれる？　と断《ことわ》った上で、

「もしもデビューできたら、テレビ局の力を借りられるかなって、思ったの」

と照れくさそうに言った。

「ほら、よくゲストにお呼ばれして、お笑い芸人《げいにん》の司会の人とお茶しながらトークする番組とかあるじゃない。それでね、私が初恋《はつこい》の人の思い出を話すの」

実際《じっさい》にそういう場面を思い浮《う》かべているかのような遠い目をして、はにかみながら続ける。

「そうするとね、司会の人が突然《とつぜん》こう言うの。『実は今日、その方を呼んでいるんです』って。

それでね、えーッ!?　とか驚《おどろ》いてると、『それでは、スタッフが苦労の末《すえ》探し出しました晴香《はるか》さんの初恋《はつこい》のお相手、どうぞー！』ってなって、拍手《はくしゅ》の中、横の方から、横の方からね……歩いてくるの、遼哉《りょうや》くんが……」

「りょ………オ、オレ!?」

「うん。そしたら私も立ち上がって、それで、面と向かって、ちゃんとお礼を言うの」

リリリ……小気味《こきみ》よい鈴《すず》の音と共に、ゆっくりと差し出す。

「ずっと言いたかったの、これのお礼を」

掌《てのひら》からこぼれたビーズ飾《かざ》りのストラップが、時を刻《きざ》む振《ふ》り子のように揺《ゆ》れている。

「あなたのお蔭《かげ》で私は、こんなに元気な女の子になりました。まだ幼《おさな》かったあの時、あなたがくれたこのお守り、今でも大切に持っています、ありがとうって……」

真ん中へんに留《と》められた、周囲のビーズよりひと際濃《きわこ》い、そのブルー。

オレにもらったという、ハートと言うには少し歪《いびつ》な形をした、コバルトブルーのシーグラス……って、まさか――

はっとして目を見開くと、溢《あふ》れんばかりの瞳《ひとみ》の海に、大きくオレが映《うつ》し出されていた。

「今の私があるのは、五年前のあの時、病院で遼哉《りょうや》くんと出会えたからなの。毎日不安で仕方なかった時に、リョウちゃんがいてくれたからなの」

「ちょっ、ちょっと待《ま》って、だってあれは……」

どういうことだ。あのシーグラスをあげた相手は、確《たし》かに男の子だったはずなのに。

「そうだよね、私のこと、分かるわけないよね。色黒《いろぐろ》のガリガリで、坊主頭《ぼうずあたま》で、誰《だれ》がどう見たって男の子だもん。だから、気付いてほしかった反面《はんめん》、気付かれるようじゃまだまだだって思ってた。でも、覚えていてくれただけで嬉《うれ》しいよ。すっごく嬉《うれ》しい」

「じゃあ、お前があの、アドゥータくんだっていうのか」

「あの頃《ころ》は、後遺症《こういしょう》でまだ言葉が上手《うま》く話せなかったから……。あれでも私は、一生懸命《いっしょうけんめい》自分の名前を言ってたんだけどね」

信じられなかった。

まるで、ようやく組み上がったパズルが、一瞬《いっしゅん》でまったく別の絵柄《えがら》にでも変化《へんか》したかのような衝撃《しょうげき》だった。

「私ね、小さい頃《ころ》はほとんど病院で生活してたの。小学校に入ってからも、一学期は一度も授業に出られなかったし、友達もいないから退屈《たいくつ》で退屈《たいくつ》で……。でもね、遼哉《りょうや》くんと出会ってから毎日がすごく楽しくて、不思議《ふしぎ》なんだけど、みるみる元気になっていくのが自分でも分かったの。先生たちもびっくりするくらいで、後になって、あの男の子にどんな魔法《まほう》をかけられたのかな、なんて言われたりして——」

あの時一緒《いっしょ》に遊んだ『リョウちゃん』という男の子が、忘《わす》れられない存在になっていた。

そして、もしもまたいつか会えるのなら、その時はかわいくて輝《かがや》いている女の子でありたい、そういう、高いハードルを越《こ》えた自分として会いたい……そう強く心に誓《ちか》ったのだと言う。

「それが私の、小さい頃《ころ》からの夢《ゆめ》だったの。だから、遼哉《りょうや》くんがうちのクラスに転校してきた時、もう心臓《しんぞう》が飛び出るくらいびっくりしちゃって。それも、まさか隣《となり》の席になるなんて……。あれでも私、平静を装《よそお》うのにすっごい大変だったんだから」

顔が、熱かった。

思ってもみないことだらけで、オレのほうこそ平静を装《よそお》うので精一杯《せいいっぱい》だ。

どういうリアクションをしたらいいのか分からず、下を向いていると、

「あ～あ、ついに言っちゃった」

晴香《はるか》は、落ちたままになっていたプリント用紙をそそくさと拾い上げ、「ごめんね、なんか私、一人でベラベラ勝手なことばっかり」と明るく言った。

「だってね、いろいろあったけど、今まで頑張《がんば》った甲斐《かい》があったんだもん。努力が報《むく》われたんだもん。こんなに嬉《うれ》しいことってないよ」

そして、一度「うん」と自分に相槌《あいづち》を打ってから、おどけた調子で、「私ってすっごい幸せ者だなぁ～」とつぶやいた。

オレがずっと黙《だま》っているから気まずく思っているのだろう、ぎこちない空気が、その声色《こわいろ》からひしひしと伝わってきた。

だけどオレはオレで、この状況《じょうきょう》で会話をどう成立させたらいいのか、分からなくて。

便乗《びんじょう》して、日頃《ひごろ》から抱《いだ》いている自分の気持ちをここぞとばかりに告《つ》げるのは、何だかあまりにも都合《つごう》がよすぎる気がしたし、何よりも、面と向かうのが今まで以上に照れくさかったんだ。顔を見られるのが無性《むしょう》に恥《は》ずかしかった。

だから、「ねぇ遼哉《りょうや》くん……」という蚊《か》の鳴《な》くような声に、もちろん気付いてはいたんだけど、返事もせずに黙《だま》っていた。

ところが、いつまで経《た》っても次の言葉が聞こえてこない。

不審《ふしん》に思い、顔を上げると、そこには艶《つや》やかな栗色《くりいろ》の髪《かみ》があった。

「……はる、か？」

プリント用紙を握《にぎ》りしめたまま、いつか夏の終わりに見たひまわりみたいに、ぐったりと項垂《うなだ》れている。

「お、おい」

やがてその身体《からだ》が、スローモーション映像《えいぞう》のごとくゆっくり傾《かたむ》きはじめたかと思うと、まるで伐採《ばっさい》された巨木《きょぼく》のように、ゴロリとベッドに倒《たお》れ込《こ》んだではないか。

叩《たた》きつけられ弾《はず》んだ横顔が、眠《ねむ》り人形のように長いまつげを閉じている。

「おい、晴香《はるか》!?」

面食《めんく》らって身を乗り出すのと同時に、突然膝《とつぜんひざ》の辺りを強い衝撃《しょうげき》が走った。

後ろに弾《はじ》き飛ばされ、尻餅《しりもち》をつくと、

「――その子に触《ふ》れるんじゃねえ！」

どこからともなく、あの、ドスの利《き》いた嗄《しわが》れ声が聞こえてきた。

第六章

砂に描《か》いたフォーエバー

1

レキオ！　どこにいるの⁉

「――さんざん寄りかかりやがって、潰《つぶ》されるかと思ったぜ。ケツだったらぶっとばすところだ」

もしかして、このクッションの中？　何でこんなところに⁉

「――そんなことより、やい小僧《こぞう》、何しに来やがった。ええ？　もうこれ以上は関わるなと、あれほど言ったのに」

だって心配だったんだ。それに、学校のプリントを届けなきゃいけなくて。

っていうか早く救急車《きゅうきゅうしゃ》を呼ばないと！

「――けっ、余計なものまで持ち込《こ》みやがって……。こうなりゃ仕方がねえ。覚悟《かくご》しろよ、小僧《こぞう》」

か、覚悟《かくご》って、どういうことだよ。

「――いいから黙《だま》って手を握《にぎ》れ」

え、手を……？

「――この子の手をだ。何を照れてやがる。握《にぎ》れば分かる。さあ……」

気が付くと、晴香《はるか》がベッドにちゃんと仰向《あおむ》けの状態《じょうたい》で横になっていて、クッションが枕元《まくらもと》に移動していた。

胸元《むなもと》に置かれた、ユリのつぼみみたいな、それ。白くて、しなやかで、だけどしおれたように生気のない、晴香《はるか》の手。

上からそっと手を重ねてやると、ひんやり花びらみたいな細い指が、オレの親指を力なく掴《つか》んでくる。

ドキドキしながら握《にぎ》り返せば、ほんの少し力を強めてよこす。

やがて長いまつげがパチリと持ち上がり、うつろな目がゆっくりと手のほうを見やった。

そして、気が付いたように顔をこちらに傾《かたむ》けるなり、「傍《そば》にいてくれたのね」とにっこり、微《ほほ》笑《え》みを咲《さ》かせた。

「ありがとう」

「よかった、気が付いて。びっくりしたよ」

意識もはっきりしているようだし、もう大丈夫だろう。

そう思った矢先、

「また一緒《いっしょ》に、ニッキ水を飲みましょう」

いきなり意味不明《いみふめい》なことを言い出したかと思うと、「それからねぇ」フフフルンと例の『木琴《もっきん》スライド笑い』をして、

「裏山《うらやま》の丘で、また四葉《よつば》のクローバーを探したいなぁ」

って、さっきから何のことを言ってるんだろう。

「この前、約束したじゃない」

いや、そんな約束をした覚えはないぞ。

一体誰《だれ》と勘違《かんちが》いして——

「ねえ、いいでしょう、ショウちゃん」

「しょ……!?」

その時だ。握《にぎ》っている手に、僅《わず》かな違和感《いわかん》を覚えた。

それはたとえれば、何度も同じ漢字《かんじ》を練習している時に、「この字って、こんな形だったたっけ？」と戸惑《とまど》う、あの妙《みょう》な感覚に似て。

これが本当に晴香《はるか》の手なのか、自分の手が本当に自分のものなのかどうか、だんだん分からなくなってきた。

いや、手だけじゃない。自分自身が誰《だれ》なのか、本当にオレはオレなのか、みるみる自信がなくなって――

――サザザーン……


絶《た》え間なく繰《く》り返す、波の音。

砂の色の変わり目をぼんやりと眺《なが》めながら、残りのニッキ水を一気に流し込《こ》む。


サザザーン……


鼻につく肉桂《にっけい》の香《かお》りと、舌《した》に広がる強烈《きょうれつ》な甘味《あまみ》。

むせそうになりながら、喉《のど》のピリピリを必死に堪《こら》えていると、

「ねえ、ショウちゃん」

決してやむことのない潮騒《しおさい》と潮騒《しおさい》の狭間《はざま》で、彼女は小さくつぶやいた。

「ショウちゃんは、私のこと、どう思ってるの」

「どうしたんだ、急に」

「ううん、何でもない。ただ、私たち、来年の夏もこうしていられるのかなぁって思っただけ。

また一緒《いっしょ》にここへ来られたらいいなぁ」

「心配するな。また連れて来てやる」

「本当に？　じゃあ今度は、いつ帰ってくるの」

サザザーン……　シャー

掻《か》き消された僕《ぼく》の曖昧《あいまい》な返事を、聞き返すことなく彼女は続けた。

「先のことなんか、約束できないわよね。私も、いつどうなるか分からないし」

「またそんなことを……」

「いいのよ。悪《わる》くなることはあっても、よくなることはないって先生も仰《おっしゃ》ってたし。何より、お薬が手に入らないんだもの」

ズワン……　シュワー

足元まで押《お》し寄せた少し大きな波が、指で書いた『カヲリ』という砂の凹凸《おうとつ》を呑《の》み込《こ》み、さらってゆく。

「あーあ」

彼女は寂《さび》しそうに、「儚《はかな》いなぁ」と空を見上げた。

「私の命も、今の気持ちも、いつかあの文字みたいに、跡形《あとかた》もなく消えてしまうのかなぁ」

サザーン…… シャー

潮騒《しおさい》が沈黙《ちんもく》の溝《みぞ》を埋《う》めてくれるのをいいことに、僕《ぼく》は何も言わなかった。何も、言えなかった。

ただ、帰るたびに痩《や》せ細っていくその首筋《くびすじ》に、移《うつ》ろう月日の残酷《ざんこく》さを憂《うれ》いながら僕《ぼく》は……


――僕《ぼく》は？


ふと、我《われ》に返る。

同じだ。これはいつも見ているあの夢《ゆめ》と、まったく同じ感覚だ。

意識こそあるものの、今のオレは『僕《ぼく》』であり、その『僕《ぼく》』が考え、話し、行動していて。

そう。まるで『僕《ぼく》』をバーチャル体験しているかのような、そんな感覚のまま、それは進行した――


「総員、講堂《こうどう》に集合！」

飛行長《ひこうちょう》から指示があったのは、ちょうど昼飯《ひるめし》を終えた後のことだった。

全員が整列し終えると、副長《ふくちょう》がいつにも増して険《けわ》しい表情で壇上《だんじょう》に立った。

「今から言う者は、後ろへ下がれ。妻帯者《さいたいしゃ》、長男、一人息子。それから許婚《いいなずけ》のおる者」

該当者《がいとうしゃ》が抜《ぬ》けると、少し眺《なが》めのよくなった列の間から、分隊長《ぶんたいちょう》の顔が真《ま》っ直《す》ぐに見えた。

一瞬《いっしゅん》目が合ったのだが、すぐに逸《そ》らされ、前を向かれた。

副長《ふくちょう》は、一旦《いったん》静《しず》かに僕《ぼく》たちの顔を見渡《みわた》すと、再び睨《にら》みつけるようにして話しはじめた。

「諸君《しょくん》も知っているとおり、昨今《さっこん》、戦局《せんきょく》は非常《ひじょう》に厳《きび》しい状況《じょうきょう》にある。このままでは、大変な事態《じたい》に陥《おちい》るものと予測される。現在、上層部《じょうそうぶ》は、特殊《とくしゅ》な兵器《へいき》を開発中である。これをもってすれば、航空母艦《こうくうぼかん》も戦艦《せんかん》も、一撃《いちげき》で轟沈《ごうちん》できるという、至極《しごく》強力なものである。ただし」

ひと呼吸《こきゅう》おくと、副長《ふくちょう》は僅《わず》かに目線を下げて、

「この任務《にんむ》に就《つ》けば、必ず死ぬ。絶対《ぜったい》に、生きては帰れん」

と言った。

「従《したが》って、これは強制ではない。だが、国家存亡《こっかそんぼう》の危機《きき》に際し、勇気と殉国《じゅんこく》の熱情をもっ

て、この攻撃《こうげき》に参加希望《きぼう》するという者があれば、明朝までに、氏名を記した紙を司令室前《しれいしつまえ》の箱に――」

聞きながら、来《き》るべき時が来たことを、僕《ぼく》は悟《さと》った。

答えは端《はな》から一つしかないと分かっているのに、様々《さまざま》な思いが頭をよぎる。

俯《うつむ》く者などいなかった。だが、「解散」という声を耳にしてもなお、しばらくの間、皆そこを動かなかった。

「蓮沼《はすぬま》、ちょっと」

夕飯の後、司令室に向かう途中《とちゅう》、川村分隊長《かわむらぶんたいちょう》に呼び止められ、外まで連れ出された。

「何事ですか」と尋《たず》ねると、彼は振《ふ》り返るなり、「なぜだ」と言った。

「なぜあの時、下がらなかった」

「下がる理由がなかったからです。僕《ぼく》にはもう、肉親がありませんし」

「お前には、許婚《いいなずけ》がいるだろう」

「許婚《いいなずけ》だなんて。僕《ぼく》らはまだ、そんな間柄《あいだがら》では」

「夢《ゆめ》は。夢《ゆめ》はどうする。捨《す》てきれるのか」

「川村《かわむら》さん。なぜ今、そんなことを……」

「もういい」

彼は、苦虫《にがむし》を噛《か》み潰《つぶ》したような顔をすると、

「一晩《ひとばん》ある。よく考えてから出せよ」

すれ違いざま、肩《かた》をとんと叩《たた》いて去って行った。


転属先《てんぞくさき》が決まったのは十一月も半《なか》ば、実際《じっさい》に着任したのは年《とし》が明けてからだった。

僕《ぼく》の意志《いし》は変わらなかった。

いつか果てる命なら、もっとも役に立つ時に死ねる人でありたい。そう願《ねが》った。

基地《きち》に赴任《ふにん》する前に一度、僕《ぼく》はカヲリに会いに行った。

調子が思わしくないようで、丸一日病室で時間を過ごしたのだが、時期外れの帰郷《ききょう》を、彼女は随分《ずいぶん》気にしているようだった。

別れ際《ぎわ》、いつも寂《さび》しそうな顔をする彼女が、この時ばかりは笑顔を崩《くず》さず、毅然《きぜん》たる態度《たいど》で見送ってくれた光景が、目に焼きついている。

軍機密《ぐんきみつ》とは言え、とうとう最後まで本当のことを言い出せなかったのが唯一《ゆいいつ》の心残りだが、幼《おさな》い頃《ころ》から一緒《いっしょ》にいたカヲリのことだ、あるいは、何か勘付《かんづ》いていたのかもしれない。


すまない、カヲリ。

きみとの約束は果たせそうにない。

だが、この命はきみと共にある。どうか僕《ぼく》の分まで、一日も長く、生きて欲しい。

きみの、あの白百合《しらゆり》の蕾《つぼみ》のような手を、そのやわらかな温《ぬく》もりを胸《むね》に抱《いだ》いて、必ずや僕《ぼく》は……


「！」


地鳴《じな》りのような轟音《ごうおん》で再び我《われ》に返ると、ひどく窮屈《きゅうくつ》な暗がりに『僕《ぼく》』は座《すわ》っていた。

目の前には、車のメーターっぽいものがいくつも並び、その手前にはステッキみたいなレバー、肘《ひじ》の辺りには水道とかボイラーの元栓《もとせん》のようなものが、所狭《ところせま》しと突《つ》き出ている。

ふと、脇《わき》の三角窓《さんかくまど》の向こうに、ゆっくりと追い越《こ》していくたくさんの飛行機が見えた。

その機体や翼《つばさ》には、夕日のように真っ赤な日の丸が、堂々《どうどう》と、大きく、描《えが》かれていた――


「――……小僧《こぞう》。おい小僧《こぞう》」


レキオ……

これって、何なの。

まるで、いつも見てる夢《ゆめ》の続きみたいだったけど……

「――夢《ゆめ》なんかじゃねえ。これがおめえたちの前世《ぜんせ》と、その関わりの概要《がいよう》だ」

オレたちの前世《ぜんせ》って。もしかして、『僕』とあのカヲリっていう人のこと⁉

「――おうよ。おめえたちが生まれ変わる、直前の姿《すがた》だ」

っていうか、あれって戦争時代だよね。特攻隊《とっこうたい》っていうやつだよね。

まさか毎朝見てるものが、過去にあったことの再現だったなんて……。

「――おめえたちはつい最近、この因縁《いんねん》の渦《うず》に巻き込《こ》まれちまった。そう、インネンだ。聞いたことぐれえはあるだろう。因縁《いんねん》てえのは簡単《かんたん》に言えば、知らず知らず前世《ぜんせ》と同じような道を辿《たど》っちまうという、宿命《しゅくめい》の連鎖《れんさ》のこった」

意味は、何となく分かるけど……。

でも、その、同じような道を辿《たど》るって、どういうこと？

「――前世《ぜんせ》の場合で言えば、男側の死、そして現世においては、この子の死が、それに当たる」

ちょ、ちょっと待《ま》って。

冗談《じょうだん》だろ、晴香《はるか》が死ぬなんて。

「――こんな笑えねえ冗談《じょうだん》なんか言うと思うか。現《げん》にこの子には、もう死期《しき》が迫《せま》ってる。恐《おそ》らく、この夏を越《こ》えて生き長らえることあ、かなわねえ」

何だよ、それ。ありえない……。

じゃあ、あいつが時々具合が悪《わる》くなったりするのは、もうすぐ死んじゃう前触《まえぶ》れってこと？

「――もう随分《ずいぶん》と影響《えいきょう》が出はじめてるなあ確《たし》かだ。もっとも、そこんとこを俺様が上手《うま》く利用して、あの子の身の安全を確保《かくほ》してる部分もあるがな」

何でこんなことになっちゃったんだろう。

「――出逢《であ》い、互《たが》いに惹《ひ》かれあうものの、結《むす》ばれる前に必ずその相手と死別する……。遥《はる》か昔から、おめえたちの魂《たましい》にゃあ、この厄介《やっかい》な因縁《いんねん》が付きまとってきた。だが、その因縁《いんねん》にも終わりがあってな。気の遠くなるような繰《く》り返しの中で徐々《じょじょ》に解消され、やがて負《ふ》の連鎖《れんさ》は絶《た》たれる。するってえとそこから先は、逆にプラス側へと転じるってえのが本来の仕組みだ。当初おめえたちは既《すで》にその段階にあった。そう。前回で終わったはずだったんだ。それが、まさかこんなことになっちまうなんて」

意味分かんないよ。

本当はもう終わってるんなら、何でそうなっちゃうのさ！

「――そこに関わる人間の思考、行動、そして心……。もはやすべての事象《じしょう》が不可抗力《ふかこうりょく》だ。誰《だれ》のせいでもねえ。要するに、因縁《いんねん》の渦《うず》が強大すぎるってことさ」

そんなの、納得《なっとく》いかないよ！

ねぇ、どうにかならないの、どうにかしてよ！

「――喚《わめ》くな小僧《こぞう》！　あの時、俺様の導《みちび》きどおりに事が運べば、あの子は本来の運命軸《うんめいじく》に戻り、すべてが丸くおさまるはずだったんだ。それがどうだ。一気に軌道修正不能《きどうしゅうせいふのう》な事態《じたい》に陥《おちい》っちまった。人間の『心』ほど、奇異《きい》で予測のできねえものはねえ」

あの時……って、どの時のこと？

「――さあな。それを直接俺様の口から言うのは法度《はっと》だ。おめえたち人間に必要以上の情報《じょうほう》を与えるわけには……」

そんなこと言ってる場合じゃないだろ！

ちゃんと教えてよ！

「――できねえものはできねえ。何度も言わせるな。それに、たとえ教えたところで、おめえみてえなガキに何ができる。小僧《こぞう》、悪《わる》いこたあ言わねえ、このまま黙《だま》って帰れ。事が済《す》んだら、その思いも気持ちも、きれいに風化《ふうか》させてやる。それまでの辛抱《しんぼう》だ。なあに心配するな。別に記憶《きおく》をすべて消そうってえんじゃあねえ。おぼろげに、差し障《さわ》りなく、いい思い出だけを、ほんのり頭の片隅《かたすみ》に残し……」

いやだ！　そんなの絶対《ぜったい》にいやだ！

このまま晴香《はるか》を見捨《みす》てるようなまねはできないよ！

「――分からねえやつだな。おめえ自身の記憶《きおく》を、俺様と関わる前の元の状態《じょうたい》に近付けてやると言ってるんだぜ。そうすりゃあ、この子との関係もこれまでどおり、偶然隣《ぐうぜんとなり》の席になったクラスメイトだ、別におめえが責任を感じる必要は……」

とにかくオレは晴香《はるか》を助けたいんだよ！

そのためなら何だってやる！　やってみせる！

だから教えてよ！　どんなことでもいいから！

「――ふん。甘《あま》ったれのひよっこが、上等じゃねえか。そこまで言うんなら、悪《わる》あがきさせてやらなくもねえ。だが小僧《こぞう》、こっから先はもう後戻りはできねえぜ。そして、結果が必ずしもおめえにとって吉《きち》と出るたあ限らねえ。それでも、俺様を恨《うら》まねえと約束できるか」

……分かった。約束するよ。

「――いいだろう、一つ助言してやる。もうじき、この家へ人がやって来る。だが、最初と二度目の呼び鈴《りん》には応じるな。三度目は、扉の鍵《かぎ》を開けて待《ま》て。後はおめえ次第《しだい》だ。話がややこしくなるといけねえから、くれぐれも俺様のことは口にするんじゃねえぞ。いいな……」

……ン　ポーン

インターホンの音で、はっと目が覚《さ》めた。

晴香《はるか》は依然《いぜん》としてベッドで眠《ねむ》っている。

そっと手を離《はな》し、オレは息を潜《ひそ》めてその音をやり過ごした。

ゴトゴト、ガサッ、と微《かす》かに、何かがドアポストに落ちる音が聞こえ、足音が遠ざかって行く。

十分ほどして、二度目が鳴《な》った。

これも、このままやり過ごせばいいんだな、レキオ。

じっとしてるだけなのに、何だか悪《わる》いことをしているみたいで、落ち着かない。

耳を澄《す》ましていると、隣《となり》、そのまた隣《となり》と、片《かた》っ端《ぱし》からインターホンを押《お》して歩いているようだ。

きっと、新聞の勧誘《かんゆう》とか、何かのセールスとかだったに違いない。

ホッと胸《むね》をなで下ろし、少しおいてから、助言どおり玄関《げんかん》の鍵《かぎ》を開けに行くと、

ピン　ポーン

靴《くつ》を脱《ぬ》ぐ間もなく、三度目のインターホンが鳴《な》った。

「ど、どうしよう」

おろおろしてるうちに、ガチャッとドアが開く。

「ハルカー！　おばあよー！」

まるで、当然鍵《かぎ》が開いているだろうって感じの勢いで入って来たのは、着物姿《きものすがた》のお婆《ばあ》さんだ。

手には大きなバッグを持っている。

「あっ、あの、晴香《はるか》、今、眠《ねむ》ってるんですけど」

とっさにそう言うと、訝《いぶか》しげな視線《しせん》が突《つ》き刺《さ》さる。

「どちら様ねぇ？」

「ぼ、僕《ぼく》はその、いや、これにはちょっとしたわけがあって……」

別に悪《わる》いことなんかしてないんだ、ちゃんと話せば分かってもらえる。

そう思いながらも、シドロモドロになっていると、

「んー？」

まじまじとのぞき込《こ》んできた浅黒い顔が、パッと一瞬《いっしゅん》にして晴れ渡《わた》った。

「もしかして、あんた、リョウちゃんいう子ねぇ？」

「え、何でオレのことを……」

「やっぱりさぁ。面影《おもかげ》ある。こんな小さい時、ハルカーと病院でほれ、一緒《いっしょ》に遊んだ」

晴香《はるか》に打ち明けられたから何の話かはおおよそ分かったものの、オレにはまるで会った覚えがないのだが。

「前に電話で、そん時の男の子に会ったって、あの子喜んでたさぁ。だから言ったわけ、きっと病気もまた治るよーって」

唖然《あぜん》としていると、「やれやれ」とお婆《ばあ》ちゃんはバッグを敷板《しきいた》の上にどかっと下ろし、「遠かったけど、遥々《はるばる》来た甲斐《かい》があったさぁねぇ」と言った。

そして、草履《ぞうり》を脱《ぬ》ぎながら、「ちゃあんと、言伝《ことづて》を授《さず》かって来たからねぇ」って、どういうことだろう。

首を傾《かし》げていると、

「あんたにだよ」

「え、オレに？」

「そう。訪《たず》ねていけば、きっと救《すく》いの主《ぬし》が現れるから、そしたら、その人に伝えてほしいって。救《すく》いの主《ぬし》言ったらそれはもう、あん時のリョウちゃんしかいないさぁ？」

「救《すく》いの主《ぬし》。オレが……」

「それにしても、さすがだねぇ」

言いながら裾《すそ》を持って、意外にも身軽《みがる》に玄関《げんかん》を上がると、

「ユタのお告《つ》げは、やっぱり正しいのさぁ」

お婆《ばあ》ちゃんは、その独特《どくとく》なイントネーションでしわくちゃに微笑《ほほえ》んだ。

2

家に帰ってすぐ、オレはその曲の入ったCDを持っているかどうか、お母さんに尋《たず》ねてみた。

「あら、よく知ってるわね。お母さんの思い出の曲よ」

そう言うわりには、引っ越《こ》しの時に処分《しょぶん》したかもしれないし探すのも面倒《めんどう》だからってさんざん渋《しぶ》られたけど、しつこく頼《たの》み込《こ》んで探してもらったら、ちゃんとあった。

お母さんたちの青春時代に流行《はや》ったというその女性バンドは、『プリプリ』という愛称《あいしょう》で呼ばれ、当時はもの凄《すご》く人気があった伝説《でんせつ》のグループらしい。

そんなこんなで、『昭和《しょうわ》のヒット曲』を聴《き》きながら、オレは宿題もそっちのけで、ぼんやりと一日を振《ふ》り返っていた。

夢《ゆめ》の中に登場する、『カヲリ』という見知らぬ女の子と、蓮沼《はすぬま》と呼ばれる『僕《ぼく》』というもう一人の自分。

本来ならオレの脳内《のうない》にしか存在しないはずの彼らが、晴香《はるか》を通じて、過去に実在した人物たちと繋《つな》がった。

やっぱり、あの一連《いちれん》の変な夢《ゆめ》には、すべて意味があったのだ。

しかも、まさかそれが、オレたちの前世《ぜんせ》と結びついていたなんて……

あれからオレは、眠《ねむ》っている晴香《はるか》の横で、お婆《ばあ》ちゃんといろんな話をした。

時々、方言《ほうげん》らしきヘンテコな言葉が分からなかったりしたけど、大体は理解《りかい》できたつもりだ。

話は、晴香《はるか》が小さい頃《ころ》のことから、両親が別居するまでの経緯《いきさつ》、さらにはお婆《ばあ》ちゃん四姉妹の名前の由来《ゆらい》（?）という実にマニアックな内容にまで及《およ》び、終始《しゅうし》オレは聞き役。

それでも、これがレキオに与えられた最後のチャンスだと思いながら聞くと、全部が興味深い話に感じられた。

中でも、病院での『アドゥータくん』の後日談《ごじつだん》は、不思議《ふしぎ》さでいっぱいだった。

お婆《ばあ》ちゃんによれば、当時の晴香《はるか》の容体《ようだい》は深刻《しんこく》で、実は手術《しゅじゅつ》も途中《とちゅう》で取り止めになるほど、手をつけられない状態《じょうたい》だったらしい。

その後、言語にも障害《しょうがい》が出はじめ、いずれ訪《おとず》れるであろう最悪《さいあく》の事態《じたい》を、誰《だれ》もが黙《だま》って見守るしかなかった。

それがどういうわけか、オレと遊びはじめるや、状況《じょうきょう》が一変したというのだ。

少しずつ言葉を正しく発音できるようになり、次第《しだい》に熱の高い日も減っていき、年《とし》が明ける頃《ころ》にはとうとう、診断書《しんだんしょ》に『寛解《かんかい》』のハンコ（これな

らもう心配ないって意味らしい）をもらえるまでになった。

「誰《だれ》よりも驚《おどろ》いたのは、先生たちさぁ。腫瘍《しゅよう》が跡形《あとかた》もなく消えるなんて信じられないって、そりゃもう大騒《おおさわ》ぎでからさぁ」

でも、ユタという霊能者《れいのうしゃ》に言わせれば、こういうのは、世界的にもわりとよくあるケースなんだって。

ここでようやく、オレも夢《ゆめ》のことを話したんだ。特攻隊《とっこうたい》らしき前世《ぜんせ》での自分を、毎晩《まいばん》のように体験しているってことを。

そしたら何と、ユタにも同じものが見えていたって！

しかも、晴香《はるか》の症状《しょうじょう》は、その前世《ぜんせ》の因縁《いんねん》から来てるはずだって！

オレ思わず鳥肌《とりはだ》が立っちゃったよ。怖《こわ》いくらいにどんどん話が繋《つな》がるから、マジ気《き》味《み》が悪《わる》かった。

それで、オレに言伝《ことづて》っていうのが、「これはシニマブイの仕業《しわざ》ではなく、イチマブイによるものだから、一日も早いマブイグミが必要だ」って……なるほど。チンプンカンプンだ。

訳してもらうと、「これは生霊《いきりょう》の仕業《しわざ》だから、落としてしまった魂《たましい》を早く元に戻してあげなさい」ということらしいのだが。

「え、イキリョウって、生霊《いきりょう》？　生きてる人の霊？」

「そう言ったさぁ。普通《ふつう》の人は感じないだろうけど、もの凄《すご》く強い波動《はどう》が出てるって。これはどう考えても生霊《いきりょう》に間違いないって」

どういうことなんだろうって、考え込《こ》んでいると、

「たとえば――」

お婆《ばあ》ちゃんが、ふと思い出したように口を開いた。

「たとえば身近に、誰《だれ》か高齢《こうれい》の男の人はいないねぇ？　そうね、わりと最近知り合った人の中に」

「ああ、一人いますけど。仲良くなったお爺《じい》さんが」

何の気なしにそう答えると、

「では、その老人とあんたたちの間で、何か変わった出来事はなかったねぇ？」

ここへきて何でいきなりジョーカーなのかと首を傾《かし》げつつ、変わったこと、変わったこと……

そう心の中でつぶやいていているうちに、

「あっ！」

まるで知恵《ちえ》の輪《わ》が外れるかのごとく、その疑問《ぎもん》はスッと解けた。

「そうだ、メッセージボトルだ！」

何で今まで気が付かなかったんだろう。

あのヒョウタン型の瓶《びん》は、確《たし》か『ニッキ水』と呼ばれて、夢《ゆめ》の中にも登場しているじゃないか。

考えてみれば、晴香《はるか》が学校を休むようになったのも、あの次の日からだ。

思い出すにつれ、その時のジョーカーの言動《げんどう》について、気になることが次々《つぎつぎ》と浮《う》かび上がってきた。

でも、何でお婆《ばあ》ちゃんが、ジョーカーの存在に気付くことができたのか。訊《き》いてみたら、「あんたたちの前世《ぜんせ》に関係した生霊《いきりょう》ならば、今頃《いまごろ》はもう、結構《けっこう》ないいお年《とし》だろうと思ったわけさぁ」って言う。

「ひょっとしたらその人が、あんたの前世《ぜんせ》に当たる人だったりして」

それはありえないよ。だって、夢《ゆめ》の中の『僕《ぼく》』とは名前が一致《いっち》しないもの。

第一、オレがここにいるのに、前世《ぜんせ》の人が生きているわけがない。

そう言ったら、お婆《ばあ》ちゃんは、「だっからよ〜」と笑いつつも、「でもね、ニライカナイやオボツカグラのように、沖縄《おきなわ》には昔から、科学では説明できない不思議《ふしぎ》な話がいっぱいあるよ」って。

「どんなに偉《えら》い学者さんやお医者さんでも、世の中、未《いま》だに分かっていないことのほうが多いわけ。だからあの世のことは、だーれも理屈《りくつ》なんかで説明できっこないさぁ?」

妙《みょう》に、納得《なっとく》させられた。

そして、

「ところで、中の紙切れには、いったい何と書いてたねぇ?」

お婆《ばあ》ちゃんが、話を戻そうとした時だった。

「私、覚えてる」

横から出し抜《ぬ》けに、晴香《はるか》の低い声がしたんだ。

「空《ソラ》も青《アヲ》、幹《ミキ》には鳥《ニワトリ》……丘《ヲカ》に凧《ニタコ》、だったよね」

「あい、気が付いたの。大丈夫ねぇ？」

「うん。っあー！　よく寝《ね》たー！　おばあ来てくれたんだ、ありがとう。心配ばかりかけて、ごめんね」

いつものあいつだった。その笑顔を見た時は、心の底からホッとした。

そこから三人で少し話したんだけど、

「そう言えば、もうすぐママが帰って来るけど、おばあ、大丈夫？」

晴香《はるか》が言ったその一言で、あえなく中断となった。

今回の訪問《ほうもん》は、どうやら母親には内緒《ないしょ》だったらしく、これから宿泊先を探さなきゃならないというので、オレも何となく、慌《あわ》てて引き上げることに。

そしたら帰り際《ぎわ》、晴香《はるか》がオレにこう言ったんだ。

「ねぇ、今度一緒《いっしょ》にカラオケ行こう？　ずっと練習してきた歌があるの」

オーディションでは、歌唱力《かしょうりょく》や表現力はもちろんのこと、選曲《せんきょく》もかなり重要なポイントらしく、審査員世代《しんさいんせだい》に分かりやすく、好感度《こうかんど》アップを視野《しや》に入れたということなのだが、
あいつが選んだのは昔のヒット曲だという。

「本当はね、デビューして夢《ゆめ》が叶《かな》ったら、遼哉《りょうや》くんの前で歌いたいなって、そう思って選んだ曲

でもあるんだぁ」

どんな曲なんだろうって、すごく興味が湧《わ》いて。

晴香《はるか》が口にしたその歌のタイトルを、忘《わす》れまいと頭の中で何度も繰《く》り返しながら、オレは家路《いえじ》に就《つ》いたのだった——

勉強机《べんきょうづくえ》に頬杖《ほおづえ》を突《つ》き、ノートの隅《すみ》に描《えが》いた黒丸《くろまる》を、シャーペンで意味もなくなぞり続ける。

「『世界でいちばん熱い夏』、かぁ……」

お母さんの青春時代って、もう、たぶん、相当昔のことだと思うんだ。

いや、本人を前にしては絶対《ぜったい》に言わないし言えないけど、それでも、全然古臭《ふるくさ》い感じがしなくて、単純にいい曲だなって。

晴香《はるか》んちでのことを振《ふ》り返りつつ、そんなことを思いながらボーっとして、何度目かのリピートが始まった。

太陽とか、八月とか、水しぶきとか。

いかにも夏っぽいキーワードだけが、何となく耳に入ってくる。

そう。もう夏だ。いつもなら、黙《だま》っててもテンションが上がる、待《ま》ち遠しい季節だ。

だけど今年は、できることなら、来なくていいよ。

もう既《すで》に訪《おとず》れているのなら、これ以上、月日が過ぎ去らないでほしい。

――「現《げん》にこの子には、もう死期《しき》が迫《せま》ってる。恐《おそ》らく、この夏を越《こ》えて生き長らえることあ、かなわねえ」

あいつはまだ、自分がどういう状況《じょうきょう》にあるのか知らないんだ。

何とかしなくちゃ。オレが救《すく》いの主《ぬし》にならなくちゃ……

コン　コン

不意に、ノックの音がした。

振《ふ》り返ると、返事をするまでもなく、

「おいおい、随分《ずいぶん》と懐《なつ》かしいのを聴《き》いてるなー」

お父さんが、仕事着のまま部屋に入って来る。

「あ、おかえり。早いじゃん、今日は」

「おー、こういう日もなきゃな。宿題、ちゃんとやってるか」

「まぁね。そこそこ」

「しかし、まさか遼哉《りょうや》の部屋でこの歌を聴《き》くとは、思いもしなかったよ。なぁ」と、ドアの外に振《ふ》ると、

「本当ね」

後ろからお母さんも入って来た。

「いきなり言うんだもの、探すの大変だったんだから。でも捨《す》てずに持っててよかったわ」

二人とも、ニコニコしてる。

うちはたぶん、両親の仲がいいほうの部類《ぶるい》に入るんだろうな。

一応、同級生同士みたいだし、友達感覚なのかも。

「あ、いけない。お鍋《なべ》！」

お母さんが、慌《あわ》てた様子で部屋を出て行く。

お父さんは本棚《ほんだな》に向かって腕組《うでぐ》みして、小さくリズムなんか取ってる。

「ねぇ、お父さんも、この歌に思い出とかあるの？」

何となく訊《き》いてみたら、

「ああ、まぁな」

振《ふ》り返るなり、「と言っても、俺の思い出は、お母さんの歌だけどな」って、鼻の下をこすってる。

「へ？　お母さん？」

すると、急に傍《そば》まで来て、

「お母さんな、ああ見えても学生の頃《ころ》、バンド組んでヴォーカルやってたんだ」

って小声で言う。

「マ、マジで⁉」

「シーっ！」口元に人差し指を添《そ》え、しきりに後ろを気にしてる。

「マジだよマジ。この『プリプリ』のコピーバンドさ。そりゃあカッコよかったぜ、目立ってた。髪《かみ》茶色くしてスカート短かくしてさ、歌うまいしかわいいし若いし……」

軽いショックみたいなのを覚え、唖然《あぜん》としていると、

「それでこの曲な、文化祭ライブの最後の曲だったんだ」

天井を見上げながら、フッと笑《え》みを浮《う》かべてる。

「体育館はもの凄《すご》い熱気でさ。みんなノリノリで興奮《こうふん》しまくってて、最後の演奏《えんそう》が始まるのを今か今かと待《ま》ってた。その時だ。いきなり、マイクでお父さんの名前が呼ばれた。そう。ステージの上から、お母さんが呼んだんだ。それで息を切らしながらさ、この歌は、あなたのために歌います！　みたいなことを叫《さけ》んじゃったもんだからもう、お父さん全校生徒から注目の的《まと》さ。冷《ひ》やかされるわ揉《も》みくちゃにされるわで大変だったよ。あ、ほらここ、この最後の歌詞」

促《うなが》されるまま、とっさに耳を傾《かたむ》けた。

瞬間《しゅんかん》、

「！」

それは、オレの目を痛《いた》いほどに見開かせた。

息を吸い込《こ》んだまま、しばらくの間、吐《は》き出すのを忘《わす》れてしまった。

「な、すげーだろ、『世界で一番愛してる〜』だぜ？　参《まい》るよな、大勢の前で告白するなんてさ。大胆《だいたん》なことしてくれたよまったく……。あっ、今話したこと、絶対《ぜったい》お母さんに言うなよ、怒《おこ》られるから」

それから、お母さんがまた入って来て、二人で何だかんだ楽しそうにしゃべっていたけど。オレにはもう、歌しか聴《き》こえてこなかった。あいつのことしか、頭になかった。

ベッドに入ってからも、あの歌が耳から離《はな》れなかった。

間奏《かんそう》部分に入っている、ブーン……という飛行機の効果音と、最後のサビの歌詞とが、エンドレスで頭の中を駆《か》け巡《めぐ》っている。

あいつは、幼《おさな》い頃《ころ》からずっと思っててくれたんだ。

そして、今でも変わらずに、思い続けてくれているんだ。

六年二組に、溶《と》け込《こ》もうとしなかったオレのことを。

どうせ卒業すればバラバラになるからって、適当《てきとう》に過ごしてたオレのことを。

自分からは何にもしない、一人じゃ何にもできない、オレなんかのことを……

「くそ、なんでだよ」

何であいつが死ななきゃならないんだよ。

あいつの人生って、何なんだ。

病気に悩《なや》まされて、将来の目標を奪《うば》われて。オレと会ったら今度は死ぬのかよ。何でわざわざ沖縄《おきなわ》から転校して来たんだよ。何でうちのお父さんの転勤先《てんきんさき》がこの町だったんだよ。

こんなことになるんなら、出逢《であ》いたくなかった。出逢《であ》わなきゃよかった。

何が因縁《いんねん》だ。何が運命だ。

「くそ、くそっ、くそっ、くそっ！　くそっ！　くそっ！　……っ!!」

ベッドの中、やりきれなさにもがいた。

オレなんかを好きでいてくれる晴香《はるか》のことが、憐《あわ》れでかわいそうで愛《いと》おしくて、気が狂《くる》いそうだった。

「くそ……」

どうしていいか、分かんないよ。

レキオの言うとおりかもしれない。

オレに何ができるっていうんだ。

オレなんかに、何が……

その夜に見た夢《ゆめ》は、いつになく鮮《あざ》やかな光景から始まった。

やわらかな木漏《こも》れ日の中、ペダルの重い自転車を必死に漕《こ》ぎ、『僕《ぼく》』は小高い丘を目指《めざ》していた。

やがてピンクや黄色、紫《むらさき》の小さな花々が広がる原っぱに辿《たど》り着くと、『カヲリ』が唐突《とうとつ》に四葉《よつば》のクローバーを探そうと言い出した。

だけど結局、二人とも見つけることができず、彼女が用意してきた麦飯《むぎめし》のおにぎりを木陰《こかげ》で一緒《いっしょ》に食べた後、『僕《ぼく》』たちは海へと向かった——


サザザーン……


波の調《しら》べを聞くと、ついあの日のことを思い出してしまう。

こちらの桜は、もう散《ち》りはじめているが、故郷《ふるさと》は未《いま》だ蕾《つぼみ》の頃《ころ》だろうか。

赴任《ふにん》してから早《はや》二ヶ月、思えば、裏山《うらやま》の丘にも、あれっきり行けず仕舞《じま》いになってしまった。

手紙を出さない、転属先《てんぞくさき》も教えない僕《ぼく》を、きみはどう思っているだろう。


カヲリ。

あの日、きみのつぶやいた言葉に、僕《ぼく》は何も言えなかった。

人の一生とは、少なからずそういう危《あや》うさと儚《はか》さの上に成り立っているものなのだと、僕《ぼく》自身も感じていたからだ。

だが今、これだけは、はっきりと言える。

儚《はかな》いものだからこそ、命を懸《か》ける意味があり、守る価値があるのだと。

そして、その思いが永遠に消えないよう、僕《ぼく》はこの文字に魔法《まほう》をかける……

「蓮沼《はすぬま》さん、これを撮《と》れと仰《おっしゃ》るんですか？」

「ええ、無理を言ってすみません。頼《たの》めるのは、あなたしかいないんです」

「んー、露出過多《ろしゅつかた》になるんじゃないかなぁ、影《かげ》がこう、うまく出るかどうか。まぁ、あっしも新聞記者やって今年で八年ですがねぇ、こういうのは撮《と》ったことがない。自信ないですわ」

「そこを何とか、お願《ねが》いします！」

すまない、カヲリ。

僕《ぼく》にはこういうことしか、思いつかない。

しかし、この心が、きみの元へと届く日は、そう遠くはないと思う。

それまで、どうか元気でいてくれ――


目が覚《さ》める。

「あの文字って……」

飛び起きるなり、見たままの綴《つづ》りをノートに書きなぐってみる。

すると、見えた。今まで見えなかったものが、浮《う》き上がるかのように見えて来たんだ。

「そうか。レキオの言う『あの時』って、やっぱりあの時のことだったんだ」

その日、オレはある決心を胸《むね》に、学校へと向かった。

3

歌って、不思議《ふしぎ》だ。

聴《き》くたびに、決まって同じ情景が浮《う》かんだり、何かを思い出したりと、記憶《きおく》を呼び覚ます作用がある。

お父さんやお母さんは、その歌で青春時代を懐《なつ》かしんでいたし、ジョーカーは、初めてマスターに会った時のことを思い出していた。

たぶん大人には、そういうのがたくさんあるんじゃないかな。年齢《ねんれい》を重ねれば重ねるほど、増えていくものだと思うから。

この歌はどうなんだろう。

選んだ海堂《かいどう》にも、何か思い出や思い入れがあってのことなんだろうか……


「えーと寺沢《てらさわ》さんは、そうね、アルトに。はい、じゃあ次の人」

岩清水《いわしみず》先生が、電子《でんし》ピアノで一音ずつ上げて、一人一人に発声テストをしていく。

五時間目、道徳《どうとく》の授業を利用して、いよいよパート分けすることになった。

最初は、「さーあーあーいー」などという意味不明《いみふめい》な声を出すのが照れくさくていやだったんだけど、毎時間やってるお陰《かげ》でいい加減慣《かげんな》れちまったよ。

ちなみにオレは、結構《けっこう》高い声が出るみたいで、男子ながらソプラノ組に振《ふ》り分けられた。

それにしても和《なご》やかな授業風景だ。席についている子らもほとんど私語《しご》をせず、テストを静《しず》かに見守っている。こんなの、転校してきた当時には考えられなかった。

あの『チョーク作戦』失敗以来、大那《だいな》たちはわざと目立たなくしているみたいだし。平和っていいな。これが普通《ふつう》なのかもしれないけど。

発声テストは廊下側《ろうかがわ》から順番に行われたから、最後が大那《だいな》だった。

名前を呼ばれると、かったるそうに前に出ていき、『休め』の姿勢《しせい》で視線《しせん》は上向き。

相変《あいか》わらずふてぶてしい態度《たいど》をとりながらも、よく通る男らしい声を響《ひび》かせ、テノールに決定。

テストは無事に全員分が終わった。

その後、各パート別に音程や歌い方の違いを把握《はあく》しましょうってことで、電子《でんし》ピアノが篠原依《しのはらえ》梨子《りこ》に明け渡《わた》された。

「最初はソプラノでーす。さぁ、篠原《しのはら》さん、お願《ねが》いします」

「……」

岩清水《いわしみず》先生がやさしく何度も促《うなが》すんだけど、やっぱり依梨子《えりこ》は俯《うつむ》いたまま、すっかり固まって動かない。

見かねた海堂《かいどう》が、

「先生、パート別に演奏《えんそう》したものも入手しましたので、それでいきましょう」

と今日も助《たす》け舟《ぶね》を出す。

「篠原《しのはら》さんは、そのままそこで、音の確認《かくにん》をしてくれないか」

CDがセットされると、ソプラノに続いてアルト、テノールと、三種類《しゅるい》の伴奏《ばんそう》が順繰《じゅんぐ》りに流れた。

その後、分けられたパートごとに、一回ずつ別々に歌って、その日の練習は終わった。

待《ま》ちに待《ま》った放課後、オレは真《ま》っ直《す》ぐ、ドライブインを目指《めざ》した。

言うまでもなく、ジョーカーに訊《き》きたいことがあったからだ。

空も青《ソラモアヲ》　幹には鳥《ミキニワトリ》　丘に凧《ヲカニタコ》

あのメッセージボトルの中には、十六文字のカタカナが書かれた、紙切れのようなものが入っていた。

結論から言うと、あれはオレの勝手な思い込《こ》みによる、まったくの読み違いだったということが今朝《けさ》、判明した。

夢《ゆめ》の中で『僕《ぼく》』は、砂浜に指で右から文字を書き、それを写真に収めようとしていた。

そこには確《たし》かに、

ソラモマヲミキニワトリヲカニタコ

という、あのカタカナの綴《つづ》りが並んでいた。

今度は生で、この目で『実物』を見たんだから、間違いない。

そして、この昔の右横書き文字を、書いたとおりに読めばこうだ。

コタニカヲリ　永久《トワ》に君《キミ》を《ヲ》　守《マモ》らん《ラン》

そう。拾った時、瓶越《びんご》しに見たあれは、砂文字を撮《と》った細長い写真だったのだ。

ただでさえ読みづらい上、文章が『ン』から始まるわけがないという思い込《こ》みも手伝って、『ン』を『ソ』、『マ』を『ア』と、読み違えていたらしい。

ニッキ水の瓶《びん》と、砂の文字。そして、そこに記《しる》された『カヲリ』という名前。

夢《ゆめ》の中に登場するこの三つのキーワードが、メッセージボトルという現実《げんじつ》と、完全にシンクロした瞬間《しゅんかん》だった。

あれから、あのメッセージボトルがどうなったのか。

海に投げようとしたら、息を切らして駆《か》けつけるほど慌《あわ》てていたジョーカー。

あそこまでして手に入れたかった、手に入れなければならなかった理由は、何なんだろう。

単に、歴史的価値《れきしてきかち》がある珍《めずら》しいものだからだろうか。いや、きっと何か隠《かく》しているに違いない。

ひょっとしたら、お婆《ばあ》ちゃんのいうように、本当にジョーカーがオレの前世《ぜんせ》の姿《すがた》なんじゃないのか。

そして、もしかしたら、晴香《はるか》を助けるための手がかりも、そこにあるんじゃないのか……。

授業中、ずっとこんなことばかりを考えていたのだが、その日も結局、バルコニーからジョーカーが出てくる気配《けはい》はなかった。

週が明けてからも、それは同じだった。

痺《しび》れを切らし、一度こっそり海堂《かいどう》に尋《たず》ねてみたら、今週は忙《いそが》しくて顔を出していないという答えが返ってきた。

「この前、僕《ぼく》が行った時は居たけどなぁ。源《げん》さんも、たまに行き先も告《つ》げず、ふらっと出掛《でか》けたりすることがあるから、どこか旅行にでも行ってるのかもしれないね」

旅行中ならいるわけがないんだけど、こっちは気が気じゃないから、思い切って表のドアをノックしたり、裏口《うらぐち》のノブをガチャガチャ回したり、一応やってみたんだ。

だけど、ドアはもちろん、海側に面したカーテンも、脇《わき》の小窓《こまど》のブラインドも全部閉め切っていて、ドライブイン・ラストウェーブ白波《しらなみ》は、いつにも増してひっそりと静まり返っていた。


夜――

「うん、声の大きさだけは何とかね。結構《けっこう》それなりに聞けるくらいにはなってきてると思う」

子機《こき》を手に部屋へこもる、吉野遼哉《よしのりょうや》十一歳《さい》かっこ意外に冷静な口調ながらちょっと早口バージョン。

実は照れ隠《かく》しでもあるんだけどさ。

「そう、オレ、ソプラノ男子。貴重《きちょう》な存在だろ？　四人のうちの一人だもん。あとの三人？　ええと、鈴木《すずき》と倉橋《くらはし》と、それから……」

たわいもない話。

だけど今のオレにとっては、授業なんかよりよっぽど大事な、貴重《きちょう》な時間。

あの日、帰り際《ぎわ》に頼《たの》んで教えてもらった、晴香《はるか》のケータイ番号。

「平日の夜ならすぐに出られると思う」と、ノートの切れ端《はし》に書いて渡《わた》してくれた時は超嬉《ちょううれ》しかった。

本当は毎晩《まいばん》かけたいくらいなんだけど、ケータイを持っていないオレには、こうして絶好《ぜっこう》のタイミングを見計《みはか》らうしか手段がなくて。

自《おの》ずと今夜みたいに、お父さんが夜勤《やきん》でなおかつお母さんが入浴中、という限られたシチュエーションの限られた時間帯になっちまう。

何でコソコソする必要があるのかって、あれこれ訊《き》かれるのも面倒《めんどう》だし、やっぱり恥《は》ずかしいし。

っていうか、普通《ふつう》、みんなそうじゃないのかな。親の前で堂々《どうどう》と好きな子に電話できるやつとか、マジ尊敬《そんけい》する。

「あ、そろそろオレ……うん、ごめん。またかけるよ。じゃあ」

結局、お婆《ばあ》ちゃんのこととか、学校での出来事とか、そういう話だけで終わっちまった。

晴香《はるか》によればあの後《あと》、『ママ』が予定より早く帰ってきたために、お婆《ばあ》ちゃんと鉢合《はちあ》わせになり大変だったらしい。一足先に切り上げてきてよかった。

とりあえず、声が元気そうで安心はしたものの、実は明日《あした》から検査《けんさ》で入院するのだと聞いて、また不安になったのだが、

「だから、しばらくケータイ繋《つな》がらないと思うけど、心配しないでね」

という、あいつの言葉を信じて、オレは電話を切った。

サザーン　シャー……

「ねえ、遼哉《りょうや》くん」

晴香《はるか》、もう寝《ね》てなくていいのか？

「大丈夫だよ。っていうか寝《ね》てる時間がもったいないでしょ？　だってもうすぐ私、死んじゃうんだもん」

おい、そんなこと言うなよ。死ぬなんて。

「仕方ないよ。そういう運命なんだから」

いやだよ、そんなの。絶対《ぜったい》にいやだ。

「さよなら、遼哉《りょうや》くん。さよなら……」

おい、待《ま》てよ晴香《はるか》、晴香《はるか》ぁー‼

サザザザーン　シュアー……
サザザァー……

穏《おだ》やかな波のさざめきが、次第《しだい》に、頻《しき》りと梢《こずえ》を揺《ゆ》する風のざわめきへと変わっていくのを感じた。

潮風《しおかぜ》はにわかに重く淀《よど》み出し、カビ臭い、湿《しめ》った土のようなそれが鼻をつく。

思わず眉《まゆ》をひそめるのと同時に、気が付けば『僕《ぼく》』は、息苦しい暗がりの中にいた。

目が慣《な》れてくると、頭上にぬうっと、むき出しの柱が浮《う》かび上がってきた。窓《まど》一つない左右の壁《かべ》から何本もせり上がり、天井へ向かって三角形を作るように組まれている。広い屋根裏部《やねうらべ》屋《や》のような空間だ。

辺りを見渡《みわた》せば、通路を挟《はさ》んだ両側がお蕎麦屋《そばや》さんとかトンカツ屋さんみたいな小上《こあ》がりになっていて、あちら側にもこちら側にも、人らしき膨《ふく》らみの横たわる布団《ふとん》が整然《せいぜん》と並んでいる。

ふと視線《しせん》を下げると、手もとにノートのようなものが開いて置いてあり、『拝啓《はいけい》　古谷《コタニ》カヲリ様』という文字が、右端《みぎはし》に小さく綴《つづ》ってあるのが見えた――

――つまらない体裁《ていさい》や恥《はじ》など、もはや何の意味も持たない。

夜が明ければここにいる友は皆、昨夜《ゆうべ》の宴《うたげ》のことなど忘《わす》れ、二度と還《かえ》らぬ決死の旅に出る。

僕《ぼく》もあの唄《うた》のように、大和魂《やまとだましい》で勇ましく敵《てき》になぐり込《こ》みをかけ、一矢《いっし》を報《むく》いて華々《はなばな》しく最《さい》期《ご》を遂《と》げるのだ。

そう。最後だ。彼女に自分の気持ちを伝えることができる、これが最後の機会だ。

今さら、検閲《けんえつ》など恐《おそ》るるに足らぬ。話したいことは山ほどある。会えば何時間でも話していられる気がするほどだ。

それなのに、この期《ご》に及《およ》んで何をどう書いたらいいのか一向《いっこう》に思い浮《う》かばない。

いったいどうしたものか……


「筆が進まぬようだな」

ふと声のほうを見やると、川村《かわむら》さんが仰向《あおむ》けになったまま、「夜が明けてしまうぞ」と言った。

「まだ起きていたんですか」

「さすがに、眠《ねむ》れなくてな」

はぁ……とため息をついて、勢いよく身体《からだ》を起こす。

「少し夜風《よかぜ》に当たらないか」

黙《だま》って俯《うつむ》いていると、彼はさっさと土間《どま》に下り立ち、板戸《いたど》を開け放した。

「見てみろ、綺麗《きれい》な月夜だ」

僕《ぼく》は少し迷った挙句《あげく》、それを裂《さ》いてくしゃくしゃに丸め、他の人たちを起こさぬよう静《しず》かにその背中《せなか》を追った。

表に出て戸を閉めるや否《いな》や、彼は大きく伸《の》びをしながら、「俺はきっと、死んだら、地獄《じごく》行きだな」そう言って夜空を見上げ、「それならそれでいいさ」と吐《は》き捨《す》てた。

「どっち道、天国にいるお前のご両親には合わす顔がない。まったくやり切れないぜ」

僕《ぼく》はひと呼吸《こきゅう》おいてから、「誰《だれ》も川村《かわむら》さんを責めやしませんよ」と努《つと》めて冷静に返した。

「これは作戦なんですから」

「そりゃあそうだが、あれは決死ではすまされんのだぞ、必死だ。俺たちが敢《あ》え無く討《う》ち死《じ》にするのとはわけが違う」

「どうしたんですか川村《かわむら》さん。今になってまた、そんなことを……」

「そこまでせねばいかんのかと思うと、悔《くや》しくてたまらんのだ。お前のように頭のいいやつは、生きていてくれたほうが、後々《のちのち》世のため人のためになるのに」

「後々《のちのち》のことは、これから世に出てくる人たちが何とかしてくれるでしょう。そのためにも、僕《ぼく》は今自分がやらなければいけないことをやるまでです」

一瞬《いっしゅん》こちらに目を向けてから、彼はふんと鼻で笑った。

「立派《りっぱ》だよ、お前さんは。悲しいほどにな」

「こうする外《ほか》、ないんです」

たまらず僕《ぼく》は、言い返してしまった。

「彼女の病を治したいんですよ」

「病？」

「実は、このままだと、もう長くないと言われているんです。今のカヲリに必要なのは僕《ぼく》じゃない、治療《ちりょう》に十分なお金と平和な環境《かんきょう》だ。遺族年金《いぞくねんきん》の受け取り人は、彼女なんです。僕《ぼく》は立派《りっぱ》な人間なんかじゃありません。とにかく、早くこの戦争を終わらせたい。それだけです」

「蓮沼《はすぬま》……」

それから僕《ぼく》たちは、しばらくの間、一つも言葉を交わさなかった。

彼の肩《かた》からひしひしと伝わってくる憤《いきどお》りも、僕《ぼく》のこのもどかしさも何もかも、明日《あした》の出撃《しゅつげき》を前にしてはことごとく無意味に思えた。

山間に吹《ふ》き渡《わた》る湿《しめ》った風が、真っ黒な松林の中をシャー……と潮騒《しおさい》のように通り過ぎてゆく。

僕《ぼく》は、もう二度と見ることのないあの海辺の景色《けしき》を偲《しの》んで、時折《ときおり》月を掠《かす》める煙《けむり》のような雲を、ただぼんやりと眺《なが》めていた。

生まれ育った町のありふれた日常と、あの愛《いと》しい笑顔に、とりとめもなく思いを馳《は》せながら――

不意に、あの耳障《みみざわ》りなリズムが聞こえてきた。

電子《でんし》ピアノの右端寄《みぎはしよ》りの鍵盤《けんばん》を、ひたすら人差し指一本で叩《たた》いているかのような、それ。

機械的で無表情な冷たいその響《ひび》きに、胸《むね》がざわついた。

思えば夢《ゆめ》の中で、いつもそれは鳴《な》っていた。そしてその後に、必ず『あれ』は訪《おとず》れた。

まるでこの音が『僕《ぼく》』に、その瞬間《しゅんかん》を知らしめる、合図であるかのように――

ポッ、ポロッ、ポロッ、ポー、ポッ……


モールス音と共に、操縦桿《そうじゅうかん》を握《にぎ》る手に全神経を集中させる。

ついにこの時が来たのだ。絶対《ぜったい》に命中させてみせる。

切り離《はな》された瞬間《しゅんかん》に来る、強烈《きょうれつ》なマイナスのG《ジー》。

機内の埃《ほこり》が浮《う》き上がるのと同時に息を吸い込《こ》むと、僕《ぼく》は訓練の時と同じように滑空《かっくう》の態勢《たいせい》へ
と……


「!?」


あれは何だ。

何の光だ。

敵機《てきき》か。

いや違う。

何て眩《まぶ》しいんだ。

こちらに向かって来る。

どんどん近付いて来る。

だめだ、避《よ》けきれない……！

――ドスッ

「いってぇなもう……」

今朝《けさ》もまた、凄《すさ》まじい轟音《ごうおん》と共に床《ゆか》の上で目が覚《さ》める。

日一日《ひいちにち》と臨場感《りんじょうかん》の増す、生々《なまなま》しい夢《ゆめ》。

百メートルを、いや、その倍くらいを全力で走った後みたいに、心臓《しんぞう》がドクンドクンいってる。

とてもじゃないけど、身体《からだ》が追いついていかないよ。

しかもこれが、ただの夢《ゆめ》じゃないなんて……

でも、泣き言《ごと》はやめよう。

朝、いつものように目が覚《さ》めて、いつものように学校に行く。もしかしたら、そういうごく当たり前なことが、幸せというものなのかもしれない。

こうやって思うがままに呼吸《こきゅう》ができるだけでも、生きているということのありがたさみたいなものを、実感すべきなのかもしれないな……

そう言えば今日から三連休じゃないか。早起きする必要もないのに、いつもと同じ時間に目が覚《さ》めちまった。

目覚ましを見ると、セットした時間まで、あと四十分くらいはある。

気が抜《ぬ》けちゃって、再び横になりかけたんだけど、やっぱり寝《ね》るのはやめておこうと思いとどまった。

ため息と共に重い身体《からだ》を持ち上げると、オレは今日もいつもと同じように、いつもと変わらない朝の光を、無理やり部屋の中に迎《むか》え入れた。

4

この三日間ほど何もしない、湿気《しけ》った手持ち花火みたいな連休は、今までなかったかもしれない。

終業式を間近《まぢか》に控《ひか》えた、誰《だれ》もがウキウキしちゃいそうな『プレ夏休み』を、オレはぐだぐだじめじめと家の中でただ過ごした。

天気もあんまりよくなかったし、お父さんも一日しか仕事が休みじゃなかったから、家族でどこかに行こうって話も当然なく。

適当《てきとう》にテレビを見たりゲームをして燻《くすぶ》っているうちに、少しも盛《も》り上がることなくいつの間にか終わった感じだった。

もっとも、たとえディズニーランドやユニバーサルスタジオに連れて行ってもらえたとしても、心から楽しむことはできなかっただろう。

どこにいても、何をしていても、あいつのことが頭から離《はな》れず、どうしようもなかったはずだから。

むしろ、オレとしては早く学校に行きたかった。早く休みが終わればいいのにとさえ思っていたくらいだ。

あの教室のあの席に座《すわ》っていれば、少しはあいつの近くにいるような気分になれるんじゃないか、気が紛《まぎ》れるんじゃないかって、休みの間中ずっと、そういう淡《あわ》い期待を抱《いだ》いていた。

だけど連休が明け、学校が始まってもなお、気分が晴れることはなかった。

朝からクラス内は、またＵＦＯが現れたという話題で持ちきりだった。

気楽なもんだよな。こっちはそれどころじゃないってのに。

だけど、その盛《も》り上がりの陰《かげ》で、海堂《かいどう》がどこかの学校に本採用《ほんさいよう》になったらしいという噂《うわさ》が、女子連中の間に広まっていて。

何でもかんでもハイペースでやってるのは、一学期しかいないからだ、みたいなことを言っていた。

それと、どこからそうなったのかは分かんないけど、晴香《はるか》がどうやら実家に帰ってて、そのまま沖縄《おきなわ》の学校に戻るらしいとか、そんなことも噂《うわさ》になっていた。

これについては何となく、裏《うら》でレキオが動いてるんじゃないかという気がした。

もしかして、こういうのが、『記憶《きおく》を風化《ふうか》させる』っていうことの準備《じゅんび》というか、第一歩なんじゃないかって。

そう思ったら、胸《むね》が締《し》め付けられるように苦しくなって、今すぐここで、本当のことをみんなに打ち明けたい衝動《しょうどう》に駆《か》られた。

でも、分かってもらえる自信もなければ、そんな勇気もなく、何にもできない自分が情けなくて、余計に気が滅入《めい》っていくだけだった。

その日の五時間目も、道徳《どうとく》の授業を利用して、合唱の集中練習が行われた。

パート分けしてから一週間、ハモリもそれらしくなってはきたんだけど、伴奏《ばんそう》が電子《でんし》ピアノから聞こえてくることは、依然《いぜん》としてなかった。

やっぱり、篠原《しのはら》には無理な注文なんだよ。教室内でこうだもの、ましてやステージの上でなんか、演奏《えんそう》できっこない。

どことなくそういう空気が、クラスの中に漂《ただよ》いはじめていた。

「岩清水《いわしみず》先生、今日は少し気分を変えてやってみませんか」

海堂《かいどう》から提案《ていあん》があったのは、一回とおして歌い終えた後のことだった。

それまでは、ソプラノが窓際《まどぎわ》、アルトは真ん中、テノールは廊下側《ろうかがわ》と大雑把《おおざっぱ》に並ばされ、それぞれが机《つくえ》の脇《わき》に立って歌っていたのだが、

「机《つくえ》を後ろに下げて、ステージと同じように並んでみるのはどうでしょう。この後、清掃《せいそう》ですし」

ってことで、なるべく音を立てないようにという注意の下、さっそく椅子《いす》を上に載《の》っけて机《つくえ》を移動させた。

確《たし》かに、どうせ掃除《そうじ》の時はこうなるから、同じことだ。

でも、掃除《そうじ》の時間が学校によって違うんだってのは、転校してみて初めて分かったことだ。前の学校では、昼休みの後が掃除《そうじ》で、それから五時間目だったもんな。

位置関係は同じ、窓際《まどぎわ》からソプラノ、アルト、テノールの順で、それぞれ前後二列、教壇《きょうだん》を中心として扇子《せんす》を開いたようにきれいに弧《こ》を描《えが》く。

「はい、じゃあそこから三歩、前に進もう」

思わず耳を疑《うたが》った。一体何をしようと言うのか。

だって、両端《りょうはし》の前列の子なんかは、壁《かべ》ぎりぎりのところまで追いやられてしまう距離《きょり》だ。

みんな首を傾《かし》げながら言うとおりにすると、

「ようし。篠原《しのはら》さんは、ここに」

海堂《かいどう》が電子《でんし》ピアノを抱《かか》え、オレたちの背後《はいご》に回った。

下げた机《つくえ》の前に設置して、椅子《いす》をセットする。

「始めようか」

依梨子《えりこ》を、オレたちと背中合《せなか》わせに座《すわ》らせると、

「篠原《しのはら》さん」

その後ろから、海堂《かいどう》はそっと囁《ささや》いた。

「いいかい、誰《だれ》もきみのことは見ない。きみの前には誰《だれ》もいない。いつものように、弾《ひ》いてごらん」

——何分くらいだろう、少し長く感じる静《しず》けさの後、いきなり、前奏《ぜんそう》が始まった。

あんなに工夫したものの、やっぱり無理だったようだ。だから諦《あきら》めて、いつものように海堂《かいどう》が
ラジカセのスイッチを押《お》したんだろう。はじめはそう思ったんだ。

ところが違った。見れば、ラジカセは教壇《きょうだん》の上だ。

みんな、顔を見合わせた。誰《だれ》もが、目を丸くしていた。

それは弾《はず》むように、転《ころ》がるように、流れるように、ラジカセのそれとまったく同じように聞こえてきた。

そして、その美しいメロディとみんなの声が、自然に重なった。

ピアノの音色《ねいろ》の正確《せいかく》さと比《くら》べ、声のほうは、ＣＤのそれとは程遠いレベルだと思った。

だけど、まるでミルクがコーヒーに溶《と》け込《こ》んでいくかのような、それまで感じたことのない一体感が心地《ここち》よくて、その間だけ、不安や憂鬱《ゆううつ》な気持ちを忘《わす》れていられた。


それから終業式までは、あっという間だった。

その間、帰り際《ぎわ》に「遊ぼうぜ」と大那《だいな》たちに誘《さそ》われたことも何度かあった。でも、とてもそんな気分にはなれず、かと言って、何かしていないと落ち着かなくて。

適当《てきとう》な理由をつけ誘《さそ》いを断《ことわ》っては、三つ目の『コバルトハート』を求め、オレはひたすら独《ひと》りでビーチコーミングする日々を送っていた。

依然《いぜん》としてジョーカーにも会えず、不安は募《つの》る一方だったけど、ラスト一週間は、それどころじゃないくらいにバタバタと過ぎていったように思う。

その慌《あわ》ただしさはどことなく、運動会とか文化祭とかを目前にした、『お祭り本番前』を思わせる加速感に似ている気がした。

海堂《かいどう》が積極的《せっきょくてき》なのはそのとおりだけど、ことのほか岩清水《いわしみず》先生の意気込《いきご》みには目を見張《みは》るものがあり、授業ごとの発声練習も、より本格的になってきた。

「腰《こし》に手を当てて、お腹に意識を集中させてくださーい！」

そういう自分は、かなりシャープで細い喉声《のどごえ》なんだけど、ケガ人なのに以前よりも活《い》き活《い》きとしてる感じで、かなり気合が入ってるんだよな。

たとえば、水泳の時はプールサイドで仰向《あおむ》けになって歌ってみたりだとか、体育館では控《ひか》え室のグランドピアノを囲んで持ち上げながら叫《さけ》んでみたりと、実にいろいろな方法で練習させられた。

他にも、理科や家庭科などの教室外授業では、終わり十五分前になるとパート編成《へんせい》ごとに並んで、チャイムが鳴《な》り終わるまで、とにかく大声で歌わされたり。

もちろん、屋外を除《のぞ》いてはどこへでも電子《でんし》ピアノを持ち込《こ》み、例のごとくオレたちと反対側を向いた依梨子《えりこ》が、滑《なめ》らかなメロディーをひたすら奏《かな》で続けた。

ちなみに肝心《かんじん》の音楽の授業はと言えば、チャイムと同時に全員が着席（ピアノによる音楽鑑《おんがくかん》賞《しょう》なしで！）するという、一学期最後にして初の快挙《かいきょ》を（あの六年二組が！）成し遂《と》げ、見事、女魔導師《おんなまどうし》クレオギーヌの鼻を明かすことに成功していた。

女子連中はもとより、あのダイナマンこと谷口大那《たにぐちだいな》も、とびきりのしたり顔だったのは言うまでもない。

市内合唱コンクールという目標に向かって邁進《まいしん》するクラスのムードは、日を追うごとに、いや、一時限終えるごとにますます躍動感《やくどうかん》に溢《あふ》れ、未《いま》だ梅雨空《つゆぞら》みたいにぐずついたオレの胸中《きょうちゅう》とは裏腹《うらはら》に、まるで盛夏《せいか》の森のごとき勢いで、劇的《げきてき》に華《はな》やいでいった。

そんな感じで迎《むか》えた一学期最後の日。

終業式を終え、他の生徒たちが教室に戻った後も、オレたちは体育館に残っていた。

一学期を締《し》めくくる意味でと、最後に一度、本番のつもりで歌ってみようということになったのだ。

ただ、グランドピアノをステージの上まで移動するのはさすがに無理だから、伴奏《ばんそう》だけはお馴《な》染《じ》みの電子《でんし》ピアノにしましょうってことで落ち着いた。

「それじゃあ篠原《しのはら》さん、すまないが教室から持ってきてもらえますか」

海堂《かいどう》の指示に、ギャル間多《また》が、自分も手伝うから一緒《いっしょ》に行くと名乗りを上げたのだが、

「大丈夫よ、私が行くから」

間髪《かんはつ》を容《い》れずに、岩清水《いわしみず》先生がその役を買って出た。

「でも先生、腕《うで》やばいじゃん」

という女子連中の気遣《きづか》いにも、「平気よ、もう一本あるもの」なんて左腕《ひだりうで》でガッツポーズを作ってみせる。

二人が体育館を出て行くと、

「さてと」

海堂《かいどう》は、それを見計《みはか》らうようなタイミングで、

「きみたちに、ちょっと協力してもらいたいことがあるんだ」

と言った。

二人が戻り、電子《でんし》ピアノをステージ横に設置するなり、

「篠原《しのはら》さん、僕《ぼく》から一つ、提案《ていあん》があるんだ」

海堂《かいどう》はそう切り出した。

「本来なら、ステージの下は会場席のお客さんでいっぱいだが、今は誰《だれ》もいない。そこで今日は、本番を想定してこの位置で演奏《えんそう》してみないか。そう、前を向いた状態《じょうたい》でだ」

途端《とたん》に依梨子《えりこ》が、口元に手をやりオドオドしはじめる。

「ただし、歌う者たちは、きみに背《せ》を向けて歌うことにしよう。それでも、きみ自身が気になるといけないから、念《ねん》のためにこれで目隠《めかく》しをしてもらおうと思う。どうだい？」

差し出された黒っぽいタオルに、戸惑《とまど》う依梨子《えりこ》。

すると、海堂《かいどう》が少し腰《こし》を屈《かが》めて、「大丈夫だよ」と囁《ささや》いた。

「きみの腕《うで》なら、この曲はもう、楽譜《がくふ》も鍵盤《けんばん》も見ずに弾《ひ》けるはずだ。そうだろう？」

「篠原《しのはら》さん、やってみましょう。あなたなら弾《ひ》けるわ」

岩清水《いわしみず》先生が、また左で拳《こぶし》を作ると、依梨子《えりこ》は、コクンと頷《うなず》いた。

電子《でんし》ピアノに背《せ》を向けて並び、ステージ裾《すそ》の暗がりを見ながら待《ま》っていると、やがて前奏《ぜんそう》が始

まった。

何の迷いも感じさせない、まったくいつもと同じ音色《ねいろ》だった。

ドキドキしながら一番を歌い終え、間奏《かんそう》に入ったところで、海堂《かいどう》の指揮棒《しきぼう》が合図をする。

オレたちは足音を立てないよう、打ち合わせどおり移動を開始した。

所定の位置についたところで、タイミングよく二番が始まり、間もなく最後のサビへ。

そして、いよいよ後奏《こうそう》もエンディングを迎《むか》え、海堂《かいどう》の指揮棒《しきぼう》が頭上でピタッと止まった瞬間《しゅんかん》、

「すごいじゃんエリー！」

ハイテンションなハスキーボイスを皮切《かわき》りに、拍手喝采《はくしゅかっさい》が湧《わ》き起こった。オレも、手を叩《たた》かずにはいられなかった。

少し身体《からだ》をビクッとさせた依梨子《えりこ》に、岩清水《いわしみず》先生が駆《か》け寄り、

「篠原《しのはら》さん、目隠《めかく》しを取ってごらんなさい」

慌《あわ》ててタオルを外した依梨子《えりこ》に、そっとメガネを手渡《てわた》す。

案《あん》の定《じょう》、口を手で覆《おお》って、赤縁《あかぶち》の奥の目を真ん丸に見開いてる。

さぞかし驚《おどろ》いたことだろう。さっきまで背中《せなか》を向けていたオレたちに、ぐるっと周りを囲まれているんだから。

「おめでとう、篠原《しのはら》さん。驚《おどろ》かせてすまない」

にっこり微笑《ほほえ》んだ海堂《かいどう》が、拍手《はくしゅ》しながら歩み寄る。

「今きみは、この六年二組全員の目の前で、しっかりと演奏《えんそう》できた。決してきみは、人前で弾《ひ》けないわけじゃない」

そして、タオルを受け取ると、

「合唱コンクールに、目隠《めかく》しをして出場してはいけないというルールはない。これも『あり』だから、もう心配は要らないよ」

と笑った。

「でも一つだけ、覚えていてほしいことがあるんだ」

海堂《かいどう》は、一旦《いったん》オレたちの顔をゆっくりと見渡《みわた》してから、

「見てごらん、きみの周りには、いつも仲間がいる。目隠《めかく》しをしても、しなくても、きみは独《ひと》りじゃないんだ。この六年二組の一員なんだ。それだけは忘《わす》れないでいてくれないか」

いつものやさしい口調で、そう言った。

だけど、それはどこか重みのある、なぜかドキッとさせられる言葉でもあった。

それからオレたちは、教室に戻って、いつものように帰りの会をやった。

最後の『先生から』では、

「本当によく声が出るようになったわね」

と言った岩清水《いわしみず》先生がちょっと涙《なみだ》ぐんでいて、

「拍手《はくしゅ》できないことが、こんなにももどかしいと思ったことはないです。あとは休み明けから仕上げに入れば十分に間に合うと思います。本当によく頑張《がんば》りました」

って、褒《ほ》めてくれた。

みんな喜んだ。思わず自分らで拍手《はくしゅ》してしまうくらいに、嬉《うれ》しかった。

そこへ、

「短期間でこんなに上達するなんて、予想以上だった」

って海堂《かいどう》も絶賛《ぜっさん》してくれたんだ。

「僕《ぼく》が教えたかったことは、全部教えられたと思う。きみたちはもう大丈夫だ」

何かちょっと気になる言い方だなと思っていたら、案《あん》の定《じょう》女子連中がざわめき出し、

「アタシたち今チョーノッてるのに、ここで練習を止めちゃうのはもったいなくなーい？」

しゃしゃり出たハスキーボイスによって、一気に火が点《つ》いた。

「ねぇセンセー、夏休み中も練習してさー、さらに一段《いちだん》上のステージを目指《めざ》そうよー」

「そうだよ、最後のサビの高音部分なんか、まだまだじゃーん」

「そうそう、首を絞《し》められた鶏《にわとり》の声みたいだもんねー！」

とそこへ、

「でも、みんな予定とかあるだろ……」

「そうだよな、男はヒマじゃねぇからな……」

誰《だれ》かが、いや、これは内海《うつみ》と木ノ内《きのうち》だ。

男子を代表するかのようなボソボソが聞こえてくると、

「ちょっとぉ！　あんたたちが一番練習しなきゃでしょ！」

「そうよそうよ、いっつも同じところでハズすんだからぁ！」

「空気読んでよ、バカ！」

って、濁声《だみごえ》コンビ、形無《かたな》し。

もの凄《すご》い勢いでやり込《こ》められてしまった。

「センセー、いいでしょう、やろうよー」

「そうだなぁ……」

気のせいだろうか、海堂《かいどう》の表情が、一瞬曇《いっしゅんくも》ったように見えた。

珍《めずら》しく視線《しせん》を落としたまま、何かを考えているようだったが、やがて岩清水《いわしみず》先生に伺《うかが》いを立て、

「私はしばらく実家で休養するので、あとは海堂《かいどう》先生にお任せします」

とあっさり承諾《しょうだく》されるや、「よし分かった」パンッ！　と、いつもの調子で手を打った。

「夏だし、せっかくだから海岸で練習するというのはどうだい？」

そしたらもう、キャーだのイエーイだの拍手《はくしゅ》だのと、女子連中の凄《すさ》まじき賛同《さんどう》の嵐に呑《の》み込《こ》まれ、あれよあれよという間に多数決で決まっちまった。

すると海堂《かいどう》は、一旦《いったん》、岩清水《いわしみず》先生に何か囁《ささや》いてから、急いで教室を出て行った。

それから、夏休み用のプリントが配られたり、連絡事項やら何やらが進行していき、帰りの挨《あい》拶《さつ》になったのだが、

「よかった、間に合った」

直前に、海堂《かいどう》が慌《あわ》てて戻って来て、「帰ったら、お父さんお母さんに、ちゃんと許可《きょか》をもらってください」と、新たなプリントを配りはじめた。

急遽《きゅうきょ》決まった、休み中の特別練習。

いつもの半分の大きさしかないそのプリントには、時間もなかったからだろう、タイトルまでも手書きで、『白波《しらなみ》だより　号外　はばたけ六年二組』と書かれていた。

第七章

旅立ちの日に

1

サザザーン　シャー……

渚《なぎさ》に降《ふ》り注《そそ》ぐ、真夏の太陽。

サッザーン……

広大な３Ｄの、青いキャンバス。
そこに、風と時が自在に描《えが》く白い雲、白い砂、白い波――
そんな夏色の絵の中にあって、ひと際眩《きわまぶ》しい真っ白なポロシャツに目を細めるや否《いな》や、
「よーし、じゃあまずは、ランニングからいこうか」

ええ――――――ッという、海岸線を前傾姿勢《ぜんけいしせい》でぶっ飛ばしていくバイクのエンジン音のような大ブーイングが巻き起こる。

続いて、「はい足並み揃《そろ》えてー、右、左、右、左」

ピッピッ！　ピッピッ！　という軽快《けいかい》なホイッスルが、有無《うむ》を言わさずしかめっ面《つら》たちを連れて走り出したところで、完全に日常へと引き戻された。

「よーしいい調子だ、このまま展望台《てんぼうだい》の下まで頑張《がんば》ろう右、左、右、左」ピッピッ！　ピッピッ！

小学校生活最後の夏休み。初日の、しかも朝っぱらからこれか。勘弁《かんべん》してほしいよまったく。

それにしても、まさかこの炎天下《えんてんか》に砂浜を走らされるなんて、あいつらも想定外だったろうな。

昨日は先頭きって手を挙げていたギャル間多《また》が、今日はぶーたれながら最後尾《さいこうび》で音《ね》を上げている。

その点、男子代表、谷口大那《たにぐちだいな》の潔《いさぎよ》さはさすがだ。面白《おもしろ》くなさそうにしつつ、余裕顔《よゆうがお》で淡々《たんたん》とこなしてる。さっさと終わらせて早く泳ごうぜってとこか。

昨日配られたプリントには、練習日や期間などの詳《くわ》しい日程は載《の》っていなかった。

参加は自由で、時間帯や練習内容も、「現地で発表します」みたいなことが書いてあったと思う。

それでも全員が揃《そろ》っちゃうところが、今の六年二組。まさに『カイドーマジック』のなせる業《わざ》だ。

だけど、さすがに集合場所がドライブインの裏《うら》だったことには驚《おどろ》いた。

確《たし》かにこのへんなら海水浴客もいないし、練習には持って来いだとは思うけど、なんたって子供たちからはいい噂《うわさ》のない、あのジョーカーの住《す》み処《か》が目の前だ。

案《あん》の定《じょう》、父兄《ふけい》からも学校に問い合わせがあったらしく、その都度《つど》、海堂《かいどう》が詳《くわ》しく説明したみたい。

今朝《けさ》はオレたちにも、

「みんな、磯村《いそむら》さんのことを誤解《ごかい》しているようだけど、とってもいい人だから安心してほしい」

と、学生の頃《ころ》にお世話《せわ》になった思い出を話して聞かせ、

「今日はこの中も、磯村《いそむら》さんのご厚意《こうい》で貸していただいたんだ」

海の家を指差して、そう言っていた。

公園まで走ったら、みんな息が上がってしまい、これじゃあ歌どころか発声練習もできないし、

「熱中症《ねっちゅうしょう》になる〜」という声もあって、早速少しだけ休むことになった。

涼《すず》しげな松林を通り抜《ぬ》け、ひと際《きわ》大きな木陰《こかげ》になだれ込《こ》めば、心地《ここち》いい風が顔の火照《ほて》りをスーッと拭《ぬぐ》い去ってゆく。

適当《てきとう》なところに腰《こし》を下ろすと、少し離《はな》れたところに立った海堂《かいどう》が、

「そう言えばこの木も、磯村《いそむら》さんが植えたものだと聞いているよ」

枝葉《えだは》を見上げながら、独《ひと》り言のように言った。

でも、もうジョーカーの話題には誰《だれ》も反応せず、「ボクチャン幼稚園《ようちえん》の遠足の時、ここでサクランボを採って食ったヨ」という塚田《つかだ》の発言から、「桜の木にサクランボは生《な》らないだろ⁉」みたいな話で盛《も》り上がっていた。

結局、誰《だれ》かの弁当から落ちたやつを、塚田《つかだ》が拾い食いしたんだろうってことで決着がついたんだけど、大那《だいな》たちから、『チェリー塚田《つかだ》』などと呼ばれ、散々《さんざん》からかわれていたのは言うまでもない。

その後、その木を囲んで、これでもかっていうくらいに発声練習をしてから、遊歩道《ゆうほどう》を端《はし》から端《はし》までゾロゾロと、大声で歌いながら歩き回った。

最後は、「さぁ、頑張《がんば》った君たちに、ご褒美《ほうび》があるぞ」とかそそのかされて、よーいドン！で砂浜を海の家まで猛《もう》ダッシュ。

汗《あせ》だくの、喉《のど》カラッカラスペシャルで辿《たど》り着くと、いつの間にかよしずで覆《おお》われた海の家の中、まさに喉《のど》から手が出そうな『ご褒美《ほうび》』が待《ま》っていた。

木箱のテーブルに並んだ、それ。びっしりと水滴《すいてき》のついた、あのくびれた黒い清涼剤《せいりょうざい》、瓶《びん》コーラだ！

海堂《かいどう》が栓抜《せんぬ》きで一本一本、シュポッ！　シュポッ！　と開けては、「磯村《いそむら》さんからの差し入れだ」と言いながら、次々《つぎつぎ》に手渡《てわた》してくれてる。

「ほーら、冷えてるぞー」

もう飛びついた。手に取るなり吸い付くように、目を見開いて、夢中《むちゅう》で喉《のど》を鳴《な》らした。美味《うま》すぎの冷たすぎで気が遠くなって、マジぶっ倒《たお》れるかと思ったよ。

大那《だいな》や成瀬《なるせ》たち、小早川《こばやかわ》くんやギャル間《ま》多《た》、他の男子も女子も、そしてオレも、いつか見たＣＭの中の大人たちみたいに、笑い合いながら格好《かっこう》よく飲み干《ほ》した。

朝はあんなに気分悪《わる》くスタートしたのに、終わってみれば、なんか最初からすごく楽しかったような気がしてきて。

「コンクール、頑張《がんば》ろう！」って爽《さわ》やかに言われたら、みんなと一緒《いっしょ》に、「おー！」とか笑顔で応えてしまった。

それから海堂《かいどう》に促《うなが》され、バルコニーに向かって、「ありがとうございました！」と全員で叫《さけ》んでから解散になった。

打ち合わせどおり水着を持ってきている連中が、口々に帰りの挨拶《あいさつ》をしては、向こう側の海水浴場へいそいそ駆《か》けていく。

成瀬《なるせ》に、「忘《わす》れてきたのか」って声をかけられたけど、「ごめん、今日は家の用事があるから帰らなきゃいけないんだ」とオレは嘘《うそ》をついた。

あっちでは、学校に戻ろうとする海堂《かいどう》に、ギャル間多《また》たちがまとわりついてしきりに手を引っ張っている。

「午後からプールの当番だから行けないよ」と断《ことわ》られると、「じゃあプールにするー！」とか何とか、キャピキャピじゃれつきながら、みるみる小さくなっていった。


サザーン……


渚《なぎさ》に潮騒《しおさい》と風の音だけを残す、のどかな遊泳禁止区域《ゆうえいきんしくいき》。

一段《いちだん》と真っ白な砂の上、真っ黒なオレの分身が、空のほぼてっぺんに君臨《くんりん》した灼熱大魔王《しゃくねつだいまおう》に睨《にら》まれ、足元で縮《ちぢ》こまっている。

ようやくこの時が来た。

今日は最初からそのつもりで来たんだ。むしろ、このために来たようなもんだ。

袖《そで》で汗《あせ》を拭《ぬぐ》いながら、再度一人になったことを確認《かくにん》すると、オレは海の家の脇《わき》を抜《ぬ》け、裏口《うらぐち》へと回った。

「ごめんくださーい」

恐《おそ》る恐《おそ》るドアノブに手をかけると、思ったとおり鍵《かぎ》はかかっていなかった。

開けると同時に、中から音楽が聞こえてくる。

「ごめんくださ――い！」

今度は叫《さけ》んでみると、少しの間のあと、「どうぞ、お入りなさい」と奥から小さな声が聞こえた。ひと息ついて、ドアを閉める。

赤いタイル張りを過ぎ、暖簾《のれん》をくぐると、この前と同じテーブルに、その姿《すがた》はあった。

ダルマ型の回転イスに座《すわ》ったまま、こちらを見ずに手をすっと上げて、ここに座《すわ》れという感じに隣《となり》の席を指差してる。

何となく物音を立てないよう気を配りながら、この前と同じそこに腰《こし》を下ろすと、今度はその指先をジュークボックスに向け、

「これが終わるまで待《ま》ってくれるかね」

小声でそう言うから、大人しく待《ま》つことにした。

夏、とか、昼、とかが似合わない、きっと永久にくすんだ世界。

海辺のドライブインという開かれた空間を装《よそお》いながら、時間が止まったかのように閉ざされた

異空間《いくうかん》、喫茶《きっさ》・ジョーカーに漂《ただよ》う気だるいサウンド。

否《いや》が応《おう》でも耳に入ってくるそれは、この前のとは違う緩《ゆる》やかなテンポながら、歌っているのはやっぱりガイジンの男の人らしき声で。

当然、歌詞の意味なんてまるで分かんないけど、間奏《かんそう》部分の口笛《くちぶえ》がどことなく物悲《ものがな》しい感じがしたから、そういう曲なのかなぁって。

それから、あの小さな金属音《きんぞくおん》と、ドゥー……という重低音《じゅうていおん》が聞こえてくるまでの間、ジョーカーはそのまま少しも動かなかった。

やがて辺りが静《しず》まり返ると、ふう……とため息をついてから、「この曲にも、思い出があってね」と唐突《とうとつ》に話しはじめた。

「海堂《かいどう》くんを、初めてここに迎《むか》え入れた時の曲なんじゃや。あれからもう五年、月日が経《た》つのは本当に早い」

腕組《うでぐ》みをして、俯《うつむ》いたっきり黙《だま》っている。

「あの……」

たまらず話しかけると、

「もしかして、何度か訪《たず》ねてくれたかな。すまんね、しばらく留守《るす》にしておったから」

ジョーカーはそう言って、ゆっくりとテーブルに両肘《りょうひじ》を突《つ》いた。

「わざわざ訪《たず》ねてきたということは、きみも、何か感づいているからだね」

「きみも、って」

「海堂《かいどう》くんのことさ」

顔の前で指を組んで、チラッとサングラスを傾《かたむ》ける。

「違うかね」

「あ、ええと、いろいろと訊《き》きたいことがあって」

「ほう」

再び肘《ひじ》を離《はな》して、「どんなことかね」と、今度はクイッと椅子《いす》を回転させ、身体《からだ》ごとこちらに向いた。

「この前拾った瓶《びん》のことなんですけど――」

オレはこの一週間ずっと、お婆《ばあ》ちゃんとの話や夢《ゆめ》で見た内容などを自分なりにまとめて、しっかりと質問する準備《じゅんび》をしてきた。

かなり現実離《げんじつばな》れした、普通《ふつう》なら大人には相手にしてもらえなさそうなことだらけだけど、そこはジョーカーだ。

初めこそ、「まさか……」と驚《おどろ》いた素振《そぶ》りは見せたものの、時々無言《むごん》で相槌《あいづち》を打ちながら、真剣《しんけん》な面持《おもも》ちですべてを受け入れてくれた。

そして、なぜか肩《かた》の力を抜くように深い息をついてから、

「なるほど。きみの話は、実に不思議《ふしぎ》で興味深い」

ジョーカーは、ようやく口を開いた。

「確《たし》かにわしは、特攻隊《とっこうたい》の一員だった。そして察《さっ》しのとおり、この傷《きず》もその時のもの。決して隠《かく》すつもりはなかったが、わざわざ言うことでもないと思ったんじゃよ。しかし吉野《よしの》くん」

と再び腕《うで》組《ぐ》みをする。

「きみの夢《ゆめ》の中に登場するという、その彼らの名前に、わしはまるで心当たりがない」

「じゃあ、『古谷《コタニ》カヲリ』っていう女の人は……」

「うむ、まったく身に覚えがない」

「本当、ですか」

恐《おそ》る恐《おそ》る尋《たず》ねると、

「ああ、本当だとも」

きっぱりと言い切る。

「つまり、わしがきみの前世《ぜんせ》に関わっているんじゃないかという疑《うたが》いは、何かの間違いということになる。まして生霊《いきりょう》や、きみ自身の前世《ぜんせ》の姿《すがた》であるはずもない」

「そうですよね、やっぱり……」

「それとね」とジョーカーは続けた。

「あの時わしは、あくまでもビードロそのものに興味があったから、拾いにいっただけなんじゃ」

オレから手渡《てわた》された時も、中に何かが見えたという程度で、そこに文字が書いてあることなど、まったく気付かなかったのだと言う。

さらに、なぜあの瓶《びん》を海堂《かいどう》に見せたくなかったのかという質問についても、

「彼は、わしが古瓶《こびん》の収集に熱中しているのを、あまりよく思っていなくてね。目の前にお宝があると、年甲斐《としがい》もなく無茶な行動をとったり、そう、この前みたいにね。整理《せいり》する時なんかも夜更《ふ》けまで際限なく没頭《ぼっとう》してしまうから、ほどほどにしなさいといつも叱《しか》られる。だから最近では、新たに拾ったものは、なるべく知られないように隠《かく》しているんじゃ。我《われ》ながら子供みたいだとは思うがね」

って笑ってる。

「まあ、彼なりのやさしさじゃな。年寄りの身体《からだ》を案じてくれているわけだ、ありがたいことさ」

「そうだったんですか……」

これですべてが振《ふ》り出しに戻ってしまった。

ジョーカーだけが頼《たの》みの綱《つな》だったのに。何か分かると思ったのに……

何だか気が抜《ぬ》けちゃって呆然《ぼうぜん》としていると、

「それはそうと、その海堂《かいどう》くんのことなんだが」

またクイッと椅子《いす》を戻し、サングラスに湾曲《わんきょく》した窓《まど》を映《うつ》しながら、

「どうも近頃《ちかごろ》、様子がおかしい」

とつぶやくように言った。

「悪《わる》いくせが出てきたんではないかと、心配しておってね」

「悪《わる》いくせ？」

「ああ」

親指と人差し指を顎《あご》に添《そ》えて、しきりにさすっている。

「自分の居場所が、もっと他にあるのではないかと、模索《もさく》を始めている気がしてならん」

「あの、それってもしかして、先生を辞《や》めるかもしれない、ってことですか」

「吉野《よしの》くんは、どう思う」

「んー、転任の噂《うわさ》はあるみたいだけど、どうなのかな……。いつも忙《いそが》しそうっていうか、いろんなことを夏休み前に済《す》ませようとしてるみたいだなっていうのは、何となく思ってたんですけど」

「やはり、きみもそう思うかね」
ジョーカーはおもむろに腰《こし》を上げ、ジュークボックスの前に立つと、
「彼には是《ぜ》が非《ひ》でも、初志《しょし》を貫《つらぬ》いてほしい」

そう言って、ポケットから取り出したものをキャラリ…とそこに入れた。

そして、慣《な》れた手つきで何箇所《なんかしょ》かボタンを押《お》すと、

「それこそが、彼の歩むべき人生であり、わしの願《ねが》いそのものなんじゃよ」

と言って、こちらを振《ふ》り向いた。

「もちろん、わしはわしで手を尽《つ》くすつもりでいる。きみたちには、どうか海堂《かいどう》くんを引き止めてもらいたい。頼《たの》む」

いきなり頭を下げるから、どうしようかって戸惑《とまど》っていたら、またさっきと同じ曲が始まった。

取りあえず何か言わなきゃ間がもたない気がして、別に興味もないのに、

「えっと、ちなみにこれは、何ていう曲なんですか」

って思わず訊《き》いた。するとジョーカーは、夕空に瓶《びん》をかざしたあの時と同じ、妙《みょう》な顔つきで、

「パット・ブーンの、『ラブレター・イン・ザ・サンド』という曲じゃよ」

と静《しず》かに言った。

2

何かが、引っかかっていた。

最初にドライブインに招かれた時の、ジョーカーの昔話。それと、今日の話。

疑問《ぎもん》に思っていたことは解消できたし、他に、特に不審《ふしん》なところがあるわけじゃない。

だけど、どうもすっきりしない。

もう、何回寝返《ねがえ》りを打っただろう。

シーツの、冷たいところを探すのが、難《むずか》しくなってきた。

考えれば考えるほど、話のどこかに嘘《うそ》が潜《ひそ》んでいるような気がしてきて。

だとしたら、どこまでが嘘《うそ》で、どこまでが真実なのか、なぜ、嘘《うそ》をつく必要があるのか。

分からない。分からない。分からない。

何か、隠《かく》していることがあるんじゃないのか。

隠《かく》さなければならない何かが、あるんじゃないのか……

――ん？


気が付くと、背中《せなか》にあったベッドの感触《かんしょく》が、いつの間にか膝小僧《ひざこぞう》に移《うつ》っていた。

微妙《びみょう》に身体《からだ》が揺《ゆ》れている。

どこだ、ここは……

抜《ぬ》けるような青空の下、遠くに海の見える街の景色《けしき》が広がっている。

見知らぬ街並み。そう。何の変哲《へんてつ》もない、どこかの街並み。

建物や道路や電信柱が、少しずつ角度を変えながら、窓《まど》の外を流れてゆく。

「やっぱり暑《あつ》いわね」

「ああ、本当にサウナみたいだよ」

横でお母さんたちが、楽しそうに話している声が聞こえた。

ふと、ありふれた景色《けしき》の中にあって、ほぼすべての建物の上に貯水《ちょすい》タンクのようなものが載《の》っかっていることに気が付いた。

マンションやアパートの上なら近所でもよく見かけていたけど、何で普通《ふつう》の家の屋根にもあるんだろう。

不思議《ふしぎ》に思っていると、

「おっ、遼哉《りょうや》、あそこに怪獣《かいじゅう》がいるぞ」

「本当だ、遼《りょう》ちゃん、あそこにもいるよ」

遠くばかり眺《なが》めていたオレに、「ほらそこ」って二人ともすぐ下の家々を指差して微笑《ほほえ》んでいる。

なあに、あれ。

「あれはな、シーサーっていうんだ」

しーさー？

「そう。伝説《でんせつ》の獣《けもの》で、沖縄《おきなわ》では家の守《まも》り神《がみ》って言われてるんだぞ」

「ああやってお家《うち》の外に置いておくとね、あのシーサーが悪《わる》いことから身を守ってくれるんだって」

ふうん……

ホテルにもいる？

「いるだろうな」

「そうね、きっといるわね」

家の屋根の上や入り口で『お座《すわ》り』しているそれは、前に神社の階段《かいだん》のところで見かけた狛《こま》犬《いぬ》によく似ていた。

本当に怪獣《かいじゅう》みたいな怖《こわ》い顔や、マンガとかに出てきそうな面白《おもしろ》い感じの顔。同じようなのが二頭揃《そろ》っていたり一頭だけだったり、色も大きさも様々《さまざま》で。

いろんな表情があるけど、どれも皆、目を剥《む》き、そのほとんどが牙《きば》のあるでっかい口をグワッと開けてて、見るからに強そうだ。

タンクのことなんかもうどうでもよくなって、今度はそればっかり目で追っていたら、ひと際恐《きわおそ》ろしい顔のを見つけた。

赤い瓦屋根《かわらやね》の上から、こちらを睨《にら》みつけるようにしているそれは、元の色が分かんないほどに色褪《いろあ》せた、いかにも古そうな感じのやつで。

表面の傷《いた》み具合とか、耳が片方取れちゃってるところとかが、よりリアルな迫力《はくりょく》を醸《かも》し出している。

しかも、どういうわけかどんどん近づいてくるように思えてきて、さっと前に向き直った。

何だったんだ、あれ。

ホテルのはどんなシーサーかな。

できれば、あんな怖《こわ》い顔のじゃなきゃいいな……

「！」

我《われ》に返るのと同時に、何かただならぬ気配《けはい》を感じた。

明らかに人のそれとは違う荒々《あらあら》しい息遣《いきづか》いが、背筋《せすじ》を一気に凍《こお》りつかせる。

恐《おそ》る恐《おそ》る振《ふ》り向くと、そこには——


「‼」


息を呑《の》む間もなかった。

ベッドのすぐ脇《わき》に、今にも襲《おそ》いかかってきそうなあの恐《おそ》ろしい形相《ぎょうそう》が、夜空を覆《おお》うねぶたのごとく迫《せま》ってきたではないか。

暗闇《くらやみ》に浮《う》かび上がる赤黒いそれは、ギョロリと目を剥《む》き、牙《きば》のあるでっかい口で、

「——やい小僧《こぞう》、俺様だ」

などとドスの利《き》いた嗄《しわが》れ声を放ち……って、

「——見えてるんだろう、あん？」
レ、レキオ、なの？
「——びびるこたあねえ。最初にも言ったろう、俺様は不吉《ふきつ》なものじゃなく、その逆だからな」

それは分かってるよ。

分かってるけど、これがきみの、本当の姿《すがた》ってこと？

「——おうよ。これまで長きにわたって染井家《そめいけ》の番を務《つと》めてきた守護神《しゅごしん》、レキオ・レオナルトゥ

たあ俺様のことだ」

驚《おどろ》いたなぁ、シーサーってちゃんと本物がいるんだ。ただの言い伝えじゃなかったんだね。

でも、まさかあのガレキが……ああ、怒《おこ》んないでよ、悪《わる》く言ってるわけじゃないんだ。

「――ふん。素性《すじょう》を明かすつもりなんてなかったんだが、事《こと》が事《こと》だ、致《いた》しかたあるめえ。だがそのへんの飾《かざ》りもんやお土産《みやげ》と一緒《いっしょ》にされちゃあ困《こま》るぜ。俺様は古代エジプト、ギザを起源《きげん》とする由緒《ゆいしょ》正しきシュセプ・アンクの末裔《まつえい》、シーサー一族の血統を受け継《つ》ぐ正真正銘《しょうしんしょうめい》の……なんでえ、急に神妙《しんみょう》な顔して」

ねぇ、キミは晴香《はるか》の家の守《まも》り神《がみ》なんだよね。悪《わる》いことから守ってくれるんだよね。

それでもやっぱり、あいつを助けることはできないの？

「――言ったはずだ。おめえたち人間の運命を変える権限《けんげん》は、俺様にもねえ。たとえ染井家《そめいけ》の守《しゅ》護神《ごしん》である俺様であってもだ」

そっか……そうだよね。分かってる。

「――けっ、情けねえ野郎だな。あん時の勢いはどうした。あの子を助けるんじゃなかったのか。そのためなら何だってやるんじゃなかったのか、あん？」

でも、あれから、何にも手がかりが見つからないんだ。

もう、どうしていいか分かんないよ。

やっぱり、オレみたいな子供には無理ってことなのかな……

「――いいや、必ずしもそうとは言いきれなくなってきたぜ。おめえの起こした行動が、ほんの僅《わず》かだが、あの子の運命軸《うんめいじく》に影響《えいきょう》を及《およ》ぼした。ガキにしちゃあ、なかなかのもんさ」

それって、あいつが助かる可能性が出て来たってこと？

「――残念《ざんねん》ながらまだまだそうは言えねえな。だが、一つだけはっきりと言えることがある。それは、俺様のおめえに対する見方が変わったということだ。おめえの『心』を信じることが、結果としてあの子を救《すく》うことになるんじゃねえか、だったら俺様も最後にいっちょ悪《わる》あがきしてみるかと、そう思いはじめたところさ。だから、せめて事の経緯《いきさつ》くれえは教えてやるつもりで来てやったってえわけよ。もっとも、おめえに聞く気があればの話だが」

聞くよ、もちろん！

できれば、最初から詳《くわ》しく聞かせてほしい。

「――いいだろう。そうこなくっちゃ。そうさな、まずは何で俺様があんなチンケな姿《すがた》になっちまったのかってえところから話さねばなるめえな。いいか小僧《こぞう》、耳の穴かっぽじってよおく聞きやがれ」

うん。分かった。

「――今からだとつい半世紀《はんせいき》ちょっと前のことさ、おめえたち人間の争いごとに巻き込《こ》まれてなあ。夜空を流星《りゅうせい》みてえに飛び交う小さな鉄の塊《かたまり》が、凛《りん》としたこの自慢《じまん》の耳を掠《かす》めていきやがった。幸い粉々《こなごな》にはならずに済《す》んだんだが、明け方ひび割れんとこから見事に欠《か》けちまってこの有《あり》様《さま》よ。ったくとばっちりもいいとこさ、酷《ひで》えもんだぜ」

そうだったんだ。あの欠片《かけら》はその耳の部分なんだね。

でもさ、それって晴香《はるか》んちの――沖縄《おきなわ》でのことだよね。しかもずっと昔でしょ？

それなのに、何であの海岸に落ちてたの？

「――いい質問だ小僧《こぞう》。あれは屋根から転《ころ》げ落ちる時のことだ、遥《はる》か沖の空に時空の歪《ひず》みを見ちまってな」

時空の、歪《ひず》み……

「――そうさな、おめえたちの知ってるところじゃあ、西洋の一部海域で突如《とつじょ》として船や飛行機が消えちまうってあれよ」

それって、バミューダ・トライアングルのこと？

「――詳《くわ》しいじゃねえか。じゃあニライカナイとオボツカグラってえのはどうだ、知ってるか」

ああ、確《たし》かお婆《ばあ》ちゃんがそのナントカとカントカって言ってたけど、そっちは全然。

「――ならついでに教えてやる。そもそも人間たちの解釈《かいしゃく》とは根本が違うんだが、ありゃあ本来は特定《とくてい》された空間のことじゃなく、突発的《とっぱつてき》に現れる任意の水平時場《すいへいじば》と垂直時場《すいちょくじば》、つまり実体化した時間の状態《じょうたい》のことを言うのさ」

ん～難《むずか》しくてよく分かんないけど……

「――まあいい。要するにこの二つの時場《じば》の交点上を、ある特定《とくてい》の宇宙線《うちゅうせん》が通過した際、その衝撃波《しょうげきは》によって時空に歪《ひず》みが生じるって理屈《りくつ》なんだが、それ自体は別に珍《めずら》しいことじゃあねえ。場合によっちゃあそのバミューダなんとかみてえに頻発《ひんぱつ》するケースもあるからな。しかしだ、その歪《ひず》みってえのが、ちとやっかいでな。迷い込《こ》むと、まったく別の時空間《じくうかん》へと飛ばされちまう。それも、そこに人間の潜在意思《せんざいいし》が絡《から》んできた日にゃあ始末が悪《わる》い」

えっとごめん。今の話だと、船や飛行機が消えてしまうのは、その時空の歪《ひず》みに入ったせいでどこかにタイムスリップしちゃうから、ってことだよね。

でも、バミューダ・トライアングルに人の意思が関係するとか、なんかいまいちピンとこないんだけど……

「——ふん。これだからシロウトは困《こま》るんだ。いいか小僧《こぞう》、おめえたちの持ってる『心』ってやつあなあ、すべてあの大宇宙と繋《つな》がってるんだぜ。考えてもみろい。偶然《ぐうぜん》、奇蹟《きせき》、まぐれ、霊験《れいげん》……これらが何の脈絡《みゃくらく》もなくどっかから降《ふ》って湧《わ》いてくるなんてえ発想は少々おめでたすぎるたあ思わねえか。それもこれも全部、その実《じつ》おめえたちの『心』から派生し成り立ってるのさ」

じゃあ何、時空の歪《ひず》みに入ったら、行きたい時代を自分で選べちゃうとか？

「——結果的にはそういうことにならあな。まあ未《いま》だに外部電磁波《がいぶでんじは》でしか遠隔交流《えんかくこうりゅう》できねえような種族《しゅぞく》にゃあ、ほとほと理解不能《りかいふのう》な世界だろうがよ」

でもさ、何の心の準備《じゅんび》もなく、いきなり別の時空間《じくうかん》に行きたいとは、誰《だれ》も思わないんじゃないの普通《ふつう》。ましてや、そこに留《とど》まろうだなんてさ。

「――確《たし》かにな。だから大概《たいがい》の人間は、早い段階で元の時空に引き戻される場合がほとんどさ。ところが極限状態《じょうたい》の中、瞬間的潜在的《しゅんかんてきせんざいてき》にそれを強く望んだ人間がいたわけだ。いいか、要するにこういうことだ。あの時発生した時空の歪《ひず》みに計八名を載《の》せた一機の大型飛翔体《おおがたひしょうたい》が突《つ》っ込《こ》んだ。そのうちの一人の意思によって選択された未来がそこにはあり、その未来ってえのが小僧《こぞう》、おめえたちのいるこの時代だったのさ、分かるか。つまりだ、おめえの前世《ぜんせ》にあたる人間が相手の魂《たましい》を求め、無意識のうちに現世まで追っかけてきたってわけだ。そして俺様がその歪《ひず》みに飛び込《こ》んだのは他でもねえ、その先で、運命のいたずらに翻弄《ほんろう》されるあの子の姿《すがた》を見たからなんだ」

運命の、いたずら……？

「――そうだ。その時点から、あの子は徐々《じょじょ》に運命を変えられ、結果として、終わったはずの因《いん》縁《ねん》が再発しちまったのさ」

ちょっと待《ま》って。

この前から、どうにも納得《なっとく》いかないんだけど、何であいつの運命は変わっちゃったの？おかしいじゃん、運命は誰《だれ》にも変えられないはずでしょ？

「――……小僧《こぞう》。誰《だれ》がそんなことを言った」

誰《だれ》って、キミがいつも言ってるじゃんか。

さっきだって、俺様にも人間の運命を変える権限《けんげん》はないって……

「――確《たし》かに言った。そのとおりだからな。俺様だけじゃねえ、おめえたち人間が敬《うやま》う諸々のどんな神々《かみがみ》にすら、端《はな》っからそんな権限《けんげん》はねえ。だが、誰《だれ》にも変えられねえとは、ひとっ言も言ってねえぜ」

え……どういうこと？

「――いいか、よく聞け小僧《こぞう》。五年前、あの子の抱《かか》えていた前世《ぜんせ》の名残《なご》りが消えたのは、おめえが持つ『心』との接触《せっしょく》があったからだ。そう。元々おめえには、プラス側に転じたパワーがあったはずだ。そいつを信じろ。自分を信じるんだ。そしてよおく考えろ。俺様がおめえのもとに現れた理由《わけ》を。この時期にあの子とおめえを引きあわせた意味…を……」

レキオ、どうかしたの。

なんか、急に掠《かす》れたみたいに見えたけど。

「――悪《わる》いが限界らしい。これ以上ここに留《とど》まるのは無理だ」

そんな、話がまだ途中《とちゅう》じゃ……

「――仕方ねえだろう、元々が管轄外《かんかつがい》な上、常にあちこち目を光らせてるから体力が続かねえのさ。俺様も、もういい年《とし》だしな。まあ、伝えるべきことはすべて伝えたつもりだが」

きみはこれからどうするの？

またどっか行くの？

「――さあな。どこに居ようが、守護神《しゅごしん》たるシーサー一族の面子《メンツ》にかけて、最善《さいぜん》を尽《つ》くすまでよ。おっと、もうすぐ消えるぜ。あばよ小僧《こぞう》」

うん。いろいろありがとう、本当にありがとう。

またね、レキオ。

「――ふん……。しっかりやれよ、小僧《こぞう》……」

その姿《すがた》が闇《やみ》にまぎれるのと同時に、辺りがふわっと明るくなった。


あれ、ここは……


目の前にあるクリーム色の重い扉を押《お》すと、階段《かいだん》の踊《おど》り場に出た。

下から、小さく響《ひび》く足音が聞こえる。

やがて見慣《みな》れた黄色が目に入ってきて、

「あーあー！　あーー！」

クリクリ坊主《ぼうず》の小さな男の子が、笑いながらこちらを指差した。

――そうだ。かくれんぼしてたんだっけ。見つかっちゃった。

それから、階段《かいだん》の途中《とちゅう》に腰《こし》かけて、学校の友達の話やら、お父さんと虫捕《むしと》りに行った話なんかをしてあげた。

アドゥータくんも、楽しそうにニコニコしてる。

しばらくすると、扉の向こうから、いつもの看護師《かんごし》さんの声でアナウンスが聞こえた。

もう夕ご飯の時間か。

「あのね、アドゥータくん。ぼく、明日《あした》お家《うち》に帰るんだ。先生が、もう大丈夫って言ったから」

アドゥータくんの顔が、みるみる崩《くず》れていく。

「やーや、やーや」って、首を横に振《ふ》って、ついにはベソをかき始めた。

「泣くなよぅ……。あ、そうだ、これあげる」

用意してきたそれを、ポケットから掴《つか》み出す。

「これ、知ってる？　きれいでしょ、波のカケラって言うの」

「ナニノタァテェタァ？」

「うん。それもねぇ、コーウンを呼ぶ波のカケラなんだよ。お父さんがくれた、お守りなんだ」

黒くて小さい手を開かせて、そっと載《の》せてやると、食い入るように眺《なが》めてる。

「内緒《ないしょ》だけど、ぼくねぇ、この波のカケラの不思議《ふしぎ》なパワーでなおったの。だから、アドゥータくんの病気も、すぐになおるよ」

まだ濡《ぬ》れてる長いまつげをパチリと上げ、ゆっくりそれをかざすと、アドゥータくんは嬉《うれ》しそうに笑ってみせた——

目が覚《さ》める。

カーテンの隙間《すきま》から差し込《こ》んだ薄《うす》い光の帯が、机《つくえ》の上の『宝物』をぼんやりと照らしている。

今までに拾ったシーグラスたちがひしめき合う、ラベルを剥《は》がしたインスタントコーヒーの空《あ》き瓶《びん》。

そしてその横には、先日空《あ》いたばかりの海苔《のり》の佃煮《つくだに》の小瓶《びん》。あいつ用に分けてある、コバルトブルー専用のスペシャルボトルだ。

ハート型も取りあえず二個はゲットできたものの、どうしようかって悩《なや》んだまま、結局は置きっ放しになってしまって。

だって、何の苦労もせずに、こんなにたくさんの『レアもの』を手に入れたなんて、今さら言えないよ。自分では未《いま》だに発見できていないってのに。

あいつは、あの時にあげた、たった一個のシーグラスを、ずっと大事に持っていたんだもの。

五年も前にもらったものなんて、オレならきっと、今頃《いまごろ》は失《な》くすか壊《こわ》すかして――

「ん？　五年前って……」

どこかで、それもまったく別のことで、何度かこのフレーズを耳にしたような気がする。

思い出しながら傾《かたむ》けた視線《しせん》が、机《つくえ》の上のプリントをとらえる。

そう言えば、今回は下の郵便受《ゆうびんう》けに投げ入れてきたけど、あいつはまだ検査《けんさ》で入院中なのかな。

また直接会って手渡《てわた》しできたら、喜ぶ顔が見れただろうに。

何たって今回のは、まるまる全部手書きの……

「！」

瞬間《しゅんかん》、何かがもの凄《すご》い勢いで頭の中を突《つ》き抜《ぬ》けた。

同時に、気持ちは既《すで》に、ドライブインへと走り出していた。

3

朝からギンギンと太陽が照《て》りつける中、その日も『特別練習』は行われた。

和気《わき》あいあいとメニューをこなすみんなを横目に、何となく気が乗らないままひと通りを終えると、

「吉野《よしの》くん」

海堂《かいどう》がそっと近付いてきて、「今日は随分《ずいぶん》と元気がないように見えるな」と話しかけてきた。

「ご飯はちゃんと食べてきたのかい？」

「あ、はい……食べました」

「もしも気分が悪《わる》いのなら、無理しちゃだめだぞ」

「大丈夫、です」

決して気分はよくなかった。朝ご飯も、半分しか喉《のど》を通らなかったし。

でも、それが原因ってわけじゃない。

まともに顔を見られないから俯《うつむ》いてるだけだ。目を合わせるのが怖《こわ》かったんだ。

「疲《つか》れているみたいだから、夜更《よふ》かしせずに早く休むように。いいかい」

「はい……」

明るくて、やさしくて、爽《さわ》やかな、いつもの海堂《かいどう》だった。

でも――

「あ、あの、先生」

立ち去ろうとする気配《けはい》に、オレは思わず声をかけていた。

「ん？」と振《ふ》り向いた顔からまた目を逸《そ》らしつつ、何で今ここで呼び止めたりしたんだろうって、少し後悔《こうかい》した。

だけど、言わずにはいられなかったんだ。

「海堂《かいどう》、先生」

「なんだい？」

「何ていうか、その、オレたちの……オレたちの前から、突然《とつぜん》いなくなったり、しないですよね」

一瞬《いっしゅん》、はしゃぎ声や笑い声が、ピタリとやんだ。

サザザーン……シャー

時間が止まったかのような静けさの中を、潮騒《しおさい》がそ知らぬ顔で通り過ぎる。

「何を言うのかと思えば」

穏《おだ》やかな声が、微笑《ほほえ》むように返ってくる。

「どうしたんだい急に」

「いえ、すみません、何でもないです」

何事もなかったかのように周りの話し声が戻ってくると、海堂《かいどう》はさっと向き直って、

「よーし、今日はこれで解散。この後、泳ぎにいく人たちは、くれぐれも事故のないように気を付けて。ああ、ちゃんと宿題もやるんだぞー」

そう言って、やはり何事もなかったかのように学校のほうへと歩き出した。

呆然《ぼうぜん》とその背中《せなか》を見送っていると、今日は内海《うつみ》と木ノ内《きのうち》が、「お前も泳ぎに来ればいいじゃん」って誘《さそ》いに来てくれた。

だけど、「行けたら行くよ」と濁《にご》して、オレはまた一人っきりになるのを待《ま》った。

今朝《けさ》、オレは気が付いたんだ。

晴香《はるか》の例の症状《しょうじょう》は、ある共通する条件のもとで現れていたということに。

白波海岸《しらなみかいがん》の一斉清掃《いっせいせいそう》で、最初に海堂《かいどう》と会った時。

副担任《ふくたんにん》として、海堂《かいどう》が赴任《ふにん》してきた時。

海堂《かいどう》が書いた『白波《しらなみ》だより』を手にした時だって、あいつは身体《からだ》に変調《へんちょう》をきたした。

そう。晴香《はるか》が倒《たお》れる直前には、何らかの形で必ず海堂《かいどう》が関わっていた。そして、耳に残っている『五年前』というフレーズ。

オレと晴香《はるか》にとっての『五年前』。そして、ジョーカーと海堂《かいどう》にとっての『五年前』。

考えてみれば、すべてはその『五年前』から始まっているような気がする。

彼らの『五年前』に、本当は何があったのか、オレには真実を知る権利《けんり》があるはずだ。

いや、確《たし》かめなきゃいけないんだ。その責任があるんだ。オレにも、そして、『僕《ぼく》』にも。


裏口《うらぐち》のドアは、今日も鍵《かぎ》が開いていた。

一声かけて中に入っていくと、昨日と同じ席にジョーカーは座《すわ》っていた。

音楽を聴《き》いているわけでもないのに、こちらをまったく見ようとせずに、腕組《うでぐ》みしたまま真《ま》っ直《す》ぐ窓《まど》のほうを眺《なが》めている。

「どうしたのかね」

どこか話しかけづらい横顔だった。

見えない壁《かべ》がそこにあって、投げかけるものすべてを跳《は》ね返しそうな、そんな固い気配《けはい》に満ちていた。

だけど、引き下がるわけにはいかなかった。歯を食いしばり、踏《ふ》ん張って呼吸《こきゅう》を整えた。

壁《かべ》を打ち破《やぶ》るつもりで、オレは真《ま》っ向《こう》から一気にぶつけた。

「海堂《かいどう》先生のことなんですけど。もしかしたら、先生がオレの前世《ぜんせ》の姿《すがた》なんじゃないかって」

「なぜそう思うのかね」

「ただの直感です。正直、何がどうなってるのかも分からないし、ずっと誰《だれ》なんだろうって考えていたけど、納得《なっとく》のいく答えは見つからなかった。でも、そうとしか思えない」

「それで」とジョーカーは、下ろした腕《うで》をテーブルに置く。

「きみはどうしたいんだね」

「どうって、それは……」

「吉野《よしの》くん」

クイっと身体《からだ》ごとこちらに向くと、ジョーカーは少し声のトーンを下げて言った。

「こんな時期に、決してそういう根拠《こんきょ》のない話を彼にしてはいかんよ。動揺《どうよう》させるだけで、お互《たが》い何の解決にもならん」

「でもオレ」

そう言いかけると、

「第一、名前が違うじゃろう」

すかさず遮《さえぎ》られる。

「きみの前世《ぜんせ》に当たる人は、『蓮沼《はすぬま》』や『ショウちゃん』と呼ばれていると言ったね。それならわし同様、海堂《かいどう》くんにも当てはまらんじゃないか」

確《たし》かにそのとおりだった。

そのせいで、いくら考えても堂々巡《どうどうめぐ》りだったんだ。

一気に自信が薄《うす》れ、項垂《うなだ》れると、

「きっちり説明がつかないのは、答えが間違っているということに他ならない。そうじゃろう？ほら、ここに座《すわ》って」

ジョーカーは、軽くオレの腕《うで》を引っ張って椅子《いす》の前まで誘導《ゆうどう》すると、宥《なだ》めるようにやさしく言った。

「きみは何も心配せず、ただ彼を引き止めてくれればそれでいいんじゃ。あとはわしに任せて。決して悪《わる》いようにはしない」

そして、

「さぁ、冷たいコーラでも飲んでいきなさい」

有無《うむ》を言わさずゆっくりと腰《こし》を上げた——

その時。


「吉野《よしの》くん」

はっとして顔を上げると、白いポロシャツが窮屈《きゅうくつ》そうに暖簾《のれん》をくぐって入ってくる。

「僕《ぼく》が説明するよ」

「海堂《かいどう》くん、いつからそこに」

立ち上がったまま固まっているジョーカーを前に、海堂《かいどう》は眉《まゆ》を下げて微笑《ほほえ》んだ。

「もういいんですよ、源《げん》さん。いや……川村《かわむら》さん」

川村《かわむら》……

「な、何を言っておるんだ」

ジョーカーは僅《わず》かに声を震《ふる》わせて、「わしは磯村《いそむら》じゃよ」と切り返した。

「磯村源八《いそむらげんぱち》という名だ」

「いいえ」と海堂《かいどう》は首を振《ふ》った。

「あなたの本当の名は、川村喜八郎《かわむらきはちろう》さんだ。そして僕《ぼく》は——」

言いかけてこちらを見つめてくる。

「僕《ぼく》の本当の名は、蓮沼翔一郎《はすぬましょういちろう》なんだ」

「じゃあ、やっぱり先生がオレの……」

「なんてことだ」

つぶやいて、力なく座《すわ》り込《こ》むジョーカーの後ろを、「すみません、川村《かわむら》さん」と通り過ぎ、海《かい》堂《どう》はオレの目の前に立った。

「今まで、いろいろと迷惑《めいわく》をかけたかもしれない。こんなことになっているなんて、知らなかったんだ。許《ゆる》してくれ」

何が起こっているのか分からず、戸惑《とまど》っていると、「昨夜《ゆうべ》、夢《ゆめ》の中で、不思議《ふしぎ》な声が話しかけてきたんだ」って真顔《まがお》で言う。

「彼は自《みずか》らを、レキオ・レオナルトゥと名乗っていた」

「レキオが、レキオが来たんですか？」

「話は全部聞いたよ。染井《そめい》さんのことも、もちろん、きみのこともね」

そして海堂《かいどう》は、隣《となり》のテーブルの椅子《いす》に腰《こし》を下ろすと、

「知ってのとおり、僕《ぼく》は特攻隊《とっこうたい》の一員なんだ」

と穏《おだ》やかな声で話しはじめた。

「忘《わす》れもしない、昭和《しょうわ》二十年八月五日未明《みめい》、当時十七歳《さい》だった僕《ぼく》は、ここにいる川村《かわむら》さん……川《かわ》村分隊長《むらぶんたいちょう》と共に、沖縄《おきなわ》の洋上へと出撃《しゅつげき》した――」

よく晴れた朝だった。

新兵器《しんへいき》を搭載《とうさい》した母機《ぼき》、一式陸上攻撃機《いっしきりくじょうこうげきき》に、操縦士《そうじゅうし》の川村中尉《かわむらちゅうい》ほか、特別攻撃隊《とくべつこうげきたい》の隊員七名が乗り込《こ》んだ。

目的地に近づくと、突如《とつじょ》、米軍艦載機《べいぐんかんさいき》『グラマン』の大群《たいぐん》が現れた。こちらの作戦をいち早く察知し、迎撃態勢《げいげきたいせい》に入ったのだ。

護衛《ごえい》の零式艦上戦闘機《ぜろしきかんじょうせんとうき》『ゼロ戦《せん》』たちが死闘《しとう》を繰《く》り広げる中、遥《はる》か前方に目標である敵艦《てきかん》の姿《すがた》を見つけた。

「僕《ぼく》はすぐさま配置についた。もはや迷いなどなかった。その瞬間《しゅんかん》を待《ま》ち望んでいたと言ってもいい」

確実《かくじつ》に成果を挙げるには、母機《ぼき》が極限《きょくげん》まで目標に近づく必要があった。

次々《つぎつぎ》と撃《う》ち落されていくゼロ戦《せん》を目に焼きつけながら、操縦桿《そうじゅうかん》を握《にぎ》りしめた。

母機《ぼき》の左翼《さよく》が被弾《ひだん》し燃え上がったのは、その直後だった。

「それでも、母機《ぼき》はまだ真《ま》っ直《す》ぐに飛んでくれた。運よく下方に厚い雲の塊《かたまり》があって、ひとまずその中へと逃《に》げ込《こ》むことになったんだ」

高度も十分だった。この雲を抜《ぬ》ける頃《ころ》には、予定どおり射程距離圏内《しゃていきょりけんない》に入る。

全神経を集中させ、来《きた》るべき瞬間《しゅんかん》に備《そな》えた。

やがてモールス信号の合図と共に、切り離《はな》される金具の音が聞こえた――

その時だった。

突然《とつぜん》、目の前に眩《まばゆ》い光の塊《かたまり》が現れた。

最初は小さな固形物のように見えたのだが、それは瞬《また》く間に巨大化《きょだいか》した。

ぶつかる。そう思った時には、すべてが真っ白な闇《やみ》に包まれていた。

「気が付くと僕《ぼく》は、すぐ下の、そこの砂浜に倒《たお》れていた。それまでのことが、頭の中からすっぽりと抜《ぬ》け落ちた状態《じょうたい》でね」

「いつから記憶《きおく》が戻っていたんだね」

不意に、俯《うつむ》いたままジョーカーが言った。

「この春、帰郷《ききょう》した時からです。あの早咲《はやざ》きの一本桜を眺《なが》めていたら妙《みょう》な感覚に囚《とら》われた。あの時、ふと花の一つ一つに見知らぬ顔ぶれが重なって見えたんです」

なぜだか、彼らの笑顔が懐《なつ》かしく感じられた。

そしてその夜を境《さかい》に、特攻隊《とっこうたい》にいた当時の夢《ゆめ》を見るようになった。

「ある夜、飛び起きて、僕《ぼく》はなぜ、生きてここにいるのだろうと不思議《ふしぎ》に思った。同時に、なぜ自分の名が変わっているのかと……。しかし、その疑問《ぎもん》はすぐに解けた。なぜなら川村《かわむら》さん」

とジョーカーのほうに目をやる。

「あなた自身も、本名を隠《かく》していたからです」

「なぜ分かったのかね。この老体《ろうたい》に、あの頃《ころ》の面影《おもかげ》など、もう微塵《みじん》もないはずだが……」

いっそう丸まったその背中越《せなかご》しに、

「五年前のあの日のこと、覚えていますか」

海堂《かいどう》は口元に笑《え》みを浮《う》かべて言った。

「あの日あなたは、見ず知らずのはずの僕《ぼく》を温かく迎《むか》え入れてくれただけでなく、夢《ゆめ》を叶《かな》えなさいと、制服から鞄《かばん》、勉強道具に至《いた》るまですべてを用意し待《ま》っていてくれた。それが何よりの証拠《しょうこ》です。僕《ぼく》が教師になりたかったという胸《むね》のうちを明かしたのは、後にも先にも分隊長《ぶんたいちょう》、あなた以外にはいなかったんですから」

「そうか」

ふぅ……と小さなため息をついてから、「いつか、こういう日が来るんじゃないかと、思っていたよ」とジョーカーは続けた。

「一命を取り留《と》めたわしは、米兵に救助された。自決《じけつ》しようにもできないほどの怪我《けが》を負《お》っていたんだ。やがて彼らの思想《しそう》や文化に触《ふ》れ、懐《ふところ》の深さと生き延《の》びたことの喜びを知った。日本に戻ってから、わしはまず、カヲリさんを探した。それだけで結構《けっこう》な歳月《さいげつ》を費《つい》やしたよ。彼女は元気だった。きみの遺志《いし》を汲《く》み、病気と闘《たたか》いながら懸命《けんめい》に生きていた。わしがこの地に落ち着き、しばらくぶりに連絡を取ると、彼女は桜の苗木《なえぎ》を送ってよこした。きみのために、植えてほしいと」

「では、あの桜は、カヲリが……」

「すぐに、環境《かんきょう》のいい場所を探し、そこに植えた。少しずつ成長していく姿《すがた》を、便《たよ》りでカヲリさんに知らせたりもしたっけ。そして毎日世話《せわ》をしながら、ひたすら時を待《ま》った。確《たし》かにこの目で見たのだから、わしには分かっていたんだ、いつの日か必ず、この海岸にあの日のきみが現れると。そしたら、彼女に知らせてやろうとも思っていた。だが、その便《たよ》りを出すことは、叶《かな》わなかった」

「カヲリが亡《な》くなったのは、十二年前だったんですね。つい先日も、お墓《はか》に手を合わせてきました」

「そうか、きみも行っていたのだな。カヲリさんもさぞ喜んでいるだろう。特攻隊《とっこうたい》に志願《しがん》した理由《わけ》も、秘《ひ》めたる思いも、ようやく直《じか》に告《つ》げることができたんじゃないかね」

「彼女の将来を考えれば、思いを口にすることなどできなかった。当時は、とにかく余計な気苦《きぐ》労《ろう》をかけたくない一心でしたから。ましてや『桜花《おうか》』に乗るなどとは、とても言えずに――」

シリアスな大人のドラマを見ているみたいだった。

話の内容よりも、その真剣《しんけん》な語り口調が、オレを深刻《しんこく》にさせた。

もはや会話に入ることもできず、二人の顔をただ交互《こうご》に見比《みくら》べていたその時、

「桜花《おうか》……」

不意に奥のほうから、ぼそっと訝《いぶか》しげな声がした。

続いて、シーッ、シ――ッという歯の隙間《すきま》から息を吐《は》くような音の連《つら》なりが、微《かす》かに聞こえて

きた。

「誰《だれ》だい」海堂《かいどう》が振《ふ》り向いた。

「そこに誰《だれ》かいるのかい」

見れば、暖簾《のれん》の脇《わき》に人影《ひとかげ》が貼《は》り付いているようなのだが、海堂《かいどう》からは完全に死角《しかく》だ。

そうかと思うと、打ち抜かれた壁《かべ》の向こうに、ひょっこりと縁《ふち》なしメガネが現れたではないか。

「小早川《こばやかわ》くんじゃないか」

「あ、はい」赤いタイルを背《せ》に、ヒョロリと立ち上がる。

「お邪魔《じゃま》します」

「どうしたんだい委員長。さては何か問題が起きたのかな」

いつもの明るい声が尋《たず》ねると、

「いえ、問題というか、みんな心配していまして」

珍《めずら》しく歯《は》切《ぎ》れの悪《わる》い答えが返ってくる。

「みんなが？」

「はい、全員ここにいます」

唖然《あぜん》とした。

オープンキッチンに、いつもの顔ぶれが次々《つぎつぎ》と現れ、音符《おんぷ》みたいに並んだではないか。

しかも、

「俺は別に心配して来たわけじゃねぇかんな」

暖簾《のれん》から不機嫌《ふきげん》そうに顔を出したのは、何と谷口大那《たにぐちだいな》だ。

塚田《つかだ》をドンと前に突《つ》き出し、

「こいつが、吉野《よしの》がここに入ってくのを見たらしくてさぁ」

と言って視線《しせん》をこちらに移《うつ》す。

「つーかお前、何コソコソやってんだよ。俺らの誘《さそ》い断《ことわ》っといてよ」

「ごめん、ちょっと用事があって……」

気まずくて俯《うつむ》いていると、

「そうだな」

海堂《かいどう》は落ち着いた調子でつぶやき、ゆっくりと顔を上げた。

「きみたちにも、ちゃんと話すべきだった」

「せっかくだから、中に入ってもらったらどうかね」

ジョーカーが促《うなが》すと、

「そうさせてもらいます」

そこにはいつもの笑顔があった。

4

それからオレたちは、各々《おのおの》ダルマ椅子《いす》に座《すわ》り、海堂《かいどう》の話を聞くこととなった。

最初はみんな、店内を物珍《ものめずら》しそうにキョロキョロしたり、威圧的《いあつてき》なでかいサングラスに若干《じゃっかん》ビビり気味《ぎみ》ではあったけど、「狭《せま》いところじゃが、ゆっくりしていきなさい」という一言で、その表情もやわらいだようだった。

各テーブルには、柿《かき》の種入りの小袋とコーラとがそれぞれ人数分、ジョーカーによって用意され、完全にリラックスムードの中、『課外授業』は始まった。

海堂《かいどう》はまず、五年前、謎《なぞ》の光によって突然《とつぜん》この時代に連れて来られたことや、つい最近まで記《き》憶喪失《おくそうしつ》だったことなどを、みんなの前で洗《あら》いざらい告白してくれた。

あまりに突拍子《とっぴょうし》もない話に、さすがに全員が信じられないって顔をしていたけど、タイムスリップを引き起こした光の正体について、

「恐《おそ》らく、大気プラズマじゃないかと思う」

という海堂《かいどう》の意見に、「僕《ぼく》もまったく同感です」って小早川《こばやかわ》くんが飛びついた。さらには、「やはりプラズマが作り出す亜空間《あくうかん》に時間のズレが生じるという説は本当だったんですね」などと、もっともらしい用語を興奮《こうふん》気味《ぎみ》に並べるもんだから、何だかよく分かんないけど、コバが言うんならそういうことなんだろうって感じで、みんなそれなりに納得《なっとく》したみたいだった。

「それであの、さっき『桜花《おうか》』と仰《おっしゃ》っていましたが、もしかしてあれは、特攻隊《とっこうたい》についての議論だったのでしょうか」

いきなり小早川《こばやかわ》くんが核心《かくしん》に触《ふ》れると、場の空気は一変した。

「『桜花《おうか》』と言えば、ロケット推進《すいしん》による人間爆弾《ばくだん》のことですよね」

それは、もの凄《すご》くいやな響《ひび》きだった。

よく知ってる単語同士が組み合わさっているだけなのに、これ以上の説明など必要ないくらいに露骨《ろこつ》で、強烈《きょうれつ》な言葉だった。

にわかに訪《おとず》れた息が詰《つ》まるような沈黙《ちんもく》を、「すみません」と小早川《こばやかわ》くんが自《みずか》ら破《やぶ》った。

「盗《ぬす》み聞きするつもりはなかったのですが、つい……」

いつも以上にかしこまっている。

すると少しの間の後、

「ああ、そうだよ」

平然と海堂《かいどう》は言った。

「僕《ぼく》は、その桜花《おうか》の搭乗員《とうじょういん》なんだ」

「先生が、爆弾《ばくだん》になるんですか……？」

江川堅斗《えがわけんと》が、怪訝《けげん》そうに眉《まゆ》をひそめた。

「簡単《かんたん》に言えばそういうことになるね。有人式誘導《ゆうじんしきゆうどう》ミサイル、つまり小型飛行機のようなミサイルを操縦《そうじゅう》するのが僕《ぼく》の役目だったのさ」

「ミサイルって爆発《ばくはつ》したらそれで終わりじゃねぇかよ。そんなのに人が乗るとか意味分かんねぇ」

少し怒《おこ》ってるみたいに言う大那《だいな》の主張に、「そのとおりさ」と、海堂《かいどう》は表情も変えずに即答《そくとう》した。

「大きな飛行機に吊《つ》り下げられて、海の真ん中まで運ばれるんだ。射程距離《しゃていきょり》に入ったら、その母《ぼ》機《き》から切り離《はな》され、ロケット噴射《ふんしゃ》で加速していく。そして、頭部に千二百キロの爆薬《ばくやく》を積んだ機体で、敵艦《てきかん》に突《つ》っ込《こ》み体当たり攻撃《こうげき》する。桜花《おうか》は、そのためだけに開発された特攻兵器《とっこうへいき》だからね」

誰《だれ》もが、息を呑《の》んだ。

「なんだよそれ……」

大那《だいな》が、独《ひと》り言みたいに小さくつぶやくと、

「ありえねぇ」

成瀬《なるせ》は呆然《ぼうぜん》と天井を仰《あお》いだ。

オレは、改めてあの夢《ゆめ》の恐《おそ》ろしさを思い知らされ、震《ふる》えが止まらなかった。

みんなすっかり言葉を失い、しおれた野草みたいになってるところへ、

「でも、それはもう、タイムスリップする前のことで、先生は今、ここにいるわけだし……」

若菜《わかな》が、言葉を選ぶようにして言うと、

「だよねー、もう昔の話じゃーん？」

ギャル間多《また》も、いつものようにおどけてみせた。

しかし海堂《かいどう》は、それには答えず、オレたちを一度ゆっくり見渡《みわた》すと、

「きみたちに、謝らなければならないことがあるんだ」

と言った。

「僕《ぼく》はいずれ、ここにはいられなくなる。恐《おそ》らく、この夏休み中に、そうなる日が来るんじゃないかと思う」

「どこの学校に転任するんですか？」

「市内？　県内？　もっと遠いところ？」

「どうして前もって言ってくれなかったんですか先生」

女子連中が畳《たた》みかけるように尋《たず》ねると、

「いや」

海堂《かいどう》は首を横に振《ふ》って、

「元の時代に、戻らなければならないんだ」

と静《しず》かに、しかしはっきりと言い切った。

「……もーセンセー、そんな悪《わる》い冗談《じょうだん》とか言わないのー」

慌《あわ》てたように明るく振《ふ》ったギャル間多《また》の隣《となり》で、篠原依梨子《しのはらえりこ》が両手で口を覆《おお》っている。

塚田《つかだ》が柄《がら》にもなくおどおどして、しきりに海堂《かいどう》の顔をチラ見している。

みんなが、いつもとは違うその姿《すがた》を見ていた。怒《おこ》られた後みたいに、恐《おそ》る恐《おそ》る真《ま》っ直《す》ぐ、上目に見つめていた。

そこへ、

「どうしてですか先生」

小早川《こばやかわ》くんが、見かねたように手を挙げた。

「僕《ぼく》にはその必要性が理解《りかい》できないのですが」

いつものように、間を置かずに続ける。

「先生は桜花《おうか》に搭乗《とうじょう》したもののプラズマによって現代にタイムスリップして来られた。奇跡的《きせきてき》に助かったわけですよね。それなのになぜわざわざ再び死を選択しなければならないのですか」

「それは……」

と言いかけて、一度オレの顔を見てから、海堂《かいどう》は微笑《ほほえ》んだ。

「それは、これが僕《ぼく》の運命だからだよ」

そして、いつもみたいに全員の顔を見渡《みわた》しながら、

「さっき少し触《ふ》れたけど、みんながＵＦＯと呼んでいるあの光の塊《かたまり》には、いくつか種類《しゅるい》があるみたいなんだ」

と穏《おだ》やかな調子で話を変えた。

「分かりやすいものだと、まず色だね。オレンジっぽかったり、白っぽかったりとか。真っ黒いのもあるらしいね。そして形や光り具合も様々《さまざま》だ。ここで一つみんなに訊《き》いてみようか。この半年くらいの間《あいだ》によく目撃《もくげき》されているＵＦＯの特徴《とくちょう》を、誰《だれ》か分かる人はいるかな」

みんな顔を見合わせていると、

「そう言えば、うちの弟が見たのは真っ白い光だったって、言ってました」

と中井亜美《なかいあみ》が発言した。

「あと、確《たし》か前に谷口《たにぐち》くんたちが見たのも白かったって、言ってなかったっけ？」

「おう」とだけ、ぶっきらぼうに答える大那《だいな》。

すると海堂《かいどう》は、「そうだね、真っ白いはずだ」と言った。

「実はその白い光こそが、僕《ぼく》をこの時代に送り込《こ》んだ張本人なんだが――その光が今度は逆に、僕《ぼく》を元の時代に送り返そうとしているような気がするんだ」

「どういうことですか」

小早川《こばやかわ》くんが手を挙げると、

「たとえば、何か見えない宇宙の力が働いて……そうだな、仮《かり》にそれが神様の力だとして、その神様が、ズレたまま繋《つな》がってしまった時空間《じくうかん》を元に戻そうとしているんじゃないかと、僕《ぼく》は解《かい》釈《しゃく》している」

海堂《かいどう》はそう言って、腕組《うでぐ》みをした。

「つまりね、宇宙の歴史からすると僕《ぼく》はイレギュラーな存在で、あの光が頻繁《ひんぱん》に現れるのは、早く元に戻そうという当然の働きだと考えられる。現《げん》に、この春を境《さかい》に、やたらと出現しているだろう。記憶《きおく》が戻ってから、ずっと気になっていたんだ」

「たびたびすみません」また手が挙がる。

「しかしそれなら、もう既《すで》に元の時代に戻されていてもおかしくないはずですよね」

「そう、僕《ぼく》もそれが不思議《ふしぎ》だった」

そう言って海堂《かいどう》は、「これは昨夜《ゆうべ》、得た情報《じょうほう》なんだが」とオレに微笑《ほほえ》みかけてから、

「記憶《きおく》が戻ったことの他に、もう一つ条件が揃《そろ》わないと、元には戻れないようだ」

と答えた。

レキオが何か助言したんだとすれば、きっとそのとおりなんだろう。

だけど、その条件っていったい……

待《ま》てよ。もしかして――

「あっ！」

突然《とつぜん》、誰《だれ》かが叫《さけ》んだ。

「ＵＦＯだ！」

いち早く大那《だいな》たちが、テーブルや椅子《いす》を器用によけながらバルコニー側の窓《まど》に駆《か》け寄る。

「うぉ、まじＵＦＯだぜ」

「すげー！」

後からドタバタとみんなが続き、

「ほんとだ！」「本物だ！」

口々に驚《おどろ》きの声を上げている。

急いで見にいくと、眩《まばゆ》い閃光《せんこう》が、遥《はる》か沖でコマ送りみたいなカクカクした動きをしながら、消えたり現れたりを繰《く》り返している。

見たこともない不思議《ふしぎ》な物体だった。

明らかに他の何とも違う奇妙《きみょう》な光の塊《かたまり》に、ただただ口を開けて見入っていると、

「みんな！」

後ろから、海堂《かいどう》の声がした。

「磯村《いそむら》さんを見なかったか」

振《ふ》り返ると、落ち着きなく辺りを見回している。

「えっ」

ギャル間多《また》が首だけ振《ふ》り向いて、「アタシ見たよー」と表側のドアを指差した。

「そこから出ていったけどー」

「いつだい」と海堂《かいどう》が不審《ふしん》そうな顔でこちらに向かってくる。

「んー、結構《けっこう》前かなー、コーラとかくれた後、すぐくらい？」

すると海堂《かいどう》は、床《ゆか》を転《ころ》がる十円玉の行方《ゆくえ》を見送るかのように、しばし小首を傾《かし》げてから、「まさか――」と目を見開き、血相《けっそう》を変えた。

「おい、すげーぞこれ」

「どんどんでかくなってね？」

「光も強くなってきてるよな！」

すぐ後ろで、大那《だいな》たちが盛《さか》んに騒《さわ》ぎ立てている。

「ちょっとごめん」

広い背中《せなか》が、オレたちをかき分けるようにして窓際《まどぎわ》に立った。

そして一瞬《いっしゅん》手をかざすや否《いな》や、

「みんな、すまない！」

海堂《かいどう》は焦《あせ》ったような大声と共に駆《か》け出し、もの凄《すご》い勢いで表のドアから出ていった。

5

ドアが開け放たれたままの出入り口を飛び出すと、海岸線を学校方面に向かう白いポロシャツが見えた。

時々海の上の空を気にしながら、小走りになったり歩いたりを繰《く》り返している。

背後《はいご》から大那《だいな》たちの声が聞こえたけど、オレは構わず走り出した。ＵＦＯの移動するスピードが速まったように感じたからだ。

白いポロシャツもどんどん小さくなっていき、途中《とちゅう》から海岸に下りていく姿《すがた》は確認《かくにん》したものの、松林が始まるところで見失ってしまった。

それでもひたすらＵＦＯの向かう方角へ走っていくと、公園の敷地《しきち》に差しかかったところで、遊歩道《ゆうほどう》の向こうに再びその姿《すがた》を見つけた。

ヘトヘトになりながらも目で追っていると、海堂《かいどう》は柵《さく》を飛び越《こ》え、公園内に入ったようだ。

そして、オレがようやく【サンカレドニア公園】と書かれた案内板の前に辿《たど》り着いた時には、もうあの塔《とう》の螺旋《らせん》スロープを上りはじめていた。

急いで後を追おうとしたその時、ほぼ塔《とう》の真上にきたＵＦＯが、いきなりパッと消えた。

思わず立ち止まって空を見渡《みわた》すと、既《すで》に遥《はる》か沖の小さな光の粒《つぶ》となって、もくもくと噴《ふ》き上がる入道雲《にゅうどうぐも》の中に溶《と》け込《こ》んでしまった。

光の行方《ゆくえ》を気にしつつ、スロープを駆《か》け上がると、

「来てはいかん！」

突然《とつぜん》、怒鳴《どな》るような声が耳に入ってきた。

ようやく上りつめたところで、白いポロシャツの背中越《せなかご》しに、あのでかいサングラスが見えた。

中央のコンクリート台にもたれかかり、俯《うつむ》き加減《かげん》で胸《むね》に手を当てている。

「どういうつもりですか川村《かわむら》さん」

海堂《かいどう》が歩み寄ろうとすると、すかさずその手《て》の平《ひら》を向ける。

「それ以上、来るでない！」


シャー……

一陣《いちじん》の松風《まつかぜ》が柵《さく》から柵《さく》へ、真《ま》っ直《す》ぐに通り抜《ぬ》けてゆく。

「わしはあれから、ずっと自分を許《ゆる》せずにいた」

ジョーカーは、肩《かた》で息をしながら、声を絞《しぼ》り出すようにして言った。

「あの時、わしがどんな顔で桜花《おうか》を切り離《はな》したか分かるかね。まるで心などない機械のようにモールスを打ち、躊躇《ためら》うことなく、気が付けば恐《おそ》ろしいほど冷静にスイッチを押《お》していたのだぞ！」

重たそうに持ち上げた手をぶるぶると震《ふる》わせながら、ジョーカーはくぐもった声を叩《たた》きつけた。

「わしがこの手できみを殺した！　きみの命を、未来を奪《うば》ったのはこのわしなんだ！」

「川村《かわむら》さん……」

歩み寄る海堂《かいどう》を、

「来るでない！」

と怒鳴《どな》りつけ、ジョーカーはおもむろに、持っていたひょうたん型の瓶《びん》を空にかざした。

「何をする気です！」

次の瞬間《しゅんかん》、頭上に真っ白な光の塊《かたまり》が現れた。

「これでいいんだ。自《みずか》ら切り離《はな》した桜花《おうか》に、自分自身が乗り込《こ》んでいたことにすれば、誰《だれ》も罪《つみ》の意識に囚《とら》われずに済《す》む。あの日の君に償《つぐな》える。わしはもう、十分すぎるほどに生きた。悔《く》いはない」

やがてその光は、ジョーカーを身体《からだ》ごと包み込《こ》んだ。

太陽を直《じか》に見たような、焼けつくような眩《まぶ》しさだった。

オレはとっさに顔を逸《そ》らし、きつく目を閉じた――


しかし。

「なぜだ」

目を開けると、特に変わった様子もなく、そこには呆然《ぼうぜん》と立ち尽《つ》くすジョーカーの姿《すがた》があった。

「瓶《びん》を手にしているというのに、なぜ連れていかんのだ」

その場にへなへなと座《すわ》り込《こ》み、がっくりと肩《かた》を落とす。

「ここに本人がいるからなのか。もう、わしではいかんということか……」

「大丈夫ですか」

海堂《かいどう》が駆《か》け寄り、肩《かた》に手を置く。

「やはりこの瓶《びん》が、もう一つの条件だったんですね」

するとジョーカーは、ため息をついたっきり、しばらく項垂《うなだ》れたまま動かなかった。

やがて、

「あの時、わしは楽園を見たんだ」

落ち着いた声が、ぽつりぽつりと話しはじめた。

「穏《おだ》やかな海、白い砂、子供たちの歌声、そして活《い》き活《い》きとした、きみの姿《すがた》……。美しい夏の光景が、真っ白な光の中で、映画《えいが》のように広がっていた。きみのあんなに楽しそうな笑顔を見たのは初めてだったよ。その顔は、何の憂《うれ》いもなく、平和そのものだった」

ゆっくりと顔を上げ、話を続ける。

「ほんの短い時間の中で、実に様々《さまざま》な場面が現れ、そして消えていった。その一番最後が、この展望台《てんぼうだい》の場面でね……。しかし、あの時に見たのと少し状況《じょうきょう》が違っているのは、どういうことなのか。ここにいたのは、わし一人だけだったはず。わしが瓶《びん》をかざすと共に、光の中へ溶《と》け込《こ》んでいったはず……。その部分だけが変わっているのは妙《みょう》だが、今にして思えばあれらは、わし自身が経験《けいけん》する時間の一部を、予《あらかじ》め見せられただけに過ぎないのかもしれん」

「このニッキ水の瓶《びん》は、どこにあったんですか」

海堂《かいどう》が静《しず》かに訊《き》いた。

「手掛《てが》かりは、夏の夕刻《ゆうこく》であの店の裏《うら》、ということだけだった。何せ、その場面を見たのも一瞬《いっしゅん》だったから、流れ着くのをひたすら待《ま》ったよ。なぜ、瓶《びん》だけが今頃《いまごろ》になって現れたのかは、わしにも分からんが、もしかしたら、きみの記憶《きおく》が戻ったことと関係があるのかもしれんな。吉野《よしの》くんが拾ってくれたんだ」

二人してこっちを見るから、思わず俯《うつむ》いてしまった。

同時に、レキオが言う『あの時』というのは、やっぱりこの瓶《びん》を拾った時のことだったのだと、改めて確信《かくしん》できた。

ジョーカーは続ける。

「手にした時は、わしも当時のやり取りがつい昨日のことのように甦《よみがえ》って、何とも甘酸《あまず》っぱい思いがしたよ」

「確《たし》かに子供じみていたかもしれません。彼女の弱気な言葉を逆手《さかて》にとって、僕《ぼく》はあえて自分の思いを砂に描《えが》き、写真に収めた。そんな手の込《こ》んだことをするくらいなら一筆書けよと、からかわれましたっけ」

「常に肌身離《はだみはな》さず持っていたな。あの日も大事そうに懐《ふところ》に抱《いだ》き、きみは桜花《おうか》に乗り込《こ》んだ。これはきみの、魂《たましい》そのものだったのだな」

二人の会話を聞きながら、オレはお婆《ばあ》ちゃんが話してくれたユタの言伝《ことづて》を思い出していた。

――「これは生霊《いきりょう》の仕業《しわざ》だから、落としてしまった魂《たましい》を早く元に戻してあげなさい」

そう。落としてしまった魂《たましい》というのは、このメッセージボトルのことだったのだ。

そして、生霊《いきりょう》の正体とは、オレの前世《ぜんせ》の姿《すがた》である海堂《かいどう》――いや、ここにいる蓮沼翔一郎《はすぬましょういちろう》自身だったのだ。

それから少し沈黙《ちんもく》が続いた後、またため息をついて項垂《うなだ》れたジョーカーが、「先日出掛《でか》けた時、実はこっそり鹿屋《かのや》まで行って、資料館を訪《たず》ねてきたんだ」と言った。

「ひょっとしてきみの名前が、戦没者名簿《せんぼつしゃめいぼ》から消えているんじゃないかという、淡《あわ》い期待を抱《いだ》いてね」

ふう……とまた深く吐《は》き出す。

「何十年かぶりに、沖縄《おきなわ》の平和祈念公園《へいわきねんこうえん》にも足を延《の》ばした。だが、刻《きざ》まれた名が消えるどころか、以前に訪《たず》ねた時よりも、逆に礎《いしじ》の数が増えておるだけでな。やりきれん思いで帰ってきたよ」

「川村《かわむら》さん……」

「結局わしには何もできんのだな、何も……。ましてや歴史を変えようなどというのは、思い上がった考え方だったかもしれん。すまん、許《ゆる》してくれ蓮沼《はすぬま》、このとおりだ」

肩《かた》を震《ふる》わせるジョーカーに、

「もういいんですよ、源《げん》さん」

海堂《かいどう》はそう言って、手からやさしく瓶《びん》を引き取った。

「あなたには本当に感謝しているんです。今までお世話《せわ》になりました。ありがとうございます」

「本当に、戻るんですか」

そこで思わずオレが声をかけると、

「ああ」

頷《うなず》いて立ち上がり、

「きみたちには本当にすまないと思っている」

と海堂《かいどう》は言った。

「本来なら、染井《そめい》さんにも直接謝りたいところなんだが、そうさせてはもらえないようだ」

意味が分からず聞き返すと、「あの嗄《しわが》れ声の彼が、言っていたんだ」って微笑《ほほえ》んでる。

「彼女の身を守るため、僕《ぼく》や僕《ぼく》にまつわる物を極力《きょくりょく》近づけないよう、何年も前からずっと目を光らせていたらしい」

「何年も前から……」

不意に後ろから、どやどやと大勢の足音が聞こえてきた。

「先生！」「海堂《かいどう》先生！」

見れば、みんなが息せき切って、次々《つぎつぎ》と駆《か》け上がってくるではないか。

「きみたち……」

「先生、どうしても行くんですか」

小早川《こばやかわ》くんが、手で汗《あせ》を拭《ぬぐ》いながら息を弾《はず》ませて言うと、

「おい、卒業までいるんじゃなかったのかよ！」

大那《だいな》が一歩前に出て、大声を張り上げた。

「合唱どうすんだ！　さんざんやらしといて、自分だけ抜《ぬ》けるなんて卑怯《ひきょう》だぞ！　言い出しっぺのくせによ！」

「実は、既《すで》に指揮《しき》は、岩清水《いわしみず》先生にお願《ねが》いしてあるんだ。だから心配は……」

言いかけた海堂《かいどう》に、

「そういうことじゃねぇよ！」

大那《だいな》はいきなりぶちまけた。

「死ぬのが分かってて行くなんてバカだって言ってんだよ！」

「アタシやだぁー、先生と離《はな》れたくないぃー」

ギャル間多《また》が、駄々《だだ》っ子《こ》みたいに身体《からだ》を揺《ゆ》すって嘆《なげ》くと、

「ねぇ、どうにかならないの、先生」

若菜《わかな》はベソをかき始め、女子連中が口々に「行かないでよー」「行っちゃだめだよ先生」と泣き出した。

ただ俯《うつむ》き押《お》し黙《だま》っている男子連中に、

「お前らも何とか言ってやれよ、おらっ！」

大那《だいな》が一人一人の肩《かた》を小突《こづ》いて回ってる。

「お前も！　お前もだ！　言えよ早く！」

だけど、誰《だれ》も彼も塞《ふさ》ぎ込《こ》んだまま、顔を上げようとはしなかった。

あの小早川《こばやかわ》くんでさえ、ケンカに負けた小さい子みたいに顔を腕《うで》に押《お》し付け、しゃくり上げている。

「おいコバ、てめぇも……っ！」

ひょろっとした肩《かた》に手を掛《か》けた途端《とたん》、大那《だいな》も下を向いたっきり、耳を真っ赤にして黙《だま》り込《こ》んでしまった。

もう何を言っても無駄《むだ》なんだってことを、みんなが感じはじめていた。

青々《あおあお》とした夏空《なつぞら》の下、洟《はな》をすするぐずついた音が、松風《まつかぜ》と共に虚《むな》しく、やるせなさを奏《かな》で続けた――

その時だった。

「あ、りが…とう……」

ふと、後ろのほうから聞き覚えのない声がした。

「かっ、いどう、せんっせい、あ、りが、とう……」

たどたどしく掠《かす》れたその小さな声に、誰《だれ》もが振《ふ》り返った。

「うそ……」

振《ふ》り向きざま、ギャル間多《また》が声を震《ふる》わせた。

「エリが、エリがしゃべった」

駆《か》け寄って腕《うで》をとり、「声でたじゃんエリ！　やったじゃん！」って飛び跳《は》ねたかと思うと、そのままみんなをかき分けて引っ張ってくる。

海堂《かいどう》の前に立つと、依梨子《えりこ》はメガネの縁《ふち》に負けずとも劣《おと》らない真っ赤な顔で、

「わたし……私、コンクール、がんばり、ます……」

そう言ってから、声を上げてわんわん泣き出した。

「うん」

海堂《かいどう》は満面《まんめん》の笑《え》みを浮《う》かべ、「きみたちなら大丈夫だ」と大きく頷《うなず》いた。

「先生」

オレは慌《あわ》てて、こみ上げるものを必死に抑《おさ》えながら訊《き》いた。

「あいつは、晴香《はるか》は、どうなるのか、レキオから聞いてませんか？」

すると海堂《かいどう》は眉《まゆ》を下げ、「いや」と首を横に振《ふ》ってから、「ただ、伝言《でんごん》を預かってきたよ」と言った。

「『反対側の砂浜を、隈《くま》なく探せ』だそうだ。ああ、『日没までに見つけ出せ』とも言っていたな。最後の助言だと言えば分かると」

思い当たる節《ふし》は、一つしかない。

でも――

「日没までにって、無理だよそんなの……」

何も見えなかった。景色《けしき》も、みんなの顔も、海堂《かいどう》も、すべてが滲《にじ》んでぼやけて、もう何にも見えなくなった。

すると、

「いいかい、吉野《よしの》くん」

大きな温《ぬく》もりが、ぽんと肩《かた》に載《の》った。

「運命というのは、本当は自分で決めているんだ」

「自分で……」

「そう。誰《だれ》かが変えてくれるわけでもなく、自分で決めて、自分自身で切り開いていくものなんだよ」

と、今度はオレの手をとり、ギュッと強く握手《あくしゅ》してきた。

「きみはこれからの人間だ。僕《ぼく》にできなかったことが、きみにはできるんだよ。どうか、彼女の願《ねが》いを叶《かな》えてやってくれ」

そう言って微笑《ほほえ》みかけると、瓶《びん》をゆっくりと空にかざした。

頭上に、再びあの光の塊《かたまり》が現れる。

海堂《かいどう》は、一度その光に目を細めてから、いつもの歯切《はぎ》れのいい声で、

「白波《しらなみ》小学校六年二組のみんな！」

と割れんばかりに叫《さけ》んだ。

「短い間だったが、僕《ぼく》はきみたちの先生になれたことを誇《ほこ》りに思う。本当にありがとう！」

そして背筋《せすじ》を伸《の》ばすと、ジョーカーに向かって短く素早《すばや》い敬礼《けいれい》をした。

「先生！」「先生!!」

全員が口々に叫《さけ》ぶ中、目を開けていられないほどの巨大《きょだい》な閃光《せんこう》が、展望台《てんぼうだい》を覆《おお》った。

どこからともなく、ブーン……と唸《うな》るような音が聞こえてきたかと思うと、間もなくそれは幾《いく》十《そ》にも連《つら》なり、すぐ真上で凄《すさ》まじい爆音《ばくおん》を轟《とどろ》かせた後、薄《うす》く、尾を引くように遠のいていった。

次に目を開けた時には、既《すで》に海堂《かいどう》の姿《すがた》はなかった。

「あの歌は、卒業式に使われる歌だと言ったね」

ジョーカーが、眩《まぶ》しそうに空を見上げながら、ふとつぶやいた。

「もしかしたら、これが彼の、卒業なのかもしれんな」

オレたちは、眠《ねむ》くなるくらいに穏《おだ》やかな海と、のんびり青空を渡《わた》る白い雲を、ただぼんやりと眺《なが》めていた——

6

一旦《いったん》家に帰り、佃煮《つくだに》の瓶《びん》からコバルトブルーのそれらを持ち出すと、オレはパンを片手に海へと急いだ。昼ごはんなんか、ゆっくり食ってる時間はない。

学校を基点《きてん》に、砂浜を真っ二つに分けた位置をスタート地点に決め、さっそくトボトボ歩き出す。

きっと、それを見つけ出せば、あいつは助かるんだ。レキオが言うんだから、絶対《ぜったい》に間違いはない。

ドライブイン周辺《しゅうへん》とは打って変わって、盛《さか》んににぎわい華《はな》やぐ、シーズン真っ最中の海水浴場。渚《なぎさ》を彩《いろど》る、カラフルなビーチパラソルたち。歓声《かんせい》と水飛沫《みずしぶき》を舞《ま》い上げる、楽しそうなひとの波、波、波。

その狭間《はざま》で、独《ひと》り取り残されたようにひた歩く、真っ黒なオレの影《かげ》……

「おい」

不意に後ろから、声がした。

誰《だれ》の声かは、振《ふ》り向かなくたって分かる。オレのことを呼んでいるのも、分かってる。

でも、今は誰《だれ》とも話したくない。邪魔《じゃま》をしてほしくない。

「おい、吉野《よしの》！　聞こえねぇのかよ」

一刻《いっこく》も早く、残りの一個を探さなきゃ。何としても見つけなきゃ……

「おい！」

ぐいっと掴《つか》まれた右腕《みぎうで》の向こうには、いつもの四人の足も見える。

「何シカトこいてんだよ」

「別に……」

「お前、この前から何一人でコソコソやってんだ。あ？」

言うつもりはない。言いたくもない。

お前らに何が分かる。

「その目は何だよ、文句《もんく》あんなら言い返せや！」

何も知らないくせに。

オレの気持ちなんか、分からないくせに……

「こいつ、弱ぇくせにかっこつけてんじゃねぇぞ！」

格好《かっこう》つけてなんかない。

それ以上言うな。言ったら……

「どうした、おら、何とか言ってみろよ。自分からは何にもできねぇ、弱虫が！」

「なにぃ！」

その瞬間《しゅんかん》、オレの中で何かが弾《はじ》けた。

同時に、頭から突《つ》っ込《こ》んだ。

かわされた、と思ったら足をとられ、思いっきりヘッドスライディングしていた。

「だっせぇんだよ弱虫！　悔《くや》しかったら立ってみろ！」ズサッと、刺《さ》すような砂粒《すなつぶ》の雨を浴びせられる。

「こ　の　や　ろぉぉおッ！」

飛びかかった。

相手が誰《だれ》だとか、敵《かな》いっこないとか、周りに人がいっぱいいるとか、関係なかった。

いろんな種類《しゅるい》の感情がごちゃごちゃに入り混《ま》じり、わけが分かんなくなって、涙《なみだ》が込《こ》み上げてきた。

飛びついては捻《ひね》り倒《たお》され、突《つ》き飛ばされ、投げられた。

それでも何度も何度も、雑魚《ざこ》のゾンビみたいに飛びかかってやった――

「くっそ……」

息が苦しかった。

乾《かわ》ききった口の中が、しょっぱいジャリジャリで気持ち悪《わる》い。

何やってんだオレ。こんなことしてる暇《ひま》なんかないのに……

膝《ひざ》に力が入らず、使い捨《す》てられたボロ雑巾《ぞうきん》のようにうずくまっていると、

「おい」

目の前にでっかい足が、でんと立ちはだかった。

「別に言いたくねぇんなら、理由なんか訊《き》かねぇよ」

大那《だいな》は息を弾《はず》ませながらそう言うと、

「俺の知ったこっちゃねぇ」

ペッと唾《つば》を吐《は》き捨《す》てた。

「けどよ、お前には大事なことなんだろ？　何か大事なもん探してんだろ？　違うのかよ！」

「え……」

思わず顔を上げると、大那《だいな》はこちらを睨《にら》みつけながら、「だったら何で俺らに言わねーんだよ」と言った。

「オレたち、ＫＳＧ《ケーエスジー》団《だん》だろ。仲間だろ」

午後から始まった、KSG団《ケーエスジーだん》による『コバルトブルー大作戦』は、砂浜に居合わせた六年二組十数名を巻き込《こ》む、一大プロジェクトになった。

あれよあれよという間に大ごとになってしまい、何だか申し訳《わけ》ない気持ちでいたのだが、みんな結構《けっこう》楽しそうに遊び感覚で参加してくれて、「吉野《よしの》、これなんかどうなの？」とか、「吉野《よしの》くん、これじゃダメ？」などと、ちょこちょこ訊《き》きに来てくれるのが、無性《むしょう》に嬉《うれ》しかったりして。

意外にも、比較的《ひかくてき》早い段階でコバルトブルー色のが三つも集まったけど、どれもハート型とは言えないものばかりで、惜《お》しいやら悔《くや》しいやら。

それからも、少し場所を変えてみようとか、もう一回端《はし》から探してみるよとか言ってくれる意欲的な姿《すがた》に、うちのクラスって、何ていいやつらの集まりなんだろうって、今さらながら感心してしまった。

やがて、少し黄味がかった砂浜に、光と影《かげ》の凸凹模様《でこぼこもよう》がくっきり浮《う》かび上がってくると、家の用事や塾《じゅく》などで抜《ぬ》ける子が出はじめた。

渚《なぎさ》からはどんどん彩《いろど》りが減っていき、気が付けば人影《ひとかげ》も疎《まば》らになってきたけど、それでも大那《だいな》たち五人は、何も言わずにもくもくと付き合ってくれていた。

着実にタイムリミットが迫《せま》る中、少しずつ長くなっていく自分の影《かげ》を横目に見ては、気合を入れ直す。

じわりじわりと、止《と》め処《ど》なく噴《ふ》き出してくる汗《あせ》と焦《あせ》りを懸命《けんめい》に拭《ぬぐ》い去りながら、オレはひたすら道なき道を歩き回った。

そして、スタート地点からまた少し縦《たて》方向に移動し、今日何往復目《なんおうふくめ》かの『トボトボ』を開始した直後のことだ。

「あ……」

それは、細かい貝殻《かいがら》の破片《はへん》が散《ち》らばるスポットから少し逸《そ》れたところで、オレを待《ま》っていた。

砂和《すなあ》えの、乾燥《かんそう》した海草と海草の隙間《すきま》に、この目が、あの深いブルーを微《かす》かにとらえたんだ。

黒いもじゃもじゃを指でそっとかき分け、祈《いの》るような気持ちで拾い上げてみると、

「あった……あった！　あったぁぁぁ‼」

ついに見つけた！

少し小さめだけど、三角っぽいけど、ぎりぎりハートのコバルトブルーだ！

「見つかったのか！」

近くにいた大那《だいな》が、真っ先に駆《か》け寄ってきた。

「うん、見つかった。ようやく見つけ出した！」

「よかったじゃねぇか吉野《よしの》」どん！　って痛《いた》いよ背中《せなか》。

こっちに気が付いたみたいで、成瀬《なるせ》たちも集まってくる。

「みんな、ありがとう。他に何て言っていいか分かんないけどオレ……」

「いいから早く行けよ」

「急いでるんだろ」

「よく知らねぇけど」

「吉野《よしの》ッくぅ〜ん、よかったわねアインアイ〜ン」

「ほら、行って来い」どん！　って大那《だいな》に、また背中《せなか》を叩《たた》かれた。

「うん、ごめん、行ってくる」

喉《のど》はカラカラだし、腹も減ってきてフラフラなのに、もの凄《すご》い無敵《むてき》のパワーを得たみたいに思えて、オレは全力で走り出した。

が、公園を過ぎた辺りで、何やら後ろから小さな叫《さけ》び声が聞こえてきたから、一旦《いったん》立ち止まって振《ふ》り返ったんだ。

そしたら、あの五人が展望台《てんぼうだい》の上で手を振《ふ》りながら、

「染井《そめい》によろしくなー」

って、まさか、初めからオレたちのことを知っててあいつら……

ヒューヒュー囃《はや》すから、顔が一気にカーッと熱くなって、でも胸《むね》の奥がくすぐったくて、ますます足に弾《はず》みがついたよ。

もうとっくにヘトヘトだったけど、あいつの家を目指《めざ》し、オレは国道沿いの歩道を突《つ》っ走った。

何が何でも最後の坂道までは歩くまいと心に決め、ちょうどドライブインを通り過ぎた時だ。

突然《とつぜん》、脇《わき》を、よく目にする黄緑色《きみどりいろ》のタクシーが、猛《もう》スピードで追い越《こ》していったんだ。

と思ったら、急に、キュエ――ィイイ！　と悲鳴《ひめい》のような音と共に止まったではないか。

不審《ふしん》に思いながら、そのタクシーの横に差しかかると、

「あい！　やっぱりリョウちゃんねぇ！　うり、早く乗りなさいー！」

何と、慌《あわ》てたように窓《まど》から顔を出したのは、晴香《はるか》のお婆《ばあ》ちゃんだ。

わけも分からぬまま乗り込《こ》むと、お婆《ばあ》ちゃんは運転手さんを急《せ》かしてから、例の独特《どくとく》なイントネーションで、

「ハルカーが危篤《きとく》だって聞いて、ふっ飛んで来たさぁ」

って……

「危篤《きとく》⁉」

「この前あの子から、しばらく検査《けんさ》入院するからケータイ繋《つな》がらんよーって電話来たさあねぇ。それからさーっぱり音沙汰《おとさた》ないから心配で。今朝《けさ》、病院に電話して部屋の番号を訊《き》こう思ったら、昨夜《ゆうべ》から急に容体《ようだい》が悪化《あっか》したって――」

聞きながら、オレはポケットの上からシーグラスを握《にぎ》りしめた。

頼《たの》む、間に合ってくれ。お願《ねが》いだから、もう少しだから頑張《がんば》れ、晴香《はるか》！

心の中で、何度も祈《いの》った。必死に祈《いの》った。

商店街《しょうてんがい》へと続く長い坂を上りきり、少し行くと、【白波《しらなみ》総合病院Ｐ→】と書かれた大きな看板が現れた。

そこからまたさらに坂道を上がって、広い駐車場《ちゅうしゃじょう》の周りをぐるっと回ってから、タクシーはようやく止まった。

正面玄関《げんかん》の回転ドアにイライラしながら、お婆《ばあ》ちゃんに部屋番号を訊《き》くと、西病棟《にしびょうとう》の三一一号室だという。

オレは逸《はや》る気持ちを抑《おさ》えきれず、三階のフロアに降《お》り立つや否《いな》や、【301】から順番に番号を辿《たど》った。

まだ日は暮《く》れていない。シーグラスも三つ揃《そろ》ったし、条件は整っている。だから絶対《ぜったい》に大丈夫だ。そう自分に言い聞かせながら——

しかし。

「あれ……」

辿《たど》り着いた【311】のプレートの、名前の欄《らん》が空白になっている。

恐《おそ》る恐《おそ》る中をのぞくとそこには、剥《む》き出しのパイプベッドが、ぽつんと置かれているだけだった。

途端《とたん》に、心臓《しんぞう》が、爆発《ばくはつ》しそうな勢いで伸縮《しんしゅく》を始めた。

隣《となり》の部屋から出て来た若い看護師《かんごし》さんに、お婆《ばあ》ちゃんが声を掛《か》ける。

「ここの部屋の人は、どこへ……」

すると、その看護師《かんごし》さんは、神妙《しんみょう》な面持《おもも》ちで、「ご親類の方ですか」と訊《き》き返した。

「お昼ぐらいに、お亡《な》くなりになりました……。今は霊安室《れいあんしつ》に移《うつ》っておられます」

「そ、そんな……」

頭の中が、真っ白になった。

納得《なっとく》がいかず、震《ふる》える手でポケットから取り出したそれを見た瞬間《しゅんかん》、オレは壁《かべ》にもたれたまま崩《くず》れ落ちた。

もう立っていられなかった。三つ揃《そろ》えたうちの一つが、無情《むじょう》にも真ん中から割れているではないか。

「本当にハルカーの……染井《そめい》の部屋は、ここで間違いありませんか」

お婆《ばあ》ちゃんが詰《つ》め寄って声高《こわだか》に確認《かくにん》するも、看護師《かんごし》さんは無言《むごん》で頷《うなず》いてから、

「霊安室《れいあんしつ》は地下です。ご案内します」

と静《しず》かに返した。

気がおかしくなりそうだった。

せっかくレキオが助言してくれたのに。

みんなが、汗《あせ》だくになって探してくれたのに。

海堂《かいどう》は、自分の命を犠牲《ぎせい》にしてまで、カヲリさんを守り抜いたのに。

オレは、あいつを守れなかった。救《すく》いの主《ぬし》にはなれなかった。

オレのせいだ。オレのせいであいつは死んだんだ。

「ごめんなさい、ごめんなさいごめんなさいごめんなさい……っ！」
土下座《どげざ》して、しがみついて、誰《だれ》かに許《ゆる》してもらいたかった。
声にならない、張り裂《さ》けそうな叫《さけ》びを喉《のど》に詰《つ》まらせながら、オレはお婆《ばあ》ちゃんの足元にうずくまって、壊《こわ》れたように泣きじゃくった——

その時。

「おばあ？」

微《かす》かな幻聴《げんちょう》が聞こえた。さらに、駆《か》け寄ってくるかのような、リアルな靴音《くつおと》まで。

「遼哉《りょうや》くんも、どうしたの？」

まただ。
オレは本当に気がおかしくなってしまったんだろうか。
こんなにはっきりとしたあいつの声が、まるですぐそこにいるみたいに……

「⁉」

声なんか出なかった。目を疑《うたが》う余裕《よゆう》すらなかった。

顔を上げたら、あいつがいたんだ。そこには、いつもの、元気なあいつが立っていた。


その後のやり取りを、オレは座《すわ》り込《こ》んだまま抜《ぬ》け殻みたいになって、呆然《ぼうぜん》と聞いていた。

晴香《はるか》のいた部屋は、斜向《はすむ》かいの三二二号室で、ここ三二一号室には、『春川惣明《はるかわそうめい》』というお爺《じい》さんが入院していたらしい。

どうも、電話で問い合わせた時点から既《すで》に、お婆《ばあ》ちゃんと病院側との間《あいだ》には誤解《ごかい》が生じており、今回みたいな、とんだ人違いへと発展してしまったようで。

笑うに笑えない笑い話って感じで、お婆《ばあ》ちゃんも看護師《かんごし》さんも、二人して何度もペコペコ謝り合っていた。

そして肝心《かんじん》の晴香《はるか》本人は、あらゆる検査《けんさ》結果にまったく異常《いじょう》が見当たらず、お昼前には退院したのだという。

「忘《わす》れ物を取りに戻って来たら、おばあたちがいるんだもん、ビックリしちゃった」

「ビックリしたのは、こっちのほうさぁ。でも本当によかったよかったぁ」

喜んでる二人の声を遠くに聞きながら、手《て》の平《ひら》にあるシーグラスを見つめ、ぼーっと考える。

オレが必死に探している時、晴香《はるか》は既《すで》に退院していた。

だとしたら、これを見つけ出すことに、何か意味があったんだろうか……と。

すると突然《とつぜん》、

「——よくやったな小僧《こぞう》」

耳元でレキオが囁《ささや》いた。

「——実は少し前に、あの子の運命は軌道修正可能《きどうしゅうせいかのう》な範囲《はんい》まで、ちゃあんと戻っていたのさ。おめえのお蔭《かげ》でな」

何だよもう、それならそうと言ってくれりゃよかったのに。

こっちは、天国と地獄《じごく》を一度に味わった気分だよ。

「——いや、なに、ついつい勝手に世話《せわ》を焼きたくなっちまってな。なんたって俺様は、キューピッドってえやつだからよ」

じゃあオレはこの後、どうすれば……あ、やっぱりいい。

ここから先は、オレたち自身のことだもん。

それがきっと、オレの運命になっていくんだよね。

そうだろう、レキオ。

「——ふん。それでいいんだ小僧《こぞう》。おめえはもう、立派《りっぱ》な男だ。後は自分の胸《むね》に訊《き》けばいい……」

気が付くと、目の前に晴香《はるか》の心配そうな顔があった。

「大丈夫？　随分疲《ずいぶんつか》れてるみたい。服も汚《よご》れちゃってるし、何かあったの？」

「ううん、大したことじゃないよ」

「これ、ずっと探しててくれたんだ」

手《て》の平《ひら》から一個摘《つま》んで、しげしげと眺《なが》めてる。

「ハートの形って、四つ合わせると四葉《よつば》のクローバーになるでしょ？　だから、集めたかったんだぁ」

「そうだったんだ……。でも、せっかく見つけたのに、割れちゃってさ。ごめん」

そう言うと、「ううん、また一緒《いっしょ》に探せばいいよね」って笑ってる。

「当然、見つけられるまで無期限《むきげん》で探すから、そのつもりでね。いい？」

例の『凶器《きょうき》』がお辞儀《じぎ》するみたいに迫《せま》ってくる。

だけど、オレは首を横に振《ふ》り、ようやく立ち上がって、

「それじゃだめだ」

はっきりと言い返した。

「見つかってからも、無期限《むきげん》で、一緒《いっしょ》にいてほしいんだ」

大きく見開いたその目を、真《ま》っ直《す》ぐに見つめて、オレは言った。

「え……」

「たぶんオレ、生まれるずっとずっと前から、お前のことが好きだったんだと思う。だから……だからこれからも、ずっと好きだと思うから」

「遼哉《りょうや》くん……」

こぼれそうに潤《うる》んだ瞳《ひとみ》の中に、一瞬《いっしゅん》、微笑《ほほえ》んだカヲリさんの顔が見えたような気がした。

と思ったら、次の瞬間《しゅんかん》、

「ありがとう」

チュッと柔《やわ》らかなぬくもりが、そよ風みたいに唇《くちびる》を掠《かす》めた。

「リョウちゃんだぁい好きっ！」

その感触《かんしょく》を確《たし》かめる間もなく、ふわっと飛び込《こ》んできたほの甘《あま》い香《かお》りが、オレのすべてを包み込《こ》む。

もはや何も考えられず呆然《ぼうぜん》としながら、念《ねん》のため、思いっきりほっぺたをつねってみた。

もの凄《すご》く痛《いた》くて、泣きたくなるくらいに嬉《うれ》しくなった。

もしもこの世に　歌というものがなかったら
伝えられない思いが　たくさんあったかもしれない
伝えきれない思いが　いっぱいあったかもしれない
もしもこの世に　歌というものがなかったら
大切なことも　大切なこころも
忘《わす》れ去られてしまったかもしれない

この先　大人になってから
いつかどこかで　この歌を聴《き》いた時
オレは　きっと思うことだろう
みんなも　きっと思い出すことだろう……

エピローグ

「次は、エントリーナンバー十六番、白波《しらなみ》小学校六年二組のみなさんです。曲目は『旅立ちの日に』。指揮《しき》、岩清水綾乃《いわしみずあやの》。ピアノ、篠原依梨子《しのはらえりこ》……」

アナウンスが響《ひび》き、暗がりから出て行くと、拍手《はくしゅ》とスポットライトが、オレたちを温かく迎《むか》えてくれた。

椅子《いす》に腰《こし》かけた依梨子《えりこ》が、作戦どおりメガネを外し、深呼吸《しんこきゅう》している。

眩《まぶ》しさの向こうには、こちらを見ているたくさんの人たち。

【招待席《しょうたいせき》】と書かれた真ん中へんの列には、老人ホームのお爺《じい》さんお婆《ばあ》さんたちに交じって、ジョーカーの姿《すがた》がある。

そして、前列の審査員席《しんさいんせき》には、市長さんや、知らないおじさんおばさんに交じって、クレオの姿《すがた》も見える。

もちろん緊張《きんちょう》はしてるけど、大丈夫。

ここにはあいつがいる。大那《だいな》たちもいる。みんながいてくれる。

六年二組は最強《さいきょう》のクラスだ。不安はない。

さぁ、いよいよ本番だ。

岩清水《いわしみず》先生の合図で、両端《りょうはし》の子らが少し中央に身体《からだ》を向けると、オレたちは真《ま》っ直《す》ぐ、指揮棒《しきぼう》の先を見つめた——


あの日を境《さかい》に、ＵＦＯの目撃情報《もくげきじょうほう》は、ぱったりと聞かなくなった。

それと同時に、海堂《かいどう》と過ごした日々の記憶《きおく》も、みんなの中では随分《ずいぶん》と曖昧《あいまい》になってきているような、そんな感じがしている。

オレもこの先、いつまで覚えていられるか疑問《ぎもん》だけど、この歌を歌うたび、聞くたびに、おぼろげにでも、あの日のことを思い出せたらいいなと思う。

オレたちが生まれるずっとずっと前に、外国との長くて激《はげ》しい戦争があったことを。

日本がその戦争に敗《ま》けそうな時、果敢《かかん》に空に挑《いど》んだ少年兵たちがいたことを。

大切な人を守るため、その人の未来を守るため、そして、その先にある希望《きぼう》を信じて、彼らは飛び立ったのだということを……


指揮棒《しきぼう》が、静《しず》かに下りた。

ピアノがメロディーを奏《かな》ではじめると、あの晴れ渡《わた》った青い夏空《なつぞら》が、目の前に広がった。

あの日託《たく》された、夢《ゆめ》と未来と運命を、自分の力で切り開いていくために、オレたちは今、心を込《こ》めて、この歌を歌う。
海堂《かいどう》先生の、旅立ちの日を、しっかりと胸《むね》に刻《きざ》んで――

おわり

『旅立ちの日に』

作詞・小嶋登《こじまのぼる》
作曲・高橋浩美《たかはしひろみ》

白い光の中に　山なみは萌《も》えて
遙《はる》かな空の果てまでも　君は飛び立つ
限り無く青い空に　心ふるわせ
自由を駆ける鳥よ　ふり返ることもせず
勇気を翼《つばさ》にこめて希望《きぼう》の風にのり
このひろい大空に夢《ゆめ》をたくして

懐《なつ》かしい友の声　ふとよみがえる
意味もないいさかいに　泣いたあのとき
心かよったうれしさに　抱《だ》き合った日よ
みんなすぎたけれど　思いで強く抱《いだ》いて
勇気を翼《つばさ》にこめて希望《きぼう》の風にのり
このひろい大空に夢《ゆめ》をたくして

いま、別れのとき
飛び立とう未来信じて
弾《はず》む若い力信じて
このひろい
このひろい大空に

この物語はフィクションです。
実在する人物・地名・団体とは一切関係ありません。
全て創作であり、
現実の出来事をモデルにしたものではありません。

参考

『決定版！　みんなでうたう卒業式の歌　ベストセレクション

旅立ちの日に（混声版）』（株式会社音楽之友社）

あとがき

私が『旅立ちの日に』という合唱曲《がっしょうきょく》を知ったのは、四年ほど前、確《たし》かテレビの特集番組内でのことだったように記憶《きおく》しています。

今では卒業式ソングの定番とも言える、素晴《すば》らしい曲ですが、私の学生時代にはまだなく、当然ながら卒業式で歌うこともありませんでした。

だからなのでしょうか、何の先入観《せんにゅうかん》も持たずに初めてこの歌を聴《き》いた時、私の頭の中には、あるイメージが広がったのです。

そう。そのイメージというのが、敗戦間際《まぎわ》における日本兵の姿《すがた》であり、本作中にある、展望台《てんぼうだい》での別れのシーンでした。


これまでの作品にも、戦争のエピソードを盛《も》り込《こ》んではきましたが、今回は少し『重さ』が違います。

書きたいことは決まったものの、難《むずか》しい題材を物語にどう取り入れていこうかと、頭を悩《なや》ませる日が続きました。

そんなある日、とんでもないことが起こりました。未曾有《みぞう》の災害《さいがい》と呼ばれた、東日本大震災《ひがしにほんだいしんさい》です。

あの3・11の大津波《おおつなみ》で、私の住む街は壊滅状態《かいめつじょうたい》に陥《おちい》り、私自身も死に直面し、たくさんの大切なものを失いました。

幼《おさな》い頃《ころ》から大好きで、白波海岸《しらなみかいがん》のモデルにもなった思い出深い海水浴場も、松の木一本を残し、跡形《あとかた》もなく消え去ってしまいました。


戦争と災害《さいがい》は、まったく別のものです。

しかし、どちらにも当てはまる、とても大事なことがあります。

それは、「忘《わす》れてはいけない」ということ。「語り継《つ》がなければならない」ということ。

それこそが、平和な時代に生まれ、恵《めぐ》まれた環境《かんきょう》で生きる私たち一人一人にできる、『未来への責任』ではないかと感じています。

物語を通して、小学生や中学生の皆さんの『知るキッカケ』になれば、そして、読んでくださった人の胸《むね》に、少しでも残るものがあれば幸いです。


最後に、合唱曲『旅立ちの日に』の作詞者、故小嶋登《こじまのぼる》先生と、作曲者の高橋浩美《たかはしひろみ》先生に敬意を表すと共に、本作中での歌詞の解釈《かいしゃく》が、筆者独自のイメージによるものであることをここに記し、あとがきとさせていただきます。

二〇一三年七月吉日　川口雅幸《かわぐちまさゆき》

タイムスリップファンタジー

著者累計
60万部
突破!
川口雅幸の感動
からくり夢時計
DREAM ∞ CLOCKS
ハードカバー
定価：本体1500円+税
軽装版
冬の定番ロングセラー 待望の軽装版化!
感動のタイムスリップファンタジー
『虹色ほたる』の川口雅幸が贈る、かけがえのない奇跡の物語
定価：本体1000円+税
文庫版
からくり夢時計
感動のタイムスリップファンタジー
上下巻各定価：本体570円+税
UFOがくれた夏
A Summer with UFO
ハードカバー
運命というのは、自分自身で切り開いていくものなんだ——
定価：本体1700円+税

本書は、『UFOがくれた夏』（2013年アルファポリス刊）を軽装版化したものです。

川口 雅幸（かわぐち まさゆき）

1971年、岩手県生まれ。2004年、パソコンで文章を書く楽しさに目覚め、ホームページを開設。同年、サイト上にて『虹色ほたる～永遠の夏休み～』連載開始。大きな反響を呼び、2007年に同作でアルファポリスから出版デビュー、累計40万部突破の大ヒットとなる。2012年には東映アニメーションにより映画化される。

装丁イラスト：丸山薫
http://maruproduction.com/

本文イラスト：あさひまどか

UFO《ユーフォー》がくれた夏《なつ》　（軽装版）

川口 雅幸（かわぐち まさゆき）

2016年6月29日 初版発行

編集－中野大樹・宮坂剛・太田鉄平
発行者－梶本雄介
発行所－株式会社アルファポリス
〒150-6005東京都渋谷区恵比寿4-20-3恵比寿ｶﾞｰﾃﾞﾝﾌﾟﾚｲｽﾀﾜｰ5F
TEL 03-6277-1601（営業）03-6277-1602（編集）
URL http://www.alphapolis.co.jp/
発売元－株式会社星雲社
〒112-0012東京都文京区大塚3-21-10
TEL 03-3947-1021
装丁イラスト－丸山薫
本文イラスト－あさひまどか
装丁デザイン－ansyyqdesign
印刷－図書印刷株式会社

価格はカバーに表示されてあります。
落丁乱丁の場合はアルファポリスまでご連絡ください。
送料は小社負担でお取り替えします。

ISBN978-4-434-22102-6 C8093